Elke Bergsma

Das Teekomplott

Elke Bergsma

Das Teekomplott

Ostfrieslandkrimi

LAGO

Bibliografische Information der Deutschen Nationalbibliothek:
Die Deutsche Nationalbibliothek verzeichnet diese Publikation in der Deutschen Nationalbibliografie; detaillierte bibliografische Daten sind im Internet über http://d-nb.de abrufbar.

Für Fragen und Anregungen:
info@mvg-verlag.de

Originalausgabe
2. Auflage 2017

Nymphenburger Straße 86
D-80636 München
Tel.: 089 651285-0
Fax: 089 652096

Umschlaggestaltung: Maria Wittek, München
Umschlagabbildung: Fotolia
Satz: Grafikstudio Foerster, Belgern
Druck: Interpress Kft., Ungarn
Printed in the EU

ISBN Print 978-3-95761-001-0
ISBN E-Book (PDF) 978-3-95762-004-0
ISBN E-Book (EPUB, Mobi) 978-3-95762-005-7

Weitere Informationen zum Verlag finden Sie unter

www.lago-verlag.de

Beachten Sie auch unsere weiteren Verlage unter www.m-vg.de

Für Mama,
die Krimis so liebte

Liebe Canhuser, bitte verzeiht mir, dass ich ausgerechnet Euer kleines, beschauliches Dorf zum Schauplatz von Mord und Intrigen gemacht habe. Bitte nehmt dieses Buch so, wie ich (ehemals eine von Euch) es gemeint habe: als Liebeserklärung!

Zu diesem Buch

Das beschauliche ostfriesische Dorf Canhusen wird durch eine Mordserie aufgeschreckt. Kommissar David Büttner und sein Assistent Sebastian Hasenkrug stehen vor einem Rätsel:
Warum mussten die Opfer sterben? Und was hat es mit den Teebeuteln auf sich, die bei jedem Opfer gefunden wurden? Haben diese Morde womöglich etwas mit dem Tod zweier junger Männer zu tun, die in der Nachkriegszeit auf mysteriöse Weise ums Leben kamen?

Elke Bergsma, Jahrgang 1968, gebürtige Ostfriesin, lebt in Hessen und ist dort als selbstständige Diplom-Geografin und PR-Beraterin in den Bereichen Stadtentwicklung und Erneuerbare Energien tätig.

www.elke-bergsma.de

Von ihr erschienen auch:
Windbruch, Ostfrieslandkrimi
Lustakkorde, Ostfrieslandkrimi
Merle & Mo, Kinderbuch

1

Jan Scherrmann legte seine rechte Hand über die Augen, um sie vor den grellen Strahlen der Sonne zu schützen. Es war ein brütend heißer Spätsommertag, wie man ihn hier oben an der Küste nur selten erlebte. Zum Glück aber wehte ein frischer Wind von der See her und verschaffte ihm mit jeder Böe, die ihm in unregelmäßigen Abständen über die verschwitzte Haut strich, eine erfrischende, wenn auch nur kurze Abkühlung.

Prüfend ließ er seinen Blick die Straße hinuntergleiten. Beim Anblick der spielenden Kinder, die johlend und jauchzend immer wieder durch das kühle Nass eines Rasensprengers hüpften, der ganz offensichtlich einzig zu diesem Zweck aufgestellt worden war, flog ein Lächeln über sein Gesicht. Er liebte dieses Idyll, das der kleine Ort an jedem einzelnen Tag des Jahres ausstrahlte. Canhusen. Für die Kinder, die das Glück hatten, hier aufzuwachsen, musste es das Paradies sein. Hier schien die Zeit stillzustehen. Scherrmann konnte sich gut vorstellen, dass sich hier in den vergangenen Jahrzehnten kaum etwas verändert hatte. Das war ihm auch von den Einheimischen bestätigt worden. Canhusen war und blieb Canhusen. In dem kleinen Dorf unweit von Emden war schon seit bestimmt zwei Generationen kein Baugebiet mehr ausgewiesen worden, nur hier und da hatte mal ein älteres Haus, dessen Bewohner verstorben waren, einem neuen weichen müssen. Gut ein Dutzend roter Klinkerhäuser scharrte sich um die kleine, jahrhundertealte Kirche, die im Zentrum des Ortes erhöht auf einer Warf stand und deren kleiner Glockenturm auf dem Dach wie ein gespitzter Bleistift in den blauen Himmel stach. Ergänzend zu diesem Ortskern gab es links der Einfallstraße nach Canhusen die im Volksmund »Alte Siedlung« genannte Straße Am Düsterland sowie ein paar Hundert Meter weiter Richtung Ortsmitte die

»Neue Siedlung«, die gemäß ihrem Baumbestand den Namen Pappelallee erhalten hatte.

Jan Scherrmann lebte erst seit wenigen Monaten in Canhusen, er war ein Zugezogener, kam nicht mal aus Ostfriesland, sondern aus dem fernen Dortmund. Entsprechend kritisch war er von seinen neuen Nachbarn beäugt worden. Es kam nur äußerst selten vor, dass sich jemand von außerhalb in diesen Ort verirrte, von dessen Existenz selbst alteingesessene Ostfriesen häufig keine Ahnung hatten. Denn an Canhusen führten eigentlich alle Wege vorbei. Wer hier nicht ganz gezielt etwas zu tun hatte, der nahm das Dorf von der in einigen Hundert Metern vorbeiführenden Landstraße aus gar nicht wahr. Und was sollte man in Canhusen schon zu tun haben? Außer Idylle gab es hier wahrlich nichts. Hier wohnte man. Sonst nichts. Arbeit vor Ort hatten lediglich drei Landwirte, was dazu führte, dass Canhusen schon immer deutlich mehr Kühen ein zu Hause gab als Menschen. Ja, der kleine Ort war ein idyllisches Kleinod inmitten der hektischen Realität. Hier passierte nichts, rein gar nichts.

»Moin«, hörte Scherrmann einen etwas maulend klingenden Gruß hinter sich und drehte sich um. »Moin«, grüßte er zurück und fügte hinzu: »Na, Amelie, heute wieder Langeweile?«

Das fünfzehnjährige Mädchen starrte ihn mit vor dem Körper verschränkten Armen mürrisch an und nickte schwach. »Scheißkaff«, murmelte sie vor sich hin und ging dann mit hängendem Kopf wieder ihrer Wege. Scherrmann nickte wissend. Ja, für so manchen Jugendlichen war Canhusen nicht das Paradies, sondern die Hölle. Amelie war zweifelsohne aus dem Alter raus, in dem sie sich mit den anderen Kindern unter einem Rasensprenger vergnügte. Sie brauchte anderweitige Beschäftigung. Aber die gab es in Canhusen nicht. Und noch etwas gab es in Canhusen nicht: einen Bus. Kein öffentliches Verkehrsmittel stand zur Verfügung, um Mädchen wie Amelie zum Beispiel in die Stadt zu fahren, wo sie sich mit Freunden treffen oder shoppen gehen konnten. Nein, wenn Amelie irgendwo hinwollte, musste sie das Fahrrad nehmen oder sich von ihren Eltern chauffieren lassen. Was diese, angesichts von weiteren drei Kindern, jedoch kategorisch ablehnten. Also saß Amelie hier fest, wollte sie nicht nach der Schule, zu der sie an jedem Morgen und an jedem Mittag bereits mit dem Fahrrad nach Emden fuhr, nochmals mehrere Kilometer bei Wind und Wetter durch die Gegend radeln. Ja, für Amelie war es nach einer wunderbaren Kindheit inzwischen eine echte Strafe, in diesem Dorf zu wohnen. Während sich ihre Altersgenossen in der Stadt trafen, musste sie meistens absagen und saß dann, gerade abends, alleine in ihrem Zimmer vor dem Computer. Häufig vertrieb sie sich die Zeit mit irgendwelchen Computerspielen, auch wenn sie sich viel lieber mit ihren Freunden im Chat getroffen hätte. Aber die gingen ja aus und amüsierten sich, während sie hier vergammelte. Sie hasste Canhusen.

Scherrmann lief, nach einem letzten amüsierten Blick auf die spielenden Kinder, weiter Richtung Gemeindehaus. Die ehemalige Schule des Dorfes lag im Ortskern und wurde für kleinere Veranstaltungen genutzt. Am heutigen Abend beispielsweise würde sich hier wieder der Altherrenstammtisch treffen, wie an jedem Dienstag. Nachdem er, Scherrmann, die Idee mit der Fotoausstellung gehabt hatte, waren die fünf Herren des Stammtisches auf ihn zugekommen und hatten ihm angeboten, sich ihnen anzuschließen. Da er wusste, wie wichtig es in einem Dorf war, sich in die Gemeinschaft einzufügen, wollte man nicht für immer als Außenseiter gebrandmarkt sein, hatte er dankend zugestimmt – auch wenn er dadurch den Altersdurchschnitt der Runde erheblich senkte. Wie man ihm erzählt hatte, war der Altherrenstammtisch gleich nach dem Zweiten Weltkrieg gegründet worden, und zwar von denselben Leuten, die auch heute noch an ihm teilnahmen. Das eine oder andere

Mitglied war allerdings inzwischen verstorben. Hinzugestoßen war im Laufe der Jahrzehnte wohl kaum jemand, sodass Scherrmann sich wahrlich geehrt fühlen konnte, in die eingeschworene Gemeinschaft aufgenommen worden zu sein.

Die Fotoausstellung würde ein echter Erfolg werden, das zeichnete sich schon jetzt ab. Scherrmann hatte die Herzen der Einwohner Canhusens im Sturm erobert, als er eines Tages vorgeschlagen hatte, zur Geschichte des kleinen Dorfes alte und neuere Fotos zu sammeln und im Gemeindehaus zu präsentieren. Mit Feuereifer waren vor allem die älteren Menschen ans Werk gegangen, hatten alte Schuhkartons voller Bilder sowie längst vergessene Fotoalben ausgegraben und sich beim Sortieren häufig in ihrer eigenen Geschichte verloren. Scherrmann hatte die Koordination der Ausstellung übernommen, zahlreiche Dias eingescannt, war bei der Auswahl der Fotos behilflich gewesen und hatte dabei viele lustige, aber auch die eine oder andere tragische Geschichte zu hören bekommen. Und nun standen an den Wänden des Gemeindehauses diverse Stellwände, die darauf warteten, mit den Erinnerungen der Canhuser bestückt zu werden und ihre Mitmenschen an dem einen oder anderen Ereignis der Vergangenheit rückblickend teilhaben zu lassen.

Scherrmann betrat den nicht allzu ausladenden, aber an diesem heißen Sommertag angenehm kühlen Raum und wurde von den bereits anwesenden drei Personen herzlich begrüßt. »Moin, Jan«, rief ihm Lübbo Krayenborg entgegen und klopfte ihm, als Scherrmann sich neben ihn stellte, freundschaftlich auf die Schulter. Der alte Herr hatte die Achtzig bereits überschritten, hielt sich aber, trotz eines Nierenleidens, rüstig auf den Beinen und leitete und koordinierte den Altherrenstammtisch seit dem ersten Tag seines Bestehens. Er war von eher kleiner, gedrungener Statur, erweckte durch sein selbstbewusstes Auftreten jedoch schnell den Eindruck nicht nur geistiger, sondern auch körperlicher Überlegenheit. Scherrmann war schnell klar gewesen, dass ohne Lübbo Krayenborg in Canhusen nichts lief. Viele nannten ihn scherzhaft Bürgermeister, obwohl Canhusen über einen solchen natürlich nicht wirklich verfügte. Der offizielle Bürgermeister saß in Hinte, akzeptierte aber von jeher die hervorgehobene Position seines heimlichen Rivalen. Nicht weil er ihn besonders schätzte, sondern weil er es sich ansonsten mit allen Canhusern ganz schnell verscherzt hätte. Und dass er sich das als Politiker, der noch Karriere machen wollte, nicht erlauben konnte, erklärte sich ja von selbst.

Lübbo hatte seine Frau Fenna mitgebracht, die erst vor wenigen Tagen mit einem großen Fest ihren achtzigsten Geburtstag in ebendiesem Gemeindehaus gefeiert hatte. Lübbo hatte aus diesem Anlass einen sündhaft teuren Catering-Service für einen ganzen Tag gebucht und eine bekannte ostfriesische Kapelle aufspielen lassen. Das ganze Dorf war bereits zum Frühstück eingeladen worden und hatte sich bis in den späten Abend hinein mit erlesenen Speisen und Getränken verköstigen lassen. Auf der Wiese vor dem Gemeindehaus hatte Lübbo einen Tanzboden errichten lassen und mit seiner Fenna bis tief in die Nacht schwungvoll seine Runden gedreht. Es war ein Fest gewesen, wie es Canhusen noch nicht erlebt hatte. Allein, es hatte vor allem den Gästen Spaß gemacht, keineswegs aber der Jubilarin selbst. Zwar hatte sich Fenna den ganzen Abend bemüht, einen fröhlichen und gelösten Eindruck zu machen, aber Jan Scherrmann hatte sie nicht täuschen können. Nicht nur ihm war bekannt, dass die alte Dame eigentlich viel lieber im Familienkreis mit ihrer noch lebenden Schwester Okka und ihren Kindern, Enkeln und Urenkeln gefeiert hätte. Aber das hatte ihr Gatte nicht zugelassen. Nein, Fenna sollte sich feiern lassen an ihrem großen Tag, da kam gar nichts anderes infrage. Und wenn Lübbo das so beschlossen hatte, dann war es Gesetz. Egal, was seine Frau oder irgendwer dazu zu sagen hatte.

Alles, was Lübbo sagte, war Gesetz, das kannte man in Canhusen nicht anders. Und somit widersprach ihm auch keiner. Insgeheim tat den Menschen ihre alte Nachbarin Fenna zwar leid, wusste doch ein jeder, wie ungern sie im Mittelpunkt stand und wie wohl sie sich hingegen im Kreise ihrer Lieben fühlte. Aber auch das war Canhusen. Es nahm auf den Einzelnen nicht viel Rücksicht, wenn es galt, den Frieden im Dorf zu wahren. Und das war nur möglich, wenn man sich gut mit Lübbo Krayenborg stellte. Alles andere wäre gesellschaftlicher Selbstmord gewesen.

Jan Scherrmann drückte Fenna die Hand und bemerkte, dass sie trotz der Hitze eiskalt war. Er sah der zierlichen Frau lächelnd in das von tiefen Falten durchfurchte Gesicht, und sie nickte ihm freundlich zu, wobei sie sich allerdings leicht zur Seite drehte, wohl um den Bluterguss, der auf ihrer rechten Wange prangte, zu verstecken.

»Das sieht aber nicht gut aus«, bemerkte Scherrmann dennoch und sah sie mit zusammengekniffenen Augen an.

»Och, Fenna ist mal wieder ein bisschen trottelig gewesen«, bemerkte Lübbo und schlang grinsend den Arm um die Hüfte seiner Frau. »Hat sich an der Tür vom Küchenschrank gestoßen. Ich hatte ihr ja vorher gesagt, sie solle sie lieber wieder zumachen, nicht dass sie sich stößt beim Geschirrspüler-Ausräumen. Aber, nun ja, sie wollte ja nicht auf mich hören.«

»Ja«, pflichtete ihm nun sein Freund Johann Schepker bei und lachte kurz auf, »so ist unsere Fenna, ständig legt sie sich mit Möbelstücken an oder fällt die Treppe runter. Aber das ist nun mal so, Jan, da musste dir nichts bei denken. Das war schon immer so, seit ich sie kenne, seit achtzig Jahren nämlich.«

Scherrmann räusperte sich vernehmlich, erwiderte aber nichts. Stattdessen wandte er sich den zahlreichen Kisten zu, die sich vor den Stellwänden stapelten. Auf jeder der Kisten stand in großen schwarzen Ziffern eine Jahreszahl oder ein Zeitraum.

Er hatte sie gestern schon vorsortiert, jetzt mussten die Bilder und die dazugehörigen Bildunterschriften nur noch an ihren Platz geheftet werden.

»Na, dann legen wir mal los«, verkündete Lübbo Krayenborg, griff sich die erste Kiste mit der Aufschrift *1920–1932* und wuchtete sie mit einem lauten Stöhnen auf einen der Tische, die in der Mitte des Raumes standen. »So, Fenna, du gibst mir die Fotos und ich bringe sie an der Tafel an«, keuchte er und wischte sich mit einen Taschentuch aus blau kariertem Stoff die Schweißperlen von der Stirn.

»Ich würde auch gerne die Fotos anbringen«, sagte Fenna leise, »daran hätte ich großen Spaß. Weißt du, Jan«, fügte sie an Scherrmann gewandt hinzu, »ich bin schon ganz gespannt, was da alles in den Kisten zu finden ist. Ich habe ja mein ganzes Leben in Canhusen verbracht und bestimmt so einiges vergessen. Es war eine so großartige Idee von dir, diese Ausstellung zu machen, Jan. Erst gestern habe ich zu Johanns Frau Edith gesagt, dass ...«

»Fenna, hör auf, so viel zu brabbeln, und gib mir endlich die Fotos«, brummte Lübbo und sah seine Frau finster an. »Die Geschichten, die du zu erzählen hast, interessieren Jan doch überhaupt nicht.«

»Doch, sicher interessieren sie mich, und ich fände es auch gut, wenn Fenna die Fotos ...«, warf Jan ein, wurde aber durch den herrischen Tonfall seines Nachbarn sogleich wieder unterbrochen.

»Fenna, die Fotos, aber ein bisschen fix!«, brüllte Lübbo, und sein Gesicht lief puterrot an. Er duldete keinen Widerspruch. Schlimm genug, dass nicht ihm die Idee mit der Fotoausstellung gekommen war, sondern Jan, einem Zugezogenen, der mit diesem Dorf so rein gar nichts zu tun hatte. Aber sich von ihm nun auch noch vorschreiben zu lassen, wer hier was zu tun hatte, das ging wirklich zu weit.

Mit viel Sorgfalt hefteten Lübbo und Johann die Bilder an die Stellwände, und zu beinahe jedem Foto, das sie in die Hände bekamen, hatten sie etwas zu sagen. Scherrmann hörte interessiert zu und stellte Fragen. So wäre es sicherlich ein ganz amüsanter Nachmittag geworden, wenn Fenna nicht so betont lustlos ihrer Aufgabe, ihrem Mann die Fotos zu reichen, nachgekommen wäre. Scherrmann wusste, dass sie sich sehr auf diesen Nachmittag gefreut hatte. Immer wieder hatte sie ihm das in den vergangenen Wochen gesagt, wenn sie ihm irgendwo über den Weg gelaufen war. Aber nun schien ihr aller Spaß vergangen zu sein, nachdem ihr Mann sie so unwirsch abgebügelt hatte. Scherrmann schenkte ihr immer mal wieder ein aufmunterndes Lächeln, aber sie reagierte darauf nur, indem sie den Kopf senkte und so tat, als sei sie voll und ganz auf ihre Arbeit konzentriert.

Lübbo und Fenna hatten die erste Stellwand bestückt und machten sich nun an die Jahre 1946 bis 1955, während Scherrmann und Johann Schepker noch mit der Zeit des Nationalsozialismus und dem Zweiten Weltkrieg beschäftigt waren. Fenna sah die vergilbten Schwarz-Weiß-Bilder kaum an und schien völlig in Gedanken versunken. Umso erschrockener war Scherrmann, als sie plötzlich einen erstickten Schrei ausstieß, sich im nächsten Moment auf einen Stuhl fallen ließ und das Foto, das sie in ihrer Hand hielt, mit leichenblassem Gesicht und weit aufgerissenen Augen anstarrte, während sie die linke Hand auf ihr Herz presste.

»Ist dir nicht gut, Fenna?«, fragte Scherrmann besorgt und legte ihr seine Hand auf die Schulter. Aber die alte Frau antwortete nicht, sondern schien in einer Schockstarre gefangen zu sein.

»Was ist los, Fenna?«, knurrte Lübbo ungehalten, »wo bleibt das nächste Foto?«

Aber auch auf ihn reagierte sie nicht. Lübbo machte ein paar Schritte auf sie zu und riss ihr das Foto aus den Händen, was sie zunächst mit einem ungläubigen Gesichtsausdruck quittierte. Dann aber fing sie am ganzen Leib an zu zittern und streckte mit flehenden Augen die Hand nach dem Bild aus. Mit Entsetzen bemerkte Scherrmann den Blick, mit dem der alte Mann das Foto anstarrte. In ihm stand der blanke Hass. Im nächsten Augenblick zerriss Lübbo das Bild in zwei Hälften, ließ diese auf den Boden fallen und wandte sich wortlos dem Ausgang zu. Kurz darauf hörte man ihn »Fenna, komm sofort her, wir gehen nach Hause!« brüllen. Scherrmann wollte die nun völlig verstörte Frau zurückhalten, aber sie schüttelte nur den Kopf und beeilte sich, immer noch am ganzen Körper zitternd, ihrem Mann zu folgen.

Scherrmann sah Johann Schepker, der völlig verdattert im Raum stand und auf einen imaginären Punkt an der leeren, weiß getünchten Wand gegenüber starrte, fragend an. »Johann, kannst du mir erklären, was das zu bedeuten hat?«, fragte er leise und bückte sich, um die zerrissene Schwarz-Weiß-Fotografie aufzuheben.

»Das musste ja so kommen«, murmelte Johann.

»Was? Was musste so kommen?«, fragte Scherrmann, legte die zwei Teile des Fotos auf den Tisch und schob sie wieder aneinander. Auf dem Bild waren zwei junge Männer zu sehen, vielleicht zwanzig Jahre alt, die sich gegenseitig den Arm um die Schulter gelegt hatten und mit strahlend weißen Zähnen und wuscheliger blonder Haarmähne in die Kamera lachten. In der Hand hielten sie jeweils eine nicht sehr große, nach unten spitz zulaufende Papiertüte, die sie mit so stolzem Blick präsentierten, als hätten sie soeben einen wertvollen Schatz gehoben. Ihre Gesichter, so war es selbst auf dem Schwarz-Weiß-Bild zu erkennen, waren braun gebrannt, sie trugen fadenscheinige Hemden sowie Hosen, deren Beine mehrere Risse aufwiesen. Sie standen barfuß im hohen Gras, im Hintergrund war die Canhuser Kirche zu erkennen. Sie sahen sich ein wenig ähnlich, fand Scherrmann.

»Wir dachten, es gebe kein Foto mehr von denen.«

»Von wem? Wer sind diese Männer, Johann?«

Ganz langsam, wie in Zeitlupe, drehte sich Johann um und zeigte mit dem Finger auf das Bild. »Das da links ist Siebo Manninga, der daneben heißt Tammo Freerksen.«

Scherrmann fühlte plötzlich einen kalten Schauer über den Rücken gleiten, sog tief die Luft ein und sagte dann: »Und was ... hat es mit diesen Männern auf sich?«

»Sie sind mit uns aufgewachsen, hier in Canhusen.«

»Also hat Fenna sie auch gekannt?«

»Sicher, Fenna war sogar mit einem von ihnen verlobt. Mit dem hier.« Er zeigte auf Tammo Freerksen.

»Was ist passiert?«

»Sie sind gestorben.«

»Gestorben? Im Krieg?«

»Hm.«

»Waren sie genau so alt wie ihr, ich meine, wie Lübbo und du?«

»Ja, ungefähr so alt.«

Scherrmann rechnete nach. »Dann muss dieses Bild aber nach dem Krieg aufgenommen worden sein.«

»Kann auch sein.«

»Du weißt nicht mehr, wann genau deine Freunde ums Leben gekommen sind?«, fragte Scherrmann und sah Johann ungläubig an.

»Es ist schon lange her. Aber stimmt, es war nach dem Krieg. Ja, sie sind nach dem Krieg umgekommen.«

»Wie ist das passiert?«

Johann machte eine wegwerfende Handbewegung. »War eine blöde Geschichte. Will ich jetzt nicht drüber reden. Ist ja auch egal. Sind tot und bleiben tot.«

Scherrmann schluckte und sah sich die beiden fröhlich lachenden jungen Männer noch einmal an. Wie gut gelaunt sie aussahen und so ... lebendig! »Und Fenna hat dann Lübbo Krayenborg geheiratet, nachdem Tammo Freerksen gestorben war?«, hakte er nach.

»So isses.«

»Und warum hat sie so erschrocken auf das Bild reagiert?«

»Sie ... hat wohl schon lange keins mehr gesehen.«

»Ihre Reaktion war seltsam. Ich meine, der Mann ist seit ungefähr sechzig Jahren tot. Da muss sie doch drüber hinweg sein.«

»Ja. Sollte man meinen.«

»Und warum war Lübbo so sauer?«

»Hm. Musst ihn selber fragen. Ist 'ne Sache zwischen Lübbo und Fenna. Da misch ich mich nicht ein.«

»Siebo Manninga«, sagte Scherrmann, und seine Stimme klang plötzlich heiser, »war der auch verlobt gewesen?«

»Ja ... äh ... nee.«

»Was denn nun?«

»Da gab es eine Frau, glaube ich, aus dem Nachbardorf, aus Osterhusen. Aber ganz sicher bin ich mir nicht. Siebo kam gut an bei den Frauen damals. Genau wie Tammo.«

»Waren ja auch zwei hübsche Kerle.«

»Jo.«

Scherrmann schob das zerrissene Bild beiseite. Er würde es nicht an die Stellwand hängen, nachdem es Fenna so in Aufregung versetzt hatte. »Machen wir weiter?«, fragte er dann und wandte sich wieder der Kiste mit Fotos zu, die sie vor dem Zwischenfall bearbeitet hatten.

»Jo«, sagte Johann und atmete tief ein. Offensichtlich war er froh, dass Scherrmann nicht weiter in ihn drang.

Schweigend und tief in ihre Gedanken versunken arbeiteten sie für eine Weile Hand in Hand und waren in den Sechzigerjahren angekommen, als Scherrmann an der Tür des Gemeindehauses plötzlich einen Schatten vernahm. Er drehte sich um und schaute in das gelangweilte Gesicht von Amelie. »Hallo Amelie«, sagte er und lächelte sie an, »hast du nicht vielleicht Lust, uns zu helfen?«

»Wobei?«

»Fotos aufhängen.«

»Warum?«

»Weil's Spaß macht?«

»Was soll denn daran wohl Spaß ...«

»Guck mal, Amelie, hier ist ein Foto von deinen Großeltern, als sie noch ganz jung waren«, meldete sich unvermittelt Johann zu Wort.

»Zeig mal«, rief das junge Mädchen und ging, nun plötzlich doch interessiert, auf ihn zu. »Krass«, sagte sie, als sie das Foto, das Johann soeben aus der Kiste gefischt hatte, in der Hand hielt, »die waren ja mal voll jung.«

»Kannst es gleich hier dazuhängen«, sagte Scherrmann und zeigte auf eine passende Lücke in einer Reihe von Bildern, die er gerade aufgehängt hatte. Das tat Amelie und pinnte auch gleich die Unterschrift darunter, die lautete: *Verlobung von Eeske und Hinnerk Janssen, 1969.*

2

Die viele Arbeit hatte sich gelohnt. Die Gäste der Fotoausstellung waren begeistert, selbst Bürgermeister Meinhard Harms war gekommen und hatte sogar ein Grußwort gehalten, in dem er auf die lange, mehrere Hundert Jahre alte Geschichte der Gemeinde Hinte im Allgemeinen und der Ortschaft Canhusen im Besonderen eingegangen war.

Im kleinen Gemeindehaus entstand gleich nach der Eröffnung der Ausstellung ein unglaubliches Gedränge, obwohl man die Tische bereits wohlweislich nach draußen gestellt hatte, um möglichst viel Platz zu schaffen. Auf ihnen wurden nun Kaffee, Tee und frischer Kuchen serviert. Am anderen Ende der Freifläche waren ein paar Männer damit beschäftigt, einen großen Schwenkgrill aufzubauen, unter ihnen auch Lübbo Krayenborg, der lautstark seine Anweisungen brüllte.

Jan Scherrmann schlenderte auf ihn zu, um sich nach dem Befinden von Fenna zu erkundigen, die er in den letzten Tagen nicht mehr gesehen hatte und die auch jetzt nicht zu der Veranstaltung, die ihr doch so sehr am Herzen gelegen hatte, gekommen war. Doch war es gar nicht so einfach, zu Lübbo vorzudringen, denn immer wieder wurde Scherrmann in Gespräche über die Ausstellung verwickelt oder einfach nur auf eine Tasse Tee und ein Stück Kuchen eingeladen. Jung und Alt schienen sich prächtig zu amüsieren und waren so voll des Lobes für den Organisator dieses außergewöhnlichen Events, dass es Scherrmann schon nach kurzer Zeit unangenehm wurde.

Gerade meinte er, sein Ziel, mit Lübbo Krayenborg sprechen zu können, endlich erreicht zu haben, als jemand an seinem völlig durchschwitzten T-Shirt zupfte. Er drehte sich um und sah Eike Diekhoff vor sich, einen Mann mittleren Alters, der einen der Bauernhöfe in Canhusen betrieb und, wenn man sich mit ihm unterhielt, kein anderes Thema kannte als die Landwirtschaft. Er war Bauer mit Leib und Seele und im Dorf wurde gelästert, er verhätschle seine rund fünfzig Kühe mehr als seine Frau und seine zwei Kinder. Manch einer behauptete sogar, er würde öfter im Kuhstall übernachten als bei seiner Frau im Bett, aber das schien Jan Scherrmann doch ein wenig weit hergeholt.

»Herr Scherrmann, Sie sind doch Rechtsanwalt«, sagte Eike Diekhoff nun und sah Scherrmann fragend an.

»Ich war Rechtsanwalt, Herr Diekhoff. Wie Sie wissen, habe ich keine Kanzlei mehr.«

»Ja, weiß ich doch«, nickte Diekhoff.

»Und was kann ich für Sie tun?«

Diekhoff schaute sich um, entdeckte Lübbo Krayenborg, der unmittelbar hinter ihm stand, und bedeutete Scherrmann mit einem Handzeichen, sich von der etwas höher gelegenen Wiese hinunter auf die Straße zu begeben.

»Ich wollte eigentlich gerade mit Lübbo sprechen«, sagte Scherrmann mit gerunzelter Stirn.

»Nur ein paar Minuten«, bettelte Diekhoff.

»Na gut, gehen Sie schon mal vor. Ich komme zu Ihnen, sobald ich mit Lübbo gesprochen habe. Versprochen«, fügte er hinzu, als er Diekhoffs zweifelnden Gesichtsausdruck sah.

Eike Diekhoff trollte sich die Wiese hinunter, und Scherrmann wandte sich seinem alten Nachbarn zu, der sich nach wie vor am Grill zu schaffen machte, an dem es anscheinend etwas zu reparieren gab.

»Moin, Lübbo«, grüßte Scherrmann, der schon den ganzen Morgen den Eindruck gehabt hatte, dass der alte Mann ihm absichtlich aus dem Weg ging. Denn ganz entgegen seiner Gewohnheit war Lübbo am Morgen nicht als einer der Ersten am Gemeindehaus gewesen, sondern hatte sich erst deutlich später ins Getümmel gestürzt und sich auch bei der Ansprache des Bürgermeisters auffallend zurückgehalten, als es galt, nach dessen kurzweiligem Vortrag ein paar Dankesworte zu murmeln. Zwar hatten ihn alle auffordernd angestarrt, als der Bürgermeister geendet hatte, aber er hatte nur mit dem Kopf geschüttelt. Schließlich war Scherrmann selbst aufgestanden und hatte unvorbereitet ein paar Worte aus dem Ärmel geschüttelt, was ihm dank seiner Erfahrung als Rechtsanwalt, durch die er es gewohnt war, auf unvorhergesehene Situationen spontan zu reagieren, nicht schwergefallen war.

Er führte die ungewohnte Zurückhaltung Lübbo Krayenborgs auf den vergangenen Dienstag zurück, als er, Scherrmann, abends beim Altherrenstammtisch versucht hatte, mehr über das Schicksal der beiden jungen Männer vom Schwarz-Weiß-Foto zu erfahren, das Lübbo vor den Augen seiner am ganzen Leib zitternden Frau so demonstrativ zerrissen hatte. Kaum, dass er das Thema aufgegriffen hatte, war es plötzlich ganz still geworden am Stammtisch. Scherrmann hatte das Gefühl gehabt, dass bereits alle anwesenden Herren über den Zwischenfall im Gemeindehaus informiert gewesen waren, obwohl er erst wenige Stunden her war. Irgendwer musste also gleich im Anschluss den Dorffunk in Gang gesetzt haben. Scherrmann tippte auf Lübbo selbst, denn so verlegen, ja geradezu eingeschüchtert, wie die Männer auf seine Fragen reagierten, musste sie jemand im Vorfeld unter Druck gesetzt haben. Und das beherrschte sicherlich keiner im Dorf so gut wie der Bürgermeister. Scherrmann aber hatte nicht klein beigegeben, sondern als Reaktion auf die geballte Mauer des Schweigens mit ebendieser Frage reagiert, nämlich warum es Lübbo so wichtig sei, dass zu der Geschichte der beiden Männer nichts bekannt wurde. Und warum Fenna so außer sich gewesen sei, als sie das Foto aus dem Karton gefischt hatte.

Lübbos Freund Johann Schepker hatte ihm mit einem flehenden Gesichtsausdruck bedeutet, ruhig zu sein und keine Fragen mehr zu stellen. Aber Scherrmann hatte ihn nicht beachtet. Im Gegenteil hatte ihn das demonstrative Schweigen so wütend gemacht, dass er angefangen hatte, immer weitere Fragen zu stellen. Warum hatten die beiden jungen Männer sterben müssen? War es ein Unfall gewesen? Oder eine Krankheit? Waren sie gar getötet worden? Bei dem Wort *getötet* waren die Männer am Tisch sichtlich zusammengezuckt und hatten fast gleichzeitig nach ihrem Bier gegriffen, um einen tiefen Schluck zu nehmen. »Es reicht«, hatte Lübbo plötzlich gebrüllt und mit seiner donnernden Stimme, die wie ein scharfer Keil in die angespannte Stille des Gemeindehauses gefahren war, dafür gesorgt, dass sich mindestens zwei der Anwesenden fürchterlich an ihrem Bier verschluckten und noch Minuten später vor sich hin japsten.

Scherrmann hatte begriffen, dass er an dieser Stelle nicht weiterkam, und hatte das Gemeindehaus mit einem knappen Gruß verlassen. Um den Tod der beiden jungen Männer auf dem Foto schien sich ein jahrzehntealtes Geheimnis zu ranken, das von dem Altherrenstammtisch oder sogar von der ganzen Canhuser Dorfgemeinschaft wie ein geheimer Schatz gewahrt wurde.

»Moin, Lübbo«, sagte Scherrmann nochmals, denn der alte Mann hatte auf seinen ersten Gruß nicht reagiert. Nun aber schaute er zu ihm auf und zog mürrisch die Augenbrauen zusammen. »Moin, Jan«, knurrte er, »was gibt's?«

»Wollte mal hören, was mit Fenna ist. Sie ist ja gar nicht hier.«

»Geht ihr nicht gut.«

»Was hat sie denn?«

»Krank.«

»Wie, krank. Was Ernstes?«

Lübbo kam mühsam aus der Hocke hoch. Scherrmann wollte ihm helfen, aber er schlug die Hand weg. »Das schaff ich gerade noch allein«, brummte er und sah Scherrmann mit einem so feindseligen Blick an, dass dieser instinktiv einen Schritt zurücktrat. »Fenna ist krank. Alles andere geht dich nichts an.«

»Wenn ich irgendwie helfen kann ...«

»Nee.«

»Lübbo, ich ...«

»Brauchst nicht mehr zum Stammtisch zu kommen, Jan. Bist da von jetzt an unerwünscht.«

»Du erklärst mich zur *persona non grata*, einfach so?«

»Zu wat?«, fragte Lübbo und machte ein so herrlich konsterniertes Gesicht, dass Scherrmann wohl zu jedem anderen Zeitpunkt laut aufgelacht hätte. Aber sein Spaß an dieser Situation hielt sich in Grenzen.

»Unerwünscht, soso«, sagte er deshalb nur und sah den alten Mann herausfordernd an.

»So isses.«

»Na, ich werde auch ohne den Stammtisch herausbekommen, was sich damals ereignet hat.«

Lübbo lief rot an und holte tief Luft, so, als wolle er etwas erwidern. Dann aber machte er nur eine wegwerfende Handbewegung und wandte sich wieder dem Grill zu.

Scherrmann schüttelte verärgert den Kopf. Nicht, weil er besonders traurig und enttäuscht war, dass er nicht mehr zum Stammtisch geladen wurde. Nein, das würde er schnell verwinden, so wichtig war der ihm sowieso nicht gewesen. Eine gute Informationsquelle darüber, was im Dorf so los war, ja. Aber das würde er auch auf anderem Wege erfahren. Genau genommen ließ es sich sogar gar nicht vermeiden, dass man alles erfuhr, selbst wenn man es gar nicht wollte. Denn dazu war Canhusen nun tatsächlich zu klein und deren Bewohnerschaft zu mitteilsam. Nein, dumm sterben würde er hier ganz sicherlich nicht.

Sein verärgertes Kopfschütteln galt vielmehr der Tatsache, dass er nicht wusste, was mit Fenna war. Er vermutete stark, dass Lübbo sie nach dieser Geschichte im Gemeindehaus ganz besonders übel zugerichtet hatte. Denn dass der feine Herr Bürgermeister seine Frau schlug, lag auf der Hand. Scherrmann hatte einen Blick dafür. Während seiner Berufslaufbahn als Rechtsanwalt hatte er genau diese Fälle verteidigt, hatte sich sozusagen auf sie spezialisiert. Ja, er hatte wirklich viele Frauen gesehen, die von ihren Männern geprügelt und gedemütigt wurden, durch alle sozialen Schichten hindurch. Auch wenn es häufig vermutet wurde, so waren Geld und eine gute Bildung ganz gewiss kein Garant für Gewaltfreiheit. Scherrmann hatte im Gegenteil zahlreiche in Seide gekleidete und mit teurem Schmuck behängte Gattinnen in seiner Kanzlei sitzen gehabt, die gar nicht so viel Schminke hatten auftragen können, als dass man ihr blaues Auge nicht mehr sah. Verdächtig waren auch die gewesen, die mitten im Sommer einen fein drapierten Schal um den Hals trugen, um die Würgemale, die ihnen ihr in der feinen Gesellschaft hoch angesehener Gatte zugefügt hatte, zu verdecken.

Dass es keinen Sinn hatte, Lübbo anzuzeigen, war klar. Fenna war noch nicht so weit, gegen ihn auszusagen. In ihrem hohen Alter war es auch sehr unwahrscheinlich, dass sie sich dazu noch durchringen würde. Zu viel stand dabei für sie auf dem Spiel. Ihr Leben würde plötzlich ein ganz anderes sein. Womöglich würden sich sogar viele ihrer Freunde und Bekannten gegen sie stellen, da sie ihre vermeintlich heile Welt verraten und die sorgsam errichtete Fassade eingerissen hatte. Nein, die Menschen wollten ihre Ruhe haben und sich in ihrem vertrauten Umfeld, in ihrer kleinen Welt in Sicherheit wiegen, koste es, was es wolle. Packte Fenna aber aus und würde ihren prügelnden Mann anzeigen, dann würden Fragen gestellt. Viele Fragen. Im ganzen Dorf. Bei jedem einzelnen Nachbar. Und das wäre unverzeihlich. Eine alte Frau, die das ungeschriebene Gesetz einer Dorfgemeinschaft, persönliche Probleme zum Wohle der Gemeinschaft so tief wie irgend möglich unter den Teppich zu kehren, missachtete, würde für immer in Ungnade fallen. Sie wäre plötzlich nicht mehr Opfer, sondern Täter. Sie würde nicht auf Mitleid hoffen können. Sie wäre auf einmal sehr einsam.

Eike Diekhoff sah Scherrmann bereits erwartungsvoll entgegen, als dieser die kleine Treppe zum Gemeindehaus hinunterkam und auf die Straße trat. Sofort schickte er seine zwei Kinder weg, die ihn, ihrem Gesichtsausdruck nach zu urteilen, anscheinend um irgendetwas angebettelt, es aber nicht bekommen hatten und nun beleidigt von dannen zogen.

»Na, Herr Diekhoff«, fragte Scherrmann, »was gibt es denn so dringend?«

»Ach, die wollten nur schon wieder ein Eis aus der Gefriertruhe haben. Dabei steht hier doch alles voller Kuchen.« Diekhoff machte eine ausladende Armbewegung und fing damit die gesamte Szenerie rund um das Gemeindehaus ein.

Scherrmann lachte. »Ja, so sind sie, die Kinder. Aber das meinte ich allerdings gar nicht. Ich wollte eigentlich nur wissen, warum Sie mich so dringend sprechen wollten.«

»Ach so.« Diekhoff grinste und fuhr sich verlegen durch den Bart. Dann sah er sich nach allen Seiten um. »Können wir vielleicht ein Stück gehen, weg von den ganzen Leuten hier?«

»Na, Sie machen es aber spannend.«

»Muss ja nicht jeder gleich hören, was wir zu besprechen haben.«

»Okay, laufen wir ein Stück. Vielleicht einmal den Canhuser Ring entlang? Dann kommen wir hier irgendwann automatisch wieder an.«

»Also, wenn Sie mich fragen, Herr Scherrmann, dann kommen wir hier immer automatisch wieder an, egal, in welche Richtung wir laufen. So groß ist Canhusen ja nun wirklich nicht.«

»Da haben Sie zweifelsfrei recht.«

Als sie sich auf den Weg einmal rund um das Dorf machten, wie Scherrmann es vorgeschlagen hatten, nahm Eike Diekhoff Daumen und Zeigefinger in den Mund und stieß einen schrillen Pfiff aus. Gleich darauf kam ein mittelgroßer, schwarz-weißer Mischlingshund laut kläffend und wild mit dem Schwanz wedelnd aus einem Gebüsch geschossen und schloss sich ihnen an.

»Woodstock scheint sich ja mächtig über den Spaziergang zu freuen«, stellte Scherrmann fest.

»Jo. Ist ein wilder Hund. Streunt den ganzen Tag wie ein Vagabund durch die Gegend und tut dann so, als wäre er tagelang eingesperrt gewesen, wenn man ihn auf einen Spaziergang mitnimmt. Versteh einer diesen Köter.«

Woodstock rannte, die Nase wie ein Trüffelschwein immer am Boden, den beiden Männern ein ganzes Stück voraus, markierte hier und da einen Grasbüschel am Wegesrand und fischte schließlich einen Ast aus einem Straßengraben, der mindestens doppelt so lang war wie er selbst. Mit stolz erhobenem Kopf kam er auf Scherrmann zu und schmiss ihm den Stock direkt vor die Füße. Der tat ihm den Gefallen, nahm den Ast hoch und schleuderte ihn dann weit ins Feld hinein. Aufgeregt kläffend setzte Woodstock seiner Errungenschaft nach, sprang mit einem Satz über den Graben und war nun für eine ganze Weile mit der Suche beschäftigt.

»Also, Herr Diekhoff, was wollten Sie mit mir besprechen?«, fragte Scherrmann.

»Es geht um meinen Hof. Besser gesagt um die Tiere.«

»Ihre Kühe, meinen Sie.«

»Ja, und auch die Schweine.«

»Was ist mit ihnen?«

»Ich habe sie schlachten lassen. Also, ein paar von ihnen. Die, die gerade an der Reihe waren eben.«

»Das kommt vor auf einem Bauernhof«, bemerkte Scherrmann, und sein ironischer Unterton war kaum zu überhören.

»Jo. Aber jetzt hab ich ein Problem. Ein böses Problem.«

»Und das wäre?«

»Die Händler wollen mir das Fleisch nicht abnehmen.«

»Warum das denn? Ist irgendwas damit nicht in Ordnung?«

»Das kann mal wohl sagen. Man hat Wachstumshormone im Fleisch gefunden. Jede Menge Wachstumshormone.«

»Aber ich denke, Sie haben einen Biohof. Da darf doch so was gar nicht eingesetzt werden.«

»Eben.«

»Und warum haben Sie es dann getan?«

»Hab ich doch gar nicht.«

»Sondern?«

»Ich weiß es ja nicht. Deshalb wollte ich doch mit Ihnen reden.«

»Sie wissen nicht, wie die Hormone in Ihre Tiere gekommen sind?« Ungläubig sah Scherrmann seinen Nachbarn Diekhoff von der Seite an, während er erneut den Stock von Woodstock in ein frisch abgeerntetes Stoppelfeld schleuderte.

»So isses. Ich habe wirklich keine Ahnung, wie das passieren konnte. Ich weiß ja nicht mal, wie man an so ein Zeug rankommt.« Eike Diekhoff hatte nun ein so sorgenvolles Gesicht aufgesetzt, dass Scherrmann ihm seine Unwissenheit sofort abnahm. Dieser Mann, der hier neben ihm lief, in Jeans und Leinenhemd und mit Birkenstockschlappen an den Füßen, hatte Angst. Angst um seine Existenz.

»Sie glauben, dass noch weitere Ihrer Tiere davon betroffen sein könnten?«

Diekhoff nickte stumm und trat einen Stein zur Seite, der vor ihm auf dem Weg lag.

»Haben Sie einen Verdacht? Ich meine, können Sie sich vorstellen, dass da irgendwer seine Finger im Spiel hat, der Ihnen schaden will?«, hakte Scherrmann nach.

Wieder nickte Diekhoff. »Es ... ich weiß nicht, ob ich es wirklich sagen soll.«

»Aber deshalb wollten Sie doch mit mir sprechen, oder?«

»Jo. Aber was ist, wenn das alles nicht stimmt? Wenn mein Verdacht falsch ist? Wenn das Zeug nur aus Versehen in meine Tiere ...«

»Aus Versehen?«, unterbrach Scherrmann ihn. »Wie, bitte schön, können denn Wachstumshormone aus Versehen in einem solchen Ausmaß in Ihre Tiere gelangen, dass das Fleisch nicht mehr verwertbar ist?«

»Als Biofleisch nicht mehr verwertbar ist«, präzisierte Diekhoff. »Als konventionelles Fleisch würde es durchgehen. Da sind solche Hormone ja normal.«

»Gut. Aber Sie werden es auf Ihren Absatzmärkten nicht los, richtig?«

»Jo.«

»Und weil das so nicht weitergehen kann, müssen Sie handeln, richtig?«

»Jo, glaub schon.«

»Sie *müssen* handeln, Diekhoff, sonst gefährden Sie Ihre Existenz. Also, wen haben Sie im Verdacht, da seine Finger im Spiel zu haben?«

Diekhoff zögerte und schien froh zu sein, dass in diesem Moment sein Hund wieder angesprungen kam und diesmal eine längere Holzlatte in der Schnauze trug. Offensichtlich hatte Woodstock seinen Ast nicht mehr finden können. Oder aber die Latte war ihm als Spielzeug attraktiver erschienen. »Gib schon her«, sagte Diekhoff zu Woodstock und zog ihm das morsche Stück Holz aus dem Maul. Er ließ es ein paarmal über dem Kopf kreisen und warf es dann in hohem Bogen auf eine Wiese, auf der ein Anhänger mit Heuballen stand und darauf wartete, abtransportiert zu werden.

»Lübbo. Lübbo Krayenborg«, sagte er dann unvermittelt.

»Sie verdächtigen Lübbo Krayenborg, Ihren Tieren Hormone verabreicht zu haben?«

»Ich weiß nicht, ob er es selbst gemacht hat. Vielleicht hat er auch jemanden beauftragt.«

»Und warum sollte er so etwas tun?« Scherrmann sah keinerlei Zusammenhang zwischen Eike Diekhoffs Kühen und Lübbo Krayenborg.

»Er hat mir gedroht.«

»Er hat Ihnen gedroht? Womit?«

»Na, damit.«

»Er hat damit gedroht, dass er Ihren Tieren Wachstumshormone spritzen würde?«

»Nein, nicht so direkt. Er hat gesagt, er würde meine Existenz zerstören.«

»Aber warum? Ich meine, er muss doch einen Grund haben.«

»Jo. Er meint, dass er einen hat.«

»Und welchen?«

»Kennen Sie seinen Sohn?«

»Ja, sicher. Ihm gehört doch der große Hof da drüben, ein paar Hundert Meter von hier.« Scherrmann machte eine Armbewegung in die Richtung, in der er den Hof vermutete. »Ich meine, ihn gerade auch auf der Ausstellung gesehen zu haben, oder?«

»Ja«, nickte Diekhoff. »Immo ist ein paar Jahre älter als ich. Der Jüngste von den Krayenborg-Kindern. Er hat noch zwei ältere Schwestern, Deike und Kirsten.«

»Ist mir bekannt, ja. Immo hat den Hof seines Vaters übernommen.«

»Richtig. Lübbo war früher auch Landwirt. Er ist dann mit Fenna ins Dorf gezogen, aufs Altenteil, als Immo den Hof übernommen hat. Deike lebt in Oldenburg, Kirsten in Emden.«

»Also, was hätte Lübbo für einen Grund, Ihre Existenz zu zerstören?«

»Ich habe seinen Sohn Immo vor einiger Zeit dazu überredet, nein, davon überzeugt, dass er auch auf biologische Landwirtschaft umstellt.«

»Und was ist daran so schlimm? Ich meine, was hat das mit Lübbo zu tun?«

»Lübbo war immer ein überzeugter Vertreter der konventionellen Landwirtschaft. Je mehr Pestizide und chemischer Dünger, desto besser. Auf die Biobauern hat er immer nur verächtlich hinabgeschaut, sie als Ökospinner beschimpft und ihnen ausrichten lassen, sie sollten doch zurück auf die Bäume ziehen, wenn sie mit dem Segen des Fortschritts nicht zurechtkämen.«

»Das passt zu ihm. Was er sagt und macht, ist Gesetz, und alles andere ist Blasphemie.«

»Ja. Und jetzt das. Immo arbeitet heute nach noch viel strengeren Kriterien als ich. Sein Vater spricht deshalb kein Wort mehr mit ihm. Und mir gibt er die Schuld an allem. Wissen Sie, ich war der erste Landwirt, der seinen Hof umgestellt hat. Für meinen Vater war das okay. Er sagte, ich solle das machen, was ich für richtig halte, schließlich habe alles seine Zeit.«

»Gesunde Einstellung.«

»Jo, da hab ich Glück gehabt. Meine Eltern sind nach Hinte gezogen, schauen aber regelmäßig vorbei. Mein Vater ist dann immer ganz neugierig, was ich mir wieder Neues hab einfallen lassen.«

»Und Sie meinen, aus Rache dafür, dass Sie Immo Krayenborg zum Biobauern gemacht haben, will Lübbo Sie jetzt in den Ruin treiben?«

»So sieht's aus. Ich weiß nicht, wer oder was sonst hinter der Sabotage stecken könnte.«

»Klingt einleuchtend. Aber wie kommt Lübbo an das Zeug ran, an die Hormone?«

»Ach, wissen Sie, Lübbo hat so seine Kontakte. Und bestimmt ein paar Leute, die ihm noch was schuldig sind. Oder die er erpressen kann. Der hat so viel Dreck am Stecken, dass es für drei reicht, da bin ich sicher.«

»Er oder sein Mittäter müssten sich Zugang zu Ihrem Stall verschafft haben.«

»Das ist kein Problem. Der steht Tag und Nacht offen. Wir leben hier ja schließlich nicht in Chicago.«

Fast kommt es mir so vor, dachte Scherrmann, sagte aber nichts.

»Sie sollten ihn anzeigen.«

»Ich habe keine Beweise.«

»Sie haben seine Aussage. Gibt es dafür Zeugen?«

»Ja. Immo stand daneben, als er mir gedroht hat.«

»Würde er gegen seinen Vater aussagen?«

»Müsste ihn fragen. Kann sein, kann auch nicht sein.«

»Nun, dann fragen Sie ihn.«

»Würden Sie mich als Anwalt vertreten, Herr Scherrmann?«

Ohne zu überlegen, schüttelte Scherrmann den Kopf. »Nein. Ich habe meine Zulassung als Rechtsanwalt zurückgegeben. Ich möchte jetzt nur noch meinen Ruhestand genießen. Außerdem wäre so eine Sache auch gar nicht mein Spezialgebiet. Aber ich könnte mich mal in der Szene umhören, wer für einen solchen Fall infrage käme. Allerdings kenne ich mich in Ostfriesland nicht so gut aus. Ich kann es aber versuchen.«

»Das ist nett, danke. Ich denke, dass ich gleich morgen zur Polizei gehe und Anzeige erstatte. Selbst wenn nichts dabei herauskommt, soll Lübbo doch sehen, dass er nicht einfach machen kann, was er will.«

»Kann er nicht?«, fragte Scherrmann sarkastisch. »Ich habe in den Monaten, die ich hier lebe, eigentlich den Eindruck gewonnen, dass er hier Narrenfreiheit hat.«

»Ja«, sagte Eike Diekhoff leise, blieb abrupt stehen und richtete seinen Blick starr auf einen imaginären Punkt am Horizont. »Das hat er. Aber damit ist nun Schluss. Endgültig.«

3

Luise Alberts war eine geduldige Frau. Und das war auch gut so, denn ansonsten hätte sie das hektische Leben als Landtierärztin wohl nicht unbeschadet überstanden. Doch seit einigen Tagen ging ihr etwas gewaltig gegen den Strich. Irgendwas lief schief in ihrem Leben. Sie hatte nicht mehr alles im Griff, und das war sie nicht gewohnt. Sie war eine Frau, die anpacken konnte, die sich schon mit so manch wild gewordener Kuh oder tyrannisch veranlagtem Ziegenbock angelegt hatte und aus den Auseinandersetzungen mit bissigem Kleinvieh wie Mäusen, Frettchen oder Ratten, die zu ihr in die Sprechstunde gebracht wurden, in der Regel als Siegerin hervorging.

Und auch in der von Männern dominierten landwirtschaftlichen Szene hatte sie sich nach nicht unerheblichen Anfeindungen und Beleidigungen in der Anfangszeit als Tierärztin Anerkennung und Respekt verschafft. Wie hatten diese Machos gegrient, als sie ihre Antrittsbesuche bei den Bauern in der Krummhörn und in der Gemeinde Hinte gemacht hatte! Selbst Wetten hatten sie darauf abgeschlossen, ob sie, die ein Meter fünfundsechzig kleine und zierliche Person mit den kurz geschnittenen blonden Haaren, nun drei Wochen oder drei Monate im Amt bleiben würde. Mehr als drei Monate aber hatte ihr keiner gegeben. Inzwischen waren es fast fünfzehn Jahre, und der Job machte ihr nach wie vor großen Spaß. Eigentlich hatte es nie größere Probleme gegeben. Hier und da mal eine böse Quetschung, als sie von einem Ochsen an der Stallwand fast zermalmt worden wäre oder im Laufstall ausgerutscht und von ein paar Kühen überrannt worden war. Und dann war da der Unfall gewesen, als sie mitten in der Nacht bei eisglatter Fahrbahn von der Straße abgekommen war und drei Wochen im Krankenhaus und dann noch mal drei in der Reha verbracht hatte. Ja, solche Sachen kamen vor, gehörten aber zum Berufsrisiko einer Landtierärztin.

Nun aber war etwas in ihr Leben getreten, das sie nicht mehr beherrschen konnte. Und das machte sie verrückt und hatte ihr, zusätzlich zu den sowieso schon durchwachten Nächten, in denen sie Dienst hatte, schon so manche schlaflose Nacht beschert. Nie im Leben hätte sie damit gerechnet, dass sie diese Geschichte wieder einholen würde. Sie war doch schon so lange her. Sie war schlicht in Panik geraten, als dieser verdammte Lübbo Krayenborg auf einmal vor ihr gestanden und ihr angedroht hatte, die Sache von damals öffentlich zu machen, wenn sie ihn nicht dabei unterstützen würde, den Canhuser Bauer Eike Diekhoff in den Ruin zu treiben. Dabei hatte sie von seinem Vorgehen damals gar nichts gewusst. Dieser hinterhältige Schuft hatte das Geheimnis all die Jahre für sich behalten, um es jetzt, nach mehr als zehn Jahren, wieder an die Luft zu kramen.

Sie war sich sicher, dass sie in dieser Angelegenheit nicht die Einzige war, die er versuchte zu erpressen. Lübbo war in viel zu viele dreckige Machenschaften verstrickt, als dass es so sein könnte. Mit seiner zunächst sehr charmanten Art verstand er es, die Leute, von denen er etwas wollte, um den Finger zu wickeln, sie zu irgendwelchen zwielichtigen Taten anzustacheln und sie hinterher, irgendwann, wenn keiner damit rechnete, wieder damit zu konfrontieren. Ja, er war ein Schwein. Ein widerwärtiges Schwein. Obwohl, mit dieser Einordnung Lübbo Krayenborgs in ihre Gattung tat sie diesen sensiblen und possierlichen Tieren eigentlich unrecht. Und dann war da noch der ewige Mitläufer, sein Vasall, sein bedingungsloser Sklave Johann Schepker. Der Dummkopf war inzwischen so in die Abscheulichkeiten seines Gurus Lübbo mit eingebunden, dass er gar nicht mehr anders konnte, als alle weiteren Widerwärtigkeiten nicht nur mitzutragen, sondern sogar aktiv zu unterstützen.

Fenna tat ihr leid. Ja, die arme Frau hatte zeitlebens die A-Karte gehabt. Nicht nur hatte sie die Launen und Wutausbrüche ihres Gatten ertragen und sich von ihm misshandeln und ausbeuten lassen müssen. Nein, er hatte sie auch nach Strich und Faden betrogen – und sich noch nicht einmal die Mühe gemacht, es vor ihr geheim zu halten. Man munkelte, er habe außer seinen drei ehelichen Kindern auch noch diverse Bastarde überall in der Krummhörn herumlaufen. Auch in Canhusen gab es einen jungen Mann, der ihm auffallend ähnlich sah, angeblich aber mit ihm absolut nichts zu tun hatte. Nun ja, das ging sie ja alles nichts an, diese Probleme sollten diejenigen lösen, die sie sich selbst eingebrockt hatten. Sie, Luise, hatte mit ihrem Problem, das Lübbo Krayenborg ihr vor wenigen Tagen genüsslich grinsend aufgetischt hatte, genug zu tun. Noch hatte sie ihn hinhalten können, diesen Widerling. Aber ihr Gefühl sagte ihr, dass sich das bald ändern würde.

Erst gestern Abend war sie bei Eike Diekhoff auf dem Hof gewesen und hatte eine Kuh behandelt, der ein eitriges Geschwür am Bein zu schaffen machte. Eike hatte ihr von seinem Leid erzählt und von seinem Verdacht, dass Lübbo Krayenborg ihn vernichten wolle. Er hatte angekündigt, ihn am nächsten Tag, also heute, bei der Polizei anzuzeigen. Endlich mal einer, der den Mumm hat, sich zu wehren, hatte sie gedacht, als sie verlegen neben ihm gestanden und sich nicht getraut hatte zu sagen, dass er mit seinem Verdacht recht hatte. Zufällig war auch der neue Nachbar von Eike, dieser Jan Scherrmann, dabei gewesen, weil er angeblich einen Anwalt gefunden hatte, der Eike in der Sache vertreten würde. Ein sympathischer Typ. Nicht mehr ganz frisch – er musste so Anfang sechzig sein, war ja wohl auch schon im Ruhestand – aber sympathisch. Angeblich hatte er erst am Mittag mit Eike über den Fall gesprochen, sich noch am gleichen Tag nach einem passenden Anwalt umgeschaut und auch einen gefunden. Respekt. Er musste Einfluss und einen Namen haben, sonst wäre ihm das an einem Sonntag mit Sicherheit nicht gelungen. Und er hatte sie so seltsam angeschaut und sie gefragt, ob nicht auch sie selbst Ärger mit Krayenborg habe. Sie war rot geworden und hatte dümmlich grinsend irgendwas vor sich hingestammelt. Seinem prüfenden Blick hatte sie nicht standgehalten, und das war für sie eher ungewöhnlich. Ja, er hatte gemerkt, dass auch sie mit Lübbo noch eine Rechnung offen hatte. Bestimmt hatte er es gemerkt.

Nun, wie dem auch sei. Sie würde keinen Anwalt brauchen. Sie würde sich selber helfen. Und sie wusste auch schon, wie. Es barg ein Risiko, aber das musste sie eingehen. Sie hatte es sich ganz genau überlegt. Klar war, sie musste handeln, wollte sie nicht ihre Karriere und ihre Ehe aufs Spiel setzen. Es wurde höchste Zeit.

4

Er hatte es geahnt. Wenn er, Hauptkommissar David Büttner, aufs Land fuhr, passierten ihm immer solche Dinge. Und in Ostfriesland kam es leider sehr häufig vor, dass er raus aufs Land musste. Das hatte er nicht bedacht, als er seinen Dienst in Hamburg quittiert und sich nach Ostfriesland hatte versetzen lassen. In Hamburg hatte er nur einen Fall gehabt, den er in ländlicher Umgebung hatte bearbeiten müssen, nämlich auf der Insel Neuwerk. Er war nur für einen halben Tag auf dem kleinen Eiland vor Cuxhaven gewesen, mehr pro forma, weil es sich eigentlich von Anfang an um eine ganz klare Sache gehandelt hatte, bei der es nicht viel zu ermitteln gab. Dennoch hätte er es beinahe geschafft, sich selbst im Wattenmeer zu ersäufen, weil er nicht damit gerechnet hatte, dass ihn das Wasser so plötzlich von allen Seiten einschließen würde. Eigentlich hatte er nur auf seine Frau hören und sich mal ein wenig mehr Bewegung verschaffen wollen. Und da er gerade am Watt war, hatte er gedacht, eine ausgiebige Wanderung könne sicherlich nicht schaden. Es war ein herrlicher Sommertag gewesen, nicht zu kalt und nicht zu heiß. Also war er losgestiefelt. Wohl nicht ganz zum richtigen Zeitpunkt, denn, wie gesagt, das Wasser war schneller zurückgekommen als vermutet. Er hatte sich dann in einen dieser erhöhten Drahtkäfige gerettet, die für genau solche Trottel, wie er es war, aufgestellt worden waren. Die Kollegen von der Küstenwache hatten ihn eingesammelt und auf der Fahrt zurück aufs Festland mit kiebigen Bemerkungen nicht gegeizt. An diesem Tag hatte er sich geschworen, nur noch Fälle in der Stadt zu übernehmen, weit weg von allem, was irgendwie nach Natur aussah. Aber irgendwas war schiefgelaufen. Denn jetzt war er in Ostfriesland. Und Ostfriesland hatte viel Natur. Genau genommen fast überall. Und damit viele potenzielle Fallen, in die er als Stadtmensch tappen konnte. Und eine von denen hatte er soeben gefunden. Sein Auto saß fest. Am Straßenrand hatte sich einer der Reifen so tief in den Matsch gegraben, dass er ohne fremde Hilfe nicht wieder herauskommen würde. Er hätte es wissen müssen, denn in der Nacht hatte es heftige Gewitter gegeben und danach war der Boden naturgemäß aufgeweicht. Missmutig sah er sich die Bescherung an und vermied es, seinem Assistenten Sebastian Hasenkrug auch nur einen Blick zuzuwerfen, denn der hatte mit Sicherheit ein so breites Grinsen auf dem Gesicht, dass man seine Mundwinkel am Hinterkopf hätte zusammentackern können. Na ja, wie auch immer. Der Wagen musste warten. Er, Büttner, musste sich jetzt erst mal um die Leiche kümmern.

Mit einem knappen »Moin« wurden er und sein Assistent von den bereits Anwesenden begrüßt, die sich um den am Ufer des Kanals liegenden Toten versammelt hatten.

»Moin«, grüßte er zurück, schaute aber verärgert auf seine Schuhe, die nach dem Marsch durch das nasse Gras reichlich mitgenommen aussahen. »Wer ist der Tote?«, kam er dann zur Sache.

»Lübbo Krayenborg. Er wohnt in Canhusen.« Der junge Polizist, der zuerst am Fundort der Leiche eingetroffen war, machte mit dem Kopf eine Bewegung Richtung Dorf, das einige Hundert Meter entfernt verschlafen im Morgennebel lag.

Büttner wandte seinen Blick in die angegebene Richtung. »Canhusen. Hm. Nie gehört. Gibt's das schon länger?«

Als ihn alle verständnislos ansahen, murmelte er: »War ein Witz.«

Der junge Polizist, der, wir Büttner wusste, Martin Krüger hieß, nickte kurz und sagte dann: »Es sind keine äußeren Anzeichen von Gewalt zu erkennen. Gut möglich, dass er einfach tot umgekippt ist.«

»Aber Genaueres können wir erst nach der Obduktion sagen«, beeilte sich die Gerichtsmedizinerin, Dr. Anja Wilkens, zu sagen.

Büttner musterte den Leichnam des alten Mannes. Er lag da, als würde er schlafen. Wenn auch etwas durchnässt. Einfach ausgestreckt auf dem Rücken, die Arme gestreckt, die Beine leicht angewinkelt. Selbst die Augen waren geschlossen, was bei den Leichen, mit denen er es sonst zu tun hatte, nur höchst selten der Fall war. Ja, wenn er Glück hatte, war dieser Mensch eines natürlichen Todes gestorben, das Alter dafür hatte er ja anscheinend.

»Wie alt war der Herr?«, fragte Büttner seinen jungen Kollegen.

»Einundachtzig.«

»Weiß man, ob er krank war?«

»Gestern noch quicklebendig«, meldete sich eine Stimme zu Wort. Büttner sah sich um und blickte in die Augen eines Mannes mittleren Alters.

»Und wer sind Sie, wenn ich fragen darf?«

»Immo Krayenborg. Ich bin sein Sohn.«

»Ach. Beileid. Wer hat Ihnen Bescheid gegeben?«

»Meine Kühe.«

»Bitte?«

»Als ich heute Morgen mit dem Trecker die Straße entlangfuhr, sah ich meine Kühe hier in einem Halbkreis zusammenstehen. Da sie das sonst nie tun und auch kein Kaffeekränzchen angekündigt hatten, dachte ich, ich sehe mal nach. Ja, und da lag er dann.«

»Besonders erschüttert vom Tod Ihres Vaters scheinen Sie nicht zu sein.«

Immo zuckte mit den Schultern, sagte aber nichts.

»Hat man was bei ihm gefunden?«, wandte sich Büttner wieder an Martin Krüger.

»Ja, ein wenig Kleingeld in der Hemdtasche.«

»Das ist alles?«

»Nein. Außerdem einen Teebeutel in der rechten Hosentasche.«

»Sagten Sie ... Teebeutel?«, fragte Büttner nach, denn er glaubte, es falsch verstanden zu haben.

»Richtig. Einen Teebeutel.«

Büttner kräuselte die Lippen. »Da verstehe einer die Ostfriesen«, brummte er, »nun führen sie ihren Tee schon in der Hosentasche spazieren. Marke?«, fügte er dann fragend hinzu.

»Bünting.«

»Ostfriesenmischung?«

»Was sonst.«

»Hm.«

»Mein Vater trank nur Thiele Tee«, meldete sich Immo Krayenborg zu Wort. »Schon immer. Und das auch nie im Beutel, sondern ausschließlich lose, im Treckpott frisch aufgegossen.«

»Aha. Und wie kommt dann ein Bünting-Teebeutel in seine Tasche?«

»Vielleicht hat er ihn irgendwo gefunden. Wissen Sie, mein Vater war ein notorischer Ordnungsfanatiker. Der hat alles von der Straße gelesen, was da seiner Meinung nach nicht hingehörte, und dabei über das verkommene deutsche Volk lamentiert.«

»Und was hat er mit dem ganzen Zeug gemacht?«

»In die nächste Mülltonne geschmissen. Oder sie für seine Vogelscheuchen verwendet.«

»Vogelscheuchen. Wie das?« Büttner warf einen finsteren Blick auf die Leiche und fand sie plötzlich sehr unsympathisch. Solch überkorrekte Menschen gingen ihm auf den Keks. Sie machten einem ständig ein schlechtes Gewissen. Und ihren Mitmenschen, die weniger kleinkariert waren, in der Regel das Leben zur Hölle.

»Ja nun, manchmal fand er auf der Straße Kleidungsstücke. Socken, Handschuhe, Schals, Schuhe. Einmal sogar eine Brille. Die hat er dann seinen Vogelscheuchen im Gemüsegarten angezogen.«

»Ansonsten war aber alles okay mit ihm?«

»Wenn Sie meinen.«

»Das war eine Frage, keine Feststellung.«

»Ach so. Na ja, wenn Sie mich so fragen, dann ... nein, eigentlich nicht.«

»Was hatte er sonst noch für Probleme?«

»Viele. Aber zusammengenommen war er einfach ein Arschloch.«

»Über Tote sollte man aber nicht so schlecht reden. Schon gar nicht über seinen eigenen Vater«, mischte sich Büttners Assistent Sebastian Hasenkrug empört ein.

»Ich denke, der Polizei gegenüber muss man immer die Wahrheit sagen«, erwiderte Immo und sah Hasenkrug herausfordernd an.

»Schon, aber ...«, stammelte Hasenkrug und wurde rot.

»Sehen Sie, nichts anderes habe ich gerade getan.«

»Wann ist denn dieser Herr ins Reich der Toten übergetreten?«, wandte sich Büttner an Dr. Wilkens.

»Dürfte so gegen Mitternacht gewesen sein.«

»Wo waren Sie gegen Mitternacht, Herr Krayenborg?«

»Im Stall. Unsere Stute hat gefohlt.«

»Glückwunsch zum Nachwuchs. Kann das jemand bezeugen?«

»Meine Frau, meine beiden Töchter, die Tierärztin.«

»Wie heißt die Tierärztin?«

»Luise Alberts.«

»Hasenkrug, notieren und überprüfen Sie das.«

»Sie gehen davon aus, dass mein Vater ermordet wurde?«, fragte Immo emotionslos.

»Ich gehe zu diesem Zeitpunkt von gar nichts aus«, brummte Büttner. »Aber da Sie schon mal hier sind, kann ich Sie ja auch gleich befragen. Hat Ihr Vater alleine gelebt?«

»Nein. Mit meiner Mutter.«

»Und die hat ihn nicht vermisst? Ich meine, er war die ganze Nacht weg.«

»Sie wird einfach nur froh gewesen sein, dass er sich nicht bei ihr hat blicken lassen.«

»Sie verstanden sich nicht?«

»Er hat sie geschlagen. Und nicht zu knapp. Erst am letzten Dienstag hat er sie so sehr verprügelt, dass sie das Haus nicht mehr verlassen konnte.«

»Und dagegen hat niemand etwas unternommen?«

»Doch, anscheinend schon«, sagte Immo trocken und deutete mit einem kurzen Fingerzeig auf den Leichnam seines Vaters.

»Wie lange ging das schon mit dem Prügeln?«

»Kann ich nicht genau sagen. Ewig.«

»Warum hat ihn nie jemand angezeigt?«

»Meine Mutter wollte es nicht. Sie wolle kein Aufsehen, sagte sie. Sie würde die Schande nicht ertragen.«

»Ein eindeutiges Mordmotiv, wenn Sie mich fragen«, warf Hasenkrug ein, während er sich eifrig Notizen machte.

»Sie war es nicht«, erwiderte Immo und sah ihn finster an.

»Woher wollen Sie das wissen, sie ...«, setzte Hasenkrug an, wurde aber sogleich von seinem Chef unterbrochen.

»Wir wissen zu diesem Zeitpunkt ja noch nicht mal, ob es ein Tötungsdelikt war. Also, bleiben Sie erst mal alle schön entspannt. Frau Doktor, wenn die Spurensicherung alles fotografiert und aufgenommen hat, bringen Sie den Toten bitte in die Pathologie. Ich hätte dann gerne so schnell wie möglich den Obduktionsbericht. Ich hoffe, Sie haben derzeit nicht allzu viel Kundschaft?«

»Schon. Gestorben wird immer. Aber kein potenzielles Mordopfer. Ich ziehe ihn hier«, sie machte eine knappe Kopfbewegung zu dem Toten, »einfach den anderen vor.«

»Danke.«

»Kein Problem. Meine Patienten sind alle sehr geduldig. Von denen steht keiner unter Zeitdruck.«

Büttner nickte, warf einen letzten Blick auf den Toten und bedeutete Hasenkrug mit einer Armbewegung mitzukommen. »Herr Krayenborg«, sagte er dann zu Immo, »sind Ihre Angehörigen bereits über den Tod Ihres Vaters informiert?«

»Nein.«

»Gibt es außer Ihrer Mutter noch jemanden, der Bescheid bekommen muss?«

»Meine beiden Schwestern.«

»Wollen Sie das übernehmen?«

»Ich rufe sie gleich an. Bevor es die anderen tun«, fügte er mit einem Blick zur angrenzenden Straße hinzu, wo sich trotz der frühen Stunde inzwischen eine ganze Reihe Schaulustiger hinter dem weiß-roten Absperrband versammelt hatten. Offensichtlich hatte es sich im Dorf schnell herumgesprochen, dass hier die Polizei vorgefahren war.

»Scheinen zu funktionieren, die Canhuser Buschtrommeln«, bemerkte Büttner in sarkastischem Tonfall und verzog das Gesicht. Dabei störte es ihn weniger, dass die Menschen neugierig darauf waren, was hier in aller Herrgottsfrühe wohl vorgefallen sein mochte. Vielmehr nervte ihn, dass sie nun vermutlich alle grinsend danebenstehen würden, wenn er seinen Wagen aus dem Morast befreite. Beziehungsweise befreien ließ. »Herr Krayenborg«, wandte er sich an Immo, »da Sie schon mal mit Ihrem Traktor hier sind: Könnten Sie meinen Wagen vielleicht wieder auf die Spur bringen?«

Immo grinste breit. »Sie haben sich am Straßenrand festgefahren?«

»Hätte nicht gedacht, dass es hier so schlammig ist.«

»Nach den heftigen Gewittern der letzten Nacht ...«

»Ja, okay, ich hätte es wissen müssen. Also, helfen Sie mir, wenn Sie mit dem Grinsen fertig sind?«

»Aber gerne doch, Herr Kommissar.«

»*Haupt*kommissar«, wandte Hasenkrug ein, wurde aber mit einer abwehrenden Handbewegung seines Chefs zum Schweigen gebracht. Solche Allüren kannte er nicht. Mit der Bedeutung solcher Rangabzeichen konnte außerhalb der Polizei sowieso keiner etwas anfangen. Was sollte solch eine Korinthenkackerei also bringen?

Kaum, dass sie das Absperrband hinter sich gelassen hatten, kamen auch schon diverse Menschen auf sie zu. Büttner hatte mit einer Flut von Fragen gerechnet, die nun auf ihn einprasseln würden, aber da hatte er mal wieder den ostfriesischen Gleichmut unterschätzt. Das Einzige, was auf ihn einprasselte, waren fragende Blicke.

»Moin zusammen«, sagte er und schaute einem nach dem anderen an. Hier schienen alle Generationen vertreten zu sein. Vom Kleinkind bis zum Senior.

»Moin«, kam es vielstimmig zurück.

»Ist wohl irgendwas passiert«, sagte dann eine unaufgeregte Männerstimme, und Büttner ordnete sie einem älteren Mann zu, der ihn, die Hände tief in seinen Hosentaschen vergraben, ruhig ansah.

»Ja, wir haben am Kanal einen Toten gefunden.«

Durch die Menge ging ein Raunen, vereinzelt fingen ein paar Frauen an zu tuscheln, ansonsten blieb es ruhig.

»Und wer ist der Tote?«, ergriff der ältere Mann wieder das Wort, sah diesmal aber Immo an.

»Mein Vater, Johann«, antwortete der.

»Lübbo ist ... tot?«, fragte der zurück, und in seinen Augen stand nun deutliches Entsetzen, während das Raunen und auch die Gespräche in der Menschenmenge deutlich vernehmbar lauter wurden.

»Ja.«

»Aber ... wie ...?«

»Wissen wir noch nicht. Er kommt jetzt in die Gerichtsmedizin und da ...« Immo wurde von einem herannahenden Auto unterbrochen, dem jetzt alle mit betretener Miene entgegensahen. Es war der Leichenwagen.

Büttner räusperte sich, als er sah, wie sich auch die Herren vom Bestattungsinstitut beim Anblick seines versunkenen Wagens ein Grinsen nicht verkneifen konnten. »Könnten wir dann mal ...«, sagte er an Immo gewandt und deutete auf sein Auto.

»Ach ja, sicher, ich bringe schnell den Trecker in Position.«

Wie Büttner es befürchtet hatte, wurde die Bergung seines Wagens zu einer fast noch größeren Attraktion als die Bergung der Leiche. Mit guten Tipps und frechem Gefrotzel wurde jedenfalls nicht gespart, während Immo das Abschleppseil befestigte und das Fahrzeug aus seinem Schlammloch befreite.

5

Mord. Es war Mord gewesen. Irgendjemand hatte Lübbo Krayenborg umgebracht. Das hatte die Gerichtsmedizin soeben bestätigt. Der alte Mann war vergiftet worden. Offensichtlich hatte ihm jemand etwas in seinen Zweiundzwanzig-Uhr-Tee geschüttet, dann war er, nach Aussage seiner Frau, zu einem Spaziergang aufgebrochen, das Gift hatte langsam seine Wirkung entfaltet, und dann war er umgefallen. Musste alles recht unspektakulär vonstattengegangen sein, aber das Ergebnis blieb dasselbe. Hauptkommissar David Büttner musste einen Mordfall aufklären. Und das passte ihm gar nicht. Er schob lieber eine ruhige Kugel. Gerade erst hatte er sich von einer ganzen Mordserie erholt, die ihm im Winter jede Menge Nerven gekostet hatte. Das Motiv war damals grenzenlose Gier und rücksichtsloses Machtstreben gewesen. Der größte Halunke saß nun für den Rest seines Lebens hinter Gittern. Das kam davon, wenn man den Hals nicht voll bekam. Nur schade, dass es im Knast heute nicht mehr nur Wasser und angeschimmeltes Brot zu essen gab. Er hätte es diesem Widerling gegönnt.

»Schöner Mist«, knurrte Büttner und schlug mit der flachen Hand auf seinen Schreibtisch. Nun ja, dann würde er jetzt also mit den Ermittlungen beginnen. Warum nur brachte jemand einen Mann um, der den Zenit des Lebens bereits deutlich überschritten, ein unheilbares Nierenleiden und damit sowieso nicht mehr allzu lange Zeit zu leben hatte? Gut, seine Frau hatte anscheinend über Jahre, wenn nicht gar Jahrzehnte hinweg sehr unter seinen Gewaltausbrüchen gelitten und nicht nur jede Menge körperliche, sondern sicherlich auch seelische Blessuren davongetragen. Keiner könnte ihr verdenken, wenn sie ihn tatsächlich vergiftet hätte, um die paar ihr noch verbleibenden Jahre in Frieden vor sich hin zu leben. Sie war momentan ganz klar die Hauptverdächtige. Aber selbst wenn sie es gewesen war, hätte sie vermutlich nicht allzu viel zu befürchten. In ihrem Fall würde wahrscheinlich jeder Richter Gnade vor Recht ergehen lassen. Aber Büttner befürchtete, dass er so einfach nicht davonkommen würde. Bei seinem Glück lag der Fall bestimmt komplizierter.

Denn klar war inzwischen auch, dass Lübbo Krayenborg einer ganzen Menge Menschen ein Dorn im Auge war. Das hatte zumindest sein Sohn behauptet. Anscheinend war der alte Mann nicht gerade der Sympathieträger des kleinen Dorfes gewesen. Immo Krayenborg jedenfalls waren auf Anhieb eine ganze Menge Zeitgenossen eingefallen, die für den Mord infrage kämen. Allen voran ein gewisser Eike Diekhoff, der in Canhusen einen landwirtschaftlichen Betrieb führte und dem das Mordopfer die Zerstörung seiner Existenz angedroht hatte. Und tatsächlich waren in seinen ökologisch herangezüchteten Tieren Wachstumshormone gefunden worden, die da nicht hingehörten. Wenn das mal kein wirklich hübsches Motiv war. Den würde sich Büttner also als Erstes vornehmen.

Und dann war da noch dieser pensionierte Rechtsanwalt. Wie hieß der noch? »Hasenkrug«, rief er zu seinem Assistenten hinüber, »wie hieß noch mal der Rechtsanwalt, der mit unserem Mordopfer aneinandergeraten war?«

»Ähm ...«, zögerte Hasenkrug und wühlte in seinem Notizblock. »Scherrmann. Jan Scherrmann.«

Richtig. Scherrmann. Ja, den würde er also auch aufsuchen. Und dann würde er weitersehen.

Als Büttner sein klimatisiertes Büro verließ und vor die Tür trat, schlug ihm die feuchte Hitze wie ein nasser Lappen entgegen, und in Sekundenschnelle schoss ihm der Schweiß aus allen Poren. Keuchend griff er nach seinem Taschentuch und wischte sich übers Gesicht. Er hatte so gehofft, dass die Gewitter der letzten Nacht endlich eine Abkühlung bringen würden, aber genau das Gegenteil war eingetreten. Die schwüle Luft hing schwer und erdrückend über der Stadt, und zu allem Elend wehte zudem nicht der Hauch eines Lüftchens. Solch eine Wetterlage hatte er in Ostfriesland noch nie erlebt. Vielmehr fühlte er sich an seine Flitterwochen erinnert, die er und seine Frau in Tansania verbracht hatten. Nur war er damals fast dreißig Jahre jünger und um etliche Kilogramm leichter gewesen. Die tropische Hitze hatte ihm damals nichts ausgemacht. Heute hingegen brachte sie ihn fast um. Hoffentlich war es wenigstens in Canhusen etwas kühler, dachte er. Irgendeinen Vorteil mussten die Ermittlungen auf dem Land schließlich mit sich bringen.

»Kommen Sie, Chef?«, rief ihm Hasenkrug vom Parkplatz her zu. Er wirkte ganz munter, ihm schien die Hitze nichts auszumachen.

»Erst, wenn Sie die Klimaanlage mindestens fünf Stunden haben laufen lassen«, rief Büttner zurück, denn mit Entsetzen hatte er festgestellt, dass sein Fahrzeug mitten in der prallen Mittagssonne stand.

»Ist es nicht herrlich, dass endlich mal richtig Sommer ist«, freute sich Hasenkrug, als sich Büttner wenig später schnaufend in seinen Sitz fallen ließ, und schaute begeistert gen Himmel, an dem nicht das kleinste Wölkchen zu sehen war.

»Ganz entzückend«, keuchte Büttner und fingerte nervös an den ins Armaturenbrett eingelassenen Knöpfen und Schaltern herum, um die Klimaanlage richtig in Schwung zu bringen. Zweifelsohne würde er seine Ankunft in Canhusen sonst nicht mehr erleben.

»Wir holen uns den Tod, Chef«, schimpfte Hasenkrug, als ihm plötzlich ein Schwall eisig kalter Luft entgegenschlug, »hier herrschen ja gleich Temperaturen wie in einem Kühltransport!«

»Quatsch. Hier ist es jetzt genau richtig. Schließen Sie schnell die Tür, damit wir diesem Dampfdrucktopf da draußen endlich entkommen.«

Hasenkrug runzelte die Stirn, gab aber keine Widerworte. Der Chef würde schon sehen, was er davon hatte. Bestimmt lagen sie beide am nächsten Tag mit einer fetten Erkältung im Bett. Leise vor sich hin fluchend lehnte er sich in seinem Sitz zurück, während sich Büttner in den fließenden Verkehr einfädelte.

Sie fanden Eike Diekhoff im Außengehege seines Hühnerstalls. Das Federvieh hatte sich ein schattiges Plätzchen auf einer Stange am Maschendrahtzaun gesucht und schaute den Polizisten träge entgegen. Die Tiere schienen von der Hitze völlig apathisch zu sein.

»Moin, Herr Diekhoff«, grüßte der Kommissar und unterdrückte den Wunsch, sich ebenfalls auf einer der Stangen niederzulassen. »Mein Name ist Büttner, das ist mein Kollege Hasenkrug. Wir sind von der Kriminalpolizei.« Er hielt dem Bauern seine Dienstmarke unter die Nase.

»Moin. Ich dachte mir schon, dass Sie hier auftauchen würden.«

»So. Und was hat Sie zu dieser Eingebung veranlasst?«

»Immo sagte mir, dass er vorhin am Telefon mit Ihnen über meinen ... Clinch mit Lübbo Krayenborg gesprochen hat. Tja, und da war es ja wohl naheliegend, dass Sie vorbeikommen würden. Möchten Sie einen Tee?«

»Geht auch Wasser?«

»Jo. Geht auch.« Eike Diekhoff musterte den korpulenten Mann von oben bis unten, als er ihn und seinen Kollegen zum Wohnhaus führte. »Sie sehen reichlich mitgenommen aus, Herr Kommissar. Bringt Sie ganz schön ins Schwitzen, der Mordfall, wa?«

»Sagen Sie mir einfach, dass Sie den alten Mann auf dem Gewissen haben, dann geht es mir auch schon wieder gut«, sagte Büttner gedehnt.

»Tja, das tut mir leid. Da muss ich Sie enttäuschen. Ich war's nicht.« Diekhoff zeigte auf zwei Stühle, als die Männer in der

Küche angekommen waren, und ging dann zum Kühlschrank, um eine Flasche kühlen Wassers herauszuholen. »Kann ich sonst noch etwas für Sie tun?«

»Wo waren Sie gestern zwischen zweiundzwanzig Uhr und Mitternacht?«

»Bei Immo Krayenborg. Seine Stute hat gefohlt.«

»Das hat er gar nicht erwähnt, dass Sie dabei waren.«

»Na so was, muss er wohl vergessen haben. Wurde Lübbo um diese Zeit ermordet?«

»Irgendjemand hat ihn vergiftet. Muss das Gift direkt in seine Tasse geschüttet haben, sonst hätte es seine Frau ja auch erwischt. Die sagt, sie habe die erste Tasse Tee um Punkt 22 Uhr eingeschenkt, wie an jedem Abend.«

»Natürlich hat sie das. Sieben Uhr Frühstück, zehn Uhr Tee, zwölf Uhr Mittagessen, fünfzehn Uhr Tee, achtzehn Uhr Abendessen, zweiundzwanzig Uhr Tee. So war das bei Krayenborgs, sieben Tage die Woche, sechzig Jahre lang. Fenna konnte sich keine Ausnahme erlauben, die nicht von ihm abgesegnet war. Sonst hätte sie ja gleich wieder Prügel bezogen.« Diekhoff stellte drei Gläser auf den Tisch und schenkte ein.

Büttner trank seines in einem Zug leer und bekam daraufhin gleich noch mal nachgeschenkt. Er bedankte sich und sagte dann: »Sie wissen, dass sie von ihrem Mann geschlagen wurde?«

»Jeder hier weiß das. Ist es da nicht naheliegend, dass die arme Frau ihren Gatten selber um die Ecke gebracht hat? Ich meine, wer sonst hätte wohl die Gelegenheit, das Gift direkt in die Tasse zu schütten?«

»Sie bestreitet es. Sie sagt, ihr Mann und sie hätten ihren Tee auf der Terrasse getrunken, weil es noch so schön warm gewesen sei. Um etwa kurz nach zehn aber sei sie noch mal ins Haus gegangen, weil ihre Tochter anrief und um die Kluntjes zu holen, die sie vergessen hatte. In dieser Zeit könne durchaus jemand bei Lübbo Krayenborg gewesen sein, gesagt habe er davon allerdings nichts. Waren Sie in der Zeit bei ihm, Diekhoff?«

»Bedaure. Wie ich schon sagte, war ich bei Immo, wegen der Stute.«

»Sie wollen sich also gegenseitig ein Alibi geben?«

»Die Tierärztin war auch da, Sie können sie ja fragen. Außerdem waren Immos Frau und seine beiden Töchter dabei.«

»Sie hatten Lübbo Krayenborg in Verdacht, Ihre Kühe mit Hormonen vollgepumpt zu haben. Er war Ihrer Ansicht nach dabei, Ihre Existenz zu zerstören. Ein sauberes Motiv für einen Mord, wenn Sie mich fragen.«

»Ich wollte ihn heute anzeigen, das kann Ihnen auch Herr Scherrmann von nebenan bestätigen. Gestern hatte ich mit ihm ein längeres Gespräch deswegen. Er ist Rechtsanwalt. Von einem Mord habe ich dabei nicht gesprochen.«

»Sie können es sich anders überlegt haben.«

»Hab ich aber nicht.«

»Jeder Mörder hinterlässt Spuren. Wenn Sie da waren, werden wir was finden.«

»Von mir nicht, da muss ich Sie enttäuschen. Ich war noch nie im Altenteil der Krayenborgs.«

»Nun, wir werden sehen.« Büttner erhob sich schwerfällig von seinem Stuhl und ging auf den Ausgang zu. Hasenkrug folgte ihm auf dem Fuß. »Vielen Dank für die Erfrischung«, sagte er, bevor er die Tür hinter sich schloss.

»Da nicht für«, murmelte Diekhoff, was Hauptkommissar Büttner aber nicht mehr hörte. Dann griff er zu seinem Handy, um zu telefonieren. Er hatte noch einiges mit Immo zu besprechen.

6

Jan Scherrmann saß auf seiner Terrasse, schlürfte an seiner kühlen Limonade und schaute hinüber zur Pappelallee, die in einiger Entfernung von seinem Haus in der flimmernden Hitze beinahe aussah wie eine Fata Morgana. Aber im Gegensatz zu einer Fata Morgana war die Pappelallee keine Illusion, sondern real. Hier, mitten in der »Neuen Siedlung«, wohnte in einem kleinen roten Klinkerhaus mit schmuckem, gepflegtem Garten Hermine Sanders. Die ältere Dame mit dem stets verkniffenen Gesichtsausdruck machte nach einem Leben voller Mühsal und Entbehrungen einen zunehmend frustrierten Eindruck und hatte es sich nach dem Tod ihres Mannes vor ungefähr vier Jahren zur Aufgabe gemacht, sich bereits am frühen Morgen ans Fenster ihrer Küche zu setzen, den ganzen Tag hinauszuschauen und ihre Nachbarschaft zu bespitzeln. Dass sie sich einen solchen Tagesablauf erlauben konnte, verdankte sie einer Putzfrau, die alle zwei Tage nach dem Rechten sah, einem Einkaufsservice, der ihr zweimal wöchentlich die benötigten Lebensmittel ins Haus brachte, sowie einem Gärtner, der dafür sorgte, dass der Rasen ums Haus herum immer die gleiche Länge hatte, die Obstbäume rechtzeitig beschnitten wurden und der sich auch um die Blumenbeete kümmerte.

Hatte Hermine Sanders in ihrem Leben auch viel Pech gehabt, so war sie vor rund fünf Jahren doch so clever gewesen, einen wohlhabenden, kinderlosen Witwer zu heiraten, der nach dem Tod seiner ersten Frau die Einsamkeit nicht ertrug und sich nur wenige Wochen nach deren Beerdigung dazu entschlossen hatte, sich eine neue Frau zu suchen. Wie genau er dabei ausgerechnet auf Hermine gestoßen war, blieb ein Geheimnis. Auf jeden Fall waren sie ratzfatz verheiratet gewesen, und sie war zu ihm in seine Villa nach Emden gezogen, hatte aber ihr kleines

Häuschen in Canhusen, das sie von ihren Eltern geerbt hatte, behalten. Und, wie es der Zufall wollte, war der reiche Gatte schon bald darauf einer seltsamen Krankheit erlegen, deren Ursache bis zum heutigen Tage unbekannt war. Hermine hatte daraufhin die Villa in Emden verkauft und war wieder nach Canhusen zurückgekehrt. Sehr zum Leidwesen ihrer Nachbarn, die über ihren Wegzug eigentlich recht froh gewesen waren und ihr außerdem ihren neuen Wohlstand neideten. Seither lebte Hermine von dem üppigen Erbe ihres verblichenen Gatten. Eigentlich hätte sie sich ein richtig schönes Leben machen können, aber zur Verwunderung ihrer Nachbarschaft zog sie sich mehr und mehr in ihr kleines Häuschen und in sich selbst zurück und brach jeden Kontakt zur Außenwelt ab.

Und dann war da noch ihr Sohn Hubert, der sich nie richtig von seiner Mutter hatte trennen können und in einer kleinen Laube in ihrem Garten lebte. Hubert war zeitlebens Hermines Augenstern gewesen, einen offiziellen Vater aber hatte er nie gehabt. Und damit auch keine Freunde. Denn in den Sechziger-Jahren auf die Welt gekommen zu sein, ohne einen rechtmäßigen Vater vorweisen zu können, war in den Augen der Nachbarschaft ein nicht wiedergutzumachender Affront gewesen, den man ihm zeitlebens nicht verziehen hatte. Sie hatten darauf verzichtet, ihre eigenen Kinder mit ihm spielen zu lassen, denn die wären von diesem kleinen Bastard und seiner unehrenhaften Mutter zwangsläufig verdorben worden. Ja, Hubert war immer sehr einsam gewesen, und er war es heute noch. Immer mal wieder hatte er nach einer Frau Ausschau gehalten, mit der er eine eigene kleine Familie hätte gründen können. Aber zu seinem Bedauern hatte keine seiner Auserwählten vor den Augen seiner Mutter bestehen können. Somit war er alleine geblieben. Die verspätete Hochzeit Hermines hatte ihn dann aus der Bahn geworfen, er hatte angefangen zu trinken und bis heute nicht wieder aufgehört.

Und noch einen Makel hatte er, mit dem die Nachbarschaft nicht bereit war umzugehen. Er sah aus wie jemand, den sie alle kannten. Wie jemand, der mitten unten ihnen lebte, dem man großen Respekt entgegenbrachte und der eine hübsche kleine Familie sein Eigen nannte. Er sah aus wie Lübbo Krayenborg. Was allerdings nie Letzterem, sondern immer nur Hubert zum Nachteil gereicht hatte. Denn wie konnte der Junge es wagen, seine unehrenhafte Abstammung so offensichtlich zur Schau zu tragen? Wie konnte er, alleine durch seine bloße Anwesenheit, der Familie Krayenborg immer wieder vor Augen führen, dass seine Mutter den armen Lübbo so hinterhältig hereingelegt hatte? Jahrelang hatte man mit allen möglichen Mitteln versucht, Hermine zu überreden, das Dorf zu verlassen und damit ihren Bastard aus dem Blickfeld der anständigen Leute und des gehörnten Lübbo zu entfernen. Aber sie war geblieben. Eine Unverschämtheit, die man sie und Hubert hatte spüren lassen.

Und nun war Lübbo tot. Jemand hatte ihn umgebracht. Und keinen würde es wundern, wenn es Hermine getan hätte. Das hatte Jan Scherrmann aus den Gesprächen über den Gartenzaun schon herausgehört. Ein jeder im Dorf schien ihr eine solch verspätete Rache ohne Weiteres zuzutrauen. Denn hatte sie nicht gerade in der letzten Zeit ganz besonders giftige Bemerkungen aus ihrem Fenster heraus gemacht und dabei immer wieder auch Lübbo Krayenborg als hinterhältigen Schuft bezeichnet? Ja, seit sie nach Canhusen zurückgekehrt war, war sie immer seltsamer geworden. Es stand zu vermuten, dass sie ihren vermögenden Gatten auf dem Gewissen hatte. Wenn sie es also schon einmal gemacht hatte, das Morden, warum dann kein zweites Mal?

Jan Scherrmann empfand Mitgefühl mit dieser armen alten Frau und ihrem Sohn, als er auf seiner Terrasse sitzend über ihr verpfuschtes Leben sinnierte, aus dem ihm gleich nach seinem Einzug von so manch wohlmeinender Nachbarin hinter vorgehaltener Hand die eine oder andere Anekdote berichtet worden war. Er solle sich tunlichst von ihr und ihrem Sohn fernhalten, hatte man ihm gesteckt, denn von ihnen ginge nur Unglück aus.

Nun, er hatte bisher keinen Grund gesehen, sich näher mit Hermine und ihrem Sohn zu befassen, und würde es auch weiterhin nicht tun. Denn er kam nur sehr selten in die Pappelallee und sie überhaupt nicht mehr heraus. Wo also sollten sich Berührungspunkte ergeben?

Gerade wollte sich Scherrmann eine weitere Limonade anrühren und ließ klirrend ein paar Eiswürfel ins Glas fallen, als es an der Tür klingelte. Er öffnete und sah sich einem recht korpulenten Mann fortgeschrittenen Alters gegenüber, der sich keuchend mit einem Taschentuch immer wieder über das schweißnasse Gesicht fuhr. Hinter ihm stand ein jüngerer Mann, dem die Hitze aber nicht besonders viel auszumachen schien und der ihn neugierig musterte.

»Jan Scherrmann?«, presste der ältere der Männer schließlich hervor.

»Ja. Was kann ich für Sie tun?«

»Wir sind von der Mordkommission. Mein Name ist Büttner, mein Kollege hier heißt Hasenkrug. Wir müssten mal mit Ihnen sprechen.«

»Kommen Sie bitte herein«, nickte Scherrmann und machte eine einladende Handbewegung.

»Möchten Sie auch ein Glas kühler Limonade?«, fragte er die beiden Polizisten, nachdem er noch zwei Sitzpolster auf die Gartenstühle gelegt und ihnen bedeutet hatte Platz zu nehmen.

Büttner nickte. »Das wäre toll. Bei dieser Hitze verdurstet man, bevor man das Wort *Wasser* auch nur ausgesprochen hat.«

»Ja, es ist tatsächlich außergewöhnlich heiß heute.« Er warf einen Blick auf ein Thermometer, das an einer schattigen Hauswand befestigt war. »Hm. 38 Grad. Ist ganz ordentlich. Und dann noch diese Schwüle dazu ... Sie kommen wegen Lübbo Krayenborg?«

»Ähm, ja, ganz richtig. Wie Sie sicherlich schon gehört haben, ist er ermordet worden.«

»Das ließ sich nicht vermeiden.«

»Dass er ermordet wurde?«, fragte Hasenkrug perplex.

»Dass ich davon gehört habe.«

»Ach so, klar.«

»Na ja«, sagte Scherrmann zögernd, »vielleicht ließ sich auch nicht vermeiden, dass er ermordet wurde. So, wie der sich aufgeführt hat.«

»Was meinen Sie damit?«, hakte Büttner nach.

»Das werde ich Ihnen gleich erläutern. Zunächst einmal aber mache ich uns die versprochene Limonade.« Mit diesen Worten verschwand Scherrmann im Haus.

»Ich bitte darum«, murmelte Büttner, der es selbst an seinem schattigen Platz unter der ausladenden Markise kaum aushielt. Er schaute sich um. Ein hübsches Plätzchen hatte dieser Scherrmann sich hier ausgesucht. Das Haus lag etwas außerhalb des Dorfes zwischen dem Ortskern und der Pappelallee. Man hatte nach allen Seiten einen unverstellten Blick über die weiten Felder. Der an die Terrasse angrenzende Garten war recht hübsch, wenn auch etwas verwildert. Gartenarbeit schien nicht eben zu den Hobbys von Scherrmann zu gehören. Aber Büttner gefiel es. Er hätte sich da bei seiner Frau auch etwas mehr Gelassenheit gewünscht. Im Sommer war sie aus ihren Blumenbeeten kaum herauszubekommen. Gerade als er eine entsprechende Bemerkung zu Hasenkrug machen wollte, trat Scherrmann wieder auf die Terrasse, beladen mit einem großen Tablett, auf dem eine gefüllte Glaskaraffe, drei große Gläser mit Eiswürfeln und eine Schale Obst standen. Er stellte alles auf dem Tisch ab, füllte die Gläser und reichte sie den Polizisten. Dann bot er ihnen von dem Obst an. Hasenkrug nahm sich einen Pfirsich,

Büttner winkte ab, nahm aber einen großen Schluck seiner Limonade.

»Puh, das tut gut«, seufzte er und leckte sich genüsslich mit der Zunge über die Lippen. »Also«, sagte er dann an Scherrmann gewandt, »Sie wollten uns erzählen, warum Lübbo Krayenborg es Ihrer Ansicht nach verdient hat, ermordet zu werden.«

»Dass er es verdient hat, habe ich nicht gesagt. Aber es stimmt, dass ich auch nicht besonders verwundert darüber bin.«

»Warum?«

»Die Gründe kennen Sie. Die wird Ihnen Herr Diekhoff gerade schon ausführlich erläutert haben.«

»Woher wissen Sie, dass wir gerade bei Herrn Diekhoff waren?«

»Finden Sie einen im Dorf, der es noch nicht weiß, und ich gebe einen aus. Und dass Immo Krayenborg seinen Vater als Arschloch tituliert hat, bevor der auch nur in seinem Zinksarg lag, das weiß ich auch.«

»Sie hatten eine Auseinandersetzung mit dem Mordopfer, wie ich hörte«, sagte Büttner und nahm einen weiteren Schluck seiner Limonade.

»Ich habe ein wenig in seiner Vergangenheit beziehungsweise in der Vergangenheit seiner Frau geforscht. Das hat ihm nicht gepasst.«

»Und wie hat er reagiert?«

»Er hat mich unehrenhaft aus seinem Stammtisch entlassen.«

»Was für ein Stammtisch?«

»Es gibt hier einen Altherrenstammtisch, Durchschnittsalter circa achtzig Jahre. Der hat sich nach dem Zweiten Weltkrieg gegründet. Fünf Herren sind noch übrig geblieben. Na ja, vier. Lübbo fällt nun ja auch aus.«

»Und warum waren Sie Mitglied dieses Stammtisches?«, fragte Hasenkrug. »Ich meine, Sie sind deutlich jünger und außerdem, wie wir erfahren haben, erst vor wenigen Monaten zugezogen.«

»Das ist richtig. Nachdem ich mich im Dorf ein wenig umgesehen, Gespräche geführt und dabei auch ein wenig über die Geschichte des Ortes erfahren hatte und da ein paar ganz interessante Dinge dabei waren, habe ich den Vorschlag gemacht, eine Fotoausstellung im Gemeindehaus zu organisieren. Die Idee kam gut an, die Leute haben ihre Privatarchive geplündert, und ich wurde zum Stammtisch eingeladen.«

»Den Zusammenhang verstehe ich nicht ganz«, sagte Büttner. »War die Mitgliedschaft am Stammtisch eine Art Belohnung, oder was?«

Scherrmann hob die Schultern. »So sollte es zumindest aussehen, schätze ich. Aber wenn Sie mich fragen, ging es wohl eher um Kontrolle. Lübbo Krayenborg wollte mir die Sache nicht alleine überlassen, sondern die Organisation dem Stammtisch übertragen. Und das ging nur, indem ich am Stammtisch teilnahm.«

»Und dann hat er Sie wieder rausgeschmissen. Warum?«

»Seine Frau hatte ein Foto in die Hände bekommen, auf dem ihr früherer Verlobter zu sehen war, der wohl kurz nach dem Krieg gemeinsam mit seinem Freund, der auch auf dem Foto war, ums Leben gekommen ist. Dieses Foto hat Fenna ziemlich in Aufregung versetzt. Lübbo hat es dann vor ihren Augen zerrissen. Mir hat das keine Ruhe gelassen, und ich habe abends am Stammtisch nach dem Hintergrund gefragt, wollte wissen, wie und warum diese Männer ums Leben gekommen sind. Lübbo gefiel das gar nicht. Tja, und dann hat er mich eben rausgeschmissen.«

»Hm. Und was ist mit der Fotoausstellung?«

»Die wurde am Sonntag eröffnet. Steht im Gemeindehaus. Können Sie sich anschauen.«

»Ist dieses ominöse Bild auch dabei?«

»Nein. Wie gesagt, Lübbo hatte es zerrissen. Ich habe es mitgenommen, bevor es irgendjemand in den Müll schmeißt. Wenn Sie wollen, kann ich es Ihnen zeigen.«

»Das wäre sehr nett, ja.«

Scherrmann verschwand für einen kurzen Moment im Haus und legte wenig später das Bild auf den Tisch. Er hatte es zwischenzeitlich mit Klebeband notdürftig repariert. Büttner nahm das Foto in die Hand und betrachtete es mit gerunzelter Stirn.

»Mehr als diese zwei Männer gibt es da ja nicht drauf zu sehen«, sagte er und es klang ein wenig enttäuscht. »Wie heißen denn die beiden?«

»Der rechts im Bild ist Tammo Freerksen, er war der Verlobte von Fenna Krayenborg. Der daneben heißt Siebo Manninga.«

Büttner tippte kurz mit dem Finger auf das Foto. »Und was haben die Jungs in der Hand? Sie scheinen mächtig stolz darauf zu sein.«

»Keine Ahnung. Sieht aus wie ganz normale Papiertüten. Was da drin ist, weiß ich nicht.«

»Haben Sie danach gefragt?«

»Sicher. Ich hatte den Eindruck, dass Lübbo und die anderen Herren es auch wussten. Aber keiner hat es sagen wollen.«

»Und Fenna Krayenborg? Wusste sie es auch nicht?«

»Ich habe sie seit der Sache mit dem Foto nicht mehr gesehen. Bei der Eröffnung der Ausstellung war sie auch nicht. Wie man hört, hat Lübbo sie nach dem Vorfall windelweich geprügelt.«

»Ja, so sah sie auch aus, als wir kurz nach dem Leichenfund bei ihr waren. Aber sie behauptet, die Kellertreppe hinuntergefallen zu sein.«

»Der Klassiker«, sagte Scherrmann, und sein Tonfall klang bitter.

»Ja. Kellertreppen scheinen die natürlichen Feinde von Frauen zu sein, wenn man sich bei Ärzten und Frauenhäusern umhört.«

Für eine Weile starrten die drei Männer in Gedanken versunken aufs Foto, dann fragte Büttner unvermittelt: »Tauchen diese Männer noch auf einem anderen Bild der Ausstellung auf?«

»Nein. Dies ist das einzige.«

»Was meinen Sie, Herr Scherrmann, könnte es irgendwas mit dem Mord zu tun haben?«

Scherrmann zuckte mit den Schultern. »Keine Ahnung. Vielleicht fragen Sie Fenna. Sie wird am meisten über diese zwei Männer wissen. Und jetzt, wo ihr Peiniger tot ist, sagt sie ja vielleicht auch was dazu.«

»Ja, dann nehmen wir das Bild mal mit«, nickte Büttner und reichte es Hasenkrug. »Wem gehört es denn eigentlich?«

»Kann ich nicht sagen. War in einer der Kisten. Vielleicht meldet sich ja jemand, der es vermisst.«

»Okay. Und dann können Sie uns vielleicht noch die Namen der Herren vom Stammtisch nennen, wir werden ihnen mal einen Besuch abstatten.«

»Johann Schepker, Gustav Grensemann, Rudolf Lampe und Menno Buurmann.«

»Danke«, sagte Büttner, als Hasenkrug die Namen notiert hatte.

»Gerne.«

Büttner und Hasenkrug verabschiedeten sich, der Hauptkommissar drehte sich aber an der Tür noch mal um. »Ach, Herr Scherrmann, wo waren Sie eigentlich am Sonntagabend gegen zweiundzwanzig Uhr?«

»Zu Hause.«

»Kann das jemand bezeugen?«

»Nein.«

»Haben Sie Lübbo Krayenborg vergiftet?«

»Nein.«

»Wäre ja auch zu schön gewesen.«

7

Eigentlich hätte man annehmen können, dass der Tod ihres Mannes für Fenna Krayenborg eine Erleichterung sein würde, dachte Hauptkommissar Büttner. Wenn er sich aber das Häufchen Elend, das vor ihm auf dem abgeschabten Sofa saß, so ansah, dann kam er zu dem gegenteiligen Ergebnis. Fenna schien es noch deutlich schlechter zu gehen als zuvor. Natürlich, ihr Leben war durch das Ableben des Gatten aus den Fugen geraten, musste neu sortiert, ja, neu definiert werden. Das war nach den Jahrzehnten der Abhängigkeit von einem dominanten Haustyrannen auch ganz sicher nicht einfach. Aber Büttner spürte, dass da noch mehr war. Es war nicht die Ungewissheit, wie es in Zukunft weitergehen würde, die Fenna zu schaffen machte. Da war mehr. Sie hatte Angst. Er glaubte, dass sie sich bedroht fühlte, denn immer wieder schaute sie verunsichert zur Tür, bevor sie auf seine Fragen antwortete. Auch knetete sie nervös ihre Hände im Schoß oder fuhr sich fahrig durch die Haare.

Zunächst hatte sie die Polizisten noch freundlich lächelnd empfangen, ihnen einen Tee angeboten, den Büttner und Hasenkrug angesichts der Hitze jedoch dankend abgelehnt und stattdessen um ein Glas Wasser gebeten hatten. Auch hatte sie ruhig und gefasst auf ihre Fragen geantwortet, so lange es noch um den Verlauf des Mordabends gegangen war. Im Prinzip hatte sie das wiederholt, was sie auch schon am Tag zuvor ausgesagt hatte, neue Erkenntnisse hatte es nicht gegeben.

Dann aber hatte Büttner ihr das zusammengeklebte Schwarz-Weiß-Foto auf den Tisch gelegt, und, als hätte jemand in ihrem Gehirn einen Schalter umgelegt, war plötzlich eine Veränderung mit ihr vorgegangen. Beinahe krampfhaft hatte sie versucht, das Bild nicht anzuschauen, aber dennoch nicht anders gekonnt, als immer wieder einen kurzen Blick darauf zu werfen. Auf die Frage, ob sie sich vorstellen könne, dass das Bild irgendetwas mit dem Mord zu tun haben könne, schließlich sei es ja im Vorfeld der Auslöser eines heftigen Wutausbruches ihres Mannes gewesen, hatte sie so spontan und heftig mit dem Kopf geschüttelt, dass Büttner davon ausgehen musste, dass das sehr wohl der Fall war. Er war sich jetzt ganz sicher, dass dieses alte Foto vielleicht nicht der einzige, aber zumindest ein wichtiger Schlüssel zur Lösung des Falles war.

Warum aber sagte die alte Frau nichts, jetzt, da ihr Mann ihr nichts mehr anhaben konnte? Nun endlich, nach all den Jahrzehnten, hätte sie ihr Geheimnis doch lüften können, das sie anscheinend über all die Jahrzehnte fest in ihrem Herzen bewahrt hatte. Sie tat es nicht. Aus irgendeinem Grund hatte sie immer noch Angst davor zu erzählen, was wirklich mit den beiden jungen Männern geschehen war, damals, kurz nach dem Zweiten Weltkrieg.

»Können Sie mir sagen, was die beiden Männer in diesen Papiertüten hatten, die sie so stolz in die Kamera halten?«, nahm Büttner einen erneuten Anlauf, sie zum Reden zu bewegen.

»Nein«, antwortete sie leise und schüttelte den Kopf.

»Aber es muss doch irgendeinen Anlass gegeben haben, dieses Foto zu schießen. Und für mich sieht es so aus, als hätte es etwas mit diesen Tüten zu tun.«

»Ich weiß es nicht mehr, es ist so lange her.« Fennas Stimme klang jetzt verzweifelt. Anscheinend stellte Büttner genau die richtigen Fragen, sonst wäre sie nicht mit jeder Minute, die verstrich, nervöser geworden. Es tat ihm leid, dass er die alte Frau so quälen musste, aber er hatte einen Mordfall aufzuklären, da konnte er es sich nicht erlauben, viel Rücksicht auf irgendwelche Befindlichkeiten zu nehmen.

»Sie waren mit einem der jungen Männer verlobt, Frau Krayenborg. Und Sie wollen mir erzählen, dass Sie sich an nichts mehr erinnern? Warum, frage ich Sie, sind Sie dann so aus dem Häuschen geraten, als Sie dieses Foto in die Finger bekamen? Und warum zwingen Sie sich jetzt, es nicht anzusehen, obwohl Sie ganz offensichtlich nichts lieber täten?«

Fenna schlug die Hände vors Gesicht und fing bitterlich an zu weinen. Ihr ganzer Körper erschauerte in herzzerreißenden Schluchzern. In diesem Moment hasste Büttner seinen Job. Es fühlte sich nicht richtig an, diese gebeutelte Frau unter Druck zu setzen. Aber es blieb ihm nichts anderes übrig. Vielleicht musste er tatsächlich erst einen Zusammenbruch der alten Dame provozieren, um ein wenig Licht in diese Geschichte zu bringen. Gerade wollte er seine nächste Frage platzieren, als plötzlich die Tür aufging und eine Frau das Zimmer betrat.

»Was ist denn hier los?«, fragte sie streng, als sie die völlig aufgelöste Fenna sah.

»Darf ich fragen, wer Sie sind?«, stellte Büttner die Gegenfrage.

»Mein Name ist Kirsten Dettmer. Ich bin die Tochter dieser Frau. Und wer, bitte schön, sind Sie?«

»Die Herren sind von der Polizei, Kirsten«, flüsterte Fenna.

»Und was gibt Ihnen das Recht, meine Mutter in eine solche Aufregung zu versetzen?« Sie bedachte Büttner und Hasenkrug mit einem vernichtenden Blick, setzte sich dann neben die alte Frau aufs Sofa und legte ihr tröstend den Arm um die Schulter.

»Wir versuchen, den gewaltsamen Tod Ihres Vaters aufzuklären, Frau Dettmer«, antwortete Hasenkrug ruhig.

»Seien Sie doch einfach nur froh, dass er tot ist«, sagte die Tochter gallig und sah ihn mit zusammengekniffenen Augen an, »das sind wir schließlich alle. Egal, wer dieses Arschloch umgebracht hat, er wird schon einen guten Grund gehabt haben. Nur schade, dass er nicht schon viele Jahre früher darauf gekommen ist.«

»Das sind harte Worte, Frau Dettmer«, schaltete sich Büttner ein und musterte sie interessiert. Die Frau hatte die Fünfzig mit Sicherheit schon deutlich überschritten, sah aber noch blendend aus. Bestimmt war sie in jungen Jahren eine wahre Schönheit gewesen mit ihren langen, kastanienbraunen Haaren und dem schmalen Gesicht, das dominiert wurde von einem vollen Mund und großen, tiefblauen Augen. »Ihr Bruder hat Ihren Vater übrigens auch als Arschloch bezeichnet. Sie scheinen sich da ziemlich einig zu sein.«

»Ich wüsste nicht, warum er anderer Meinung sein sollte«, erwiderte sie spitz.

»Kennen Sie dieses Foto, Frau Dettmer?«, wechselte Büttner das Thema und schob ihr die Schwarz-Weiß-Fotografie über den Tisch.

Sie sah es sich kurz an und schüttelte dann den Kopf. »Nein, nie gesehen.«

»Die Herren heißen Tammo Freerksen und Siebo Manninga. Schon mal gehört?« Büttner schaute Kirsten Dettmer direkt ins Gesicht, nahm aber aus dem Augenwinkel wahr, dass Fenna bei dem Namen ihres ehemaligen Verlobten kurz zusammenzuckte.

»Nein, sagt mir nichts.«

»Dieses Foto hat am vergangenen Dienstag einen heftigen Streit zwischen Ihren Eltern ausgelöst«, bemerkte Hasenkrug.

»Einen *Streit*? Zwischen meinen Eltern?« Die Frau lachte kurz und schroff auf. »Ganz bestimmt hat es keinen *Streit* gegeben. Vielmehr wird mein Vater meine Mutter angebrüllt und sie verprügelt haben, während sie zum wiederholten Male um ihr Leben bangte. Das kann man wohl schwerlich einen *Streit* nennen.«

»Sie können sich also nicht vorstellen, was es mit diesem Foto auf sich hat«, sagte Büttner, ohne auf ihre Bemerkung einzugehen.

»Das sagte ich bereits.«

»Gibt es irgendjemanden, dem Sie den Mord an Ihrem Vater zutrauen würden?«

Kirsten Dettmer zögerte kurz, dann sagte sie: »Haben Sie schon mal bei Hermine Sanders nachgefragt? Die arme Frau hätte wahrlich allen Grund dazu. Habe mich schon immer gewundert, dass sie nicht längst eine Kugel zwischen seinen Augen platziert hat.«

»Aber Kind«, flüsterte Fenna, »wie kannst du nur so was sagen!«

»Weil es die Wahrheit ist, Mama. Er hat sie schäbig behandelt, genau wie jeden anderen. Aber sie hat ganz besonders leiden müssen, für eine Sache, an der er mindestens ebenso viel Schuld trug wie sie. Wenn sie ihn damals überhaupt freiwillig rangelassen hat.«

»Aber Kind ...«, setzte Fenna nochmals an, schüttelte dann aber nur den Kopf.

»Wovon reden Sie eigentlich, Frau Dettmer?«, fragte Hasenkrug verwirrt.

»Von Hermine Sanders, sie wohnt in der Pappelallee. Sie hat sich in jungen Jahren von meinem – damals schon verheirateten – Vater schwängern lassen. Er, ganz verantwortungsvoller Kavalier, hat die Vaterschaft allerdings immer abgestritten. Sie können sich vorstellen, was das für eine Frau in der damaligen Zeit bedeutet hat.«

»Woher wissen Sie denn so genau, dass es tatsächlich das Kind Ihres Vaters ist?«

»Schauen Sie sich Hubert an, und Sie wissen Bescheid. Er ist das Abbild meines Vaters, als hätte man ihn geklont.«

»Wo waren Sie eigentlich am Sonntag gegen zweiundzwanzig Uhr?«, fragte Büttner, der so langsam keine Lust mehr auf noch mehr Verdächtige hatte. Hörte das denn nie auf?

»Zu Hause. Meine Enkel waren bei mir, sie hatten Scharlach. Ich habe sie keinen Moment aus den Augen gelassen, sie glühten vor Fieber.«

»Und wo waren die Eltern Ihrer Enkel?«

»Die sind zurzeit in Urlaub, in Norwegen.«

»Werden sie zur Beerdigung Ihres Vaters wieder da sein?«

»Ja. Aber sie werden nicht hingehen. Sie haben schon lange mit meinem Vater gebrochen.«

»Warum?«

»Meine Tochter, Vaters Enkelin also, hatte sich zwischen meine Mutter und ihn gestellt, als er in einem Wutanfall mal wieder auf sie einschlug. Das ist Mareike nicht gut bekommen, er hat ihr ein blaues Auge verpasst.«

Als Büttner an diesem Abend nach Hause kam, brachte er seiner Frau einen großen Strauß Blumen mit, die er, trotz der schier unerträglichen Hitze, noch schnell in der Stadt gekauft hatte. Schon viel zu lange hatte er ihr nicht mehr gesagt, wie glücklich er mit ihr war.

8

Missmutig vor sich hin brummelnd saß Büttner am nächsten Morgen an seinem Schreibtisch und ließ langsam einen Löffel Honig in seinen Salbeitee tröpfeln, den seine Frau ihm mitgegeben hatte. Hasenkrug hatte ihn, nach einem Blick auf seine geröteten Augen, mit den Worten »Na, das hatte ich Ihnen ja gestern prophezeit« begrüßt, und ein schadenfroher Unterton war nicht zu überhören gewesen. Ja, Büttner ging es dreckig. Sein Hals fühlte sich an, als hätte er eine Rolle Stacheldraht verschluckt, seine Nase war komplett dicht, sodass er nur noch mit offenem Mund atmen konnte und aussah wie ein Karpfen auf dem Trockenen, und sein Kopf dröhnte, als hätte ihm jemand mit einer Planke eins übergezogen. Anscheinend war ihm der ständige Wechsel zwischen der brüllenden Hitze draußen und den frostigen Temperaturen im Inneren seines Wagens nicht bekommen. Und, ja, Hasenkrug hatte ihn gewarnt. Was aber noch lange kein Grund war, das ganze Polizeirevier mit einem nicht enden wollenden breiten Grinsen zu nerven, dachte er bitter.

»Zählen Sie mir im Mordfall Krayenborg doch gerade mal die Verdächtigen auf«, bat er seinen Assistenten, »ich kann heute keinen klaren Gedanken fassen.« Er nahm einen großen Schluck Tee, japste und fing dann laut an zu fluchen, weil er sich die Zunge verbrannt hatte. Das hatte ihm zu seinem Unglück gerade noch gefehlt.

»Hoppla«, grinste Hasenkrug, verstummte aber sofort wieder, als ihn sein Chef mit einem vernichtenden Blick bedachte. Er räusperte sich. »Also«, begann er dann, »da haben wir zum einen die Ehefrau, Fenna Krayenborg. Motiv: jahrzehntelange Ehehölle. Dann haben wir den Sohn, Immo, der von seinem Vater Druck bekam, weil er den Hof auf Bio umgestellt hat. In eine ähnliche Richtung geht der Verdacht bei Eike Diekhoff, dessen Tiere der Tote anscheinend mit Wachstumshormonen vollgepumpt hat, was allerdings nicht bewiesen ist.«

»Tote können niemanden vollpumpen«, knurrte Büttner, der es nicht ausstehen konnte, wenn sich jemand ungenau ausdrückte.

»Guter Hinweis«, sagte Hasenkrug und verzog den Mund, fuhr dann aber unbeirrt fort: »Jan Scherrmann könnte es gewesen sein, weil er kurz vor Krayenborgs Tod eine Auseinandersetzung mit ihm hatte und des Stammtisches verwiesen wurde.«

»Eher unwahrscheinlich, dass man deswegen gleich jemanden umbringt«, warf Büttner ein.

»Ja, sehe ich genauso. Na ja, und dann haben wir noch eine gewisse ...«, Hasenkrug blätterte kurz in seinen Notizen, »ach ja, hier, Hermine Sanders, die ein uneheliches Kind von Krayenborg bekommen hatte, das er nie anerkannte, weswegen sie sich von ihm schlecht behandelt fühlte. Auch ein schönes Motiv, wenn Sie mich fragen. Wer weiß, ob da nicht in letzter Zeit noch was vorgefallen ist zwischen den beiden.«

»Diese Hermine Sanders müssten wir heute mal besuchen«, sagte Büttner und schaute mit finsterem Blick zum Fenster hinaus. Draußen tobte ein so heftiges Gewitter, als wollte die Welt untergehen. Blitz und Donner folgten in so kurzen Abständen, dass man meinen konnte, irgendwo im Himmel müsse es einen Kurzschluss in der Elektrizität gegeben haben.

»Und noch einen Besuch müssten wir abstatten«, bemerkte Hasenkrug.

»Und der wäre?«

»Da ist diese Tierärztin, Luise Alberts, die angeblich am Mordabend bei der Entbindung eines Fohlens geholfen hat und das Alibi von Immo Krayenborg und Eike Diekhoff sein soll. Das müssten wir überprüfen.«

»Und dann haben wir noch den ominösen Altherrenstammtisch, der jetzt noch vier nicht mehr ganz taufrische Mitglieder hat, die da heißen ... Hasenkrug?«

»Ähm ...«, wieder wühlte Hasenkrug in seinen Zetteln, »Johann Schepker, Gustav Grensemann, Rudolf Lampe und Menno Buurmann, alle wohnhaft in Canhusen. Bei denen sehe ich derzeit aber kein Motiv.«

»Von denen will ich wissen, was es mit diesem Foto auf sich hat. Nachdem uns Fenna Krayenborg darüber nichts gesagt hat, können uns die vier Herren vielleicht Auskunft geben. Ich gehe davon aus, dass sie die Geschichte dieses Bildes kennen, schließlich hängen die Männer seit Jahrzehnten zusammen herum. Und außerdem«, fuhr er fort, nachdem er sich zum wiederholten Male in sein Taschentuch geschnäuzt hatte, »sagt mir mein Bauchgefühl, dass dieses Foto der Schlüssel zur Lösung unseres Falles ist.«

»Kann sein«, meinte Hasenkrug, »kann aber mit dem Mord auch überhaupt nichts zu tun haben. Wir tappen da ziemlich im Dunkeln, wenn Sie mich fragen. Zu viele Verdächtige.«

»Ja, das kommt davon, wenn man sein ganzes Leben nichts Besseres zu tun hatte, als sich bei seinen Mitmenschen unbeliebt zu machen. Schlau wäre es, in einem solchen Fall einfach eines natürlichen Todes zu sterben. Sich aber umbringen zu lassen und die Polizei damit vor ein schier unlösbares Rätsel zu stellen, macht einen auch im Tod nicht gerade beliebter. Ich jedenfalls habe ihn nicht gekannt, so lange er lebte, worüber ich nicht böse bin. Aber bei mir hat er es sogar als Toter geschafft, dass ich ihn nicht ausstehen kann, zumal er mir auch noch diese blöde Erkältung eingebrockt hat. Nee, so einen Kerl braucht kein Mensch, nicht tot und nicht lebendig.«

»Trotzdem wird der Staatsanwalt wohl keine Ruhe geben, bis irgendwer von unseren Verdächtigen im Knast sitzt.«

»Also, dann fahren wir jetzt wieder in dieses Kaff und machen unsere Runde. Wir fangen bei Hermine Sanders an, knöpfen uns dann die vier Herren vom Stammtisch vor, und zu guter Letzt fahren wir bei der Tierärztin vorbei ... falls wir nicht zuvor irgendwo auf der Strecke vom Blitz erschlagen werden«, fügte er mit einem Blick nach draußen gedehnt hinzu und griff nach seiner Jacke.

Bis die beiden Polizisten in Canhusen ankamen, hatte sich das Gewitter weitgehend verzogen und das Dorf, über dessen Straßen und Dächern nun weiße Dampfwolken aufstiegen, sah aus wie einem verwunschenen Märchenreich entsprungen.

»Fast könnte man melancholisch werden bei dem Anblick«, seufzte Hasenkrug, als sie die Uferstraße nach Canhusen hinabfuhren. »Haben Sie jemals ein solches Idyll gesehen wie diesen kleinen, bezaubernden Ort, Chef?«

»Solch ein *trügerisches* Idyll, meinen Sie«, knurrte Büttner und schniefte in sein Taschentuch. »Ich wüsste nicht, was mich hier unter den gegebenen Umständen zu irgendwelchen verklärten Betrachtungen hinreißen sollte.«

Hasenkrug zuckte mit den Schultern und bog in die Pappelallee ein. Sie mutete beinahe herbstlich an, da sich durch das Gewitter jede Menge Laub auf der Straße angesammelt hatte. Vor einem kleinen Klinkerhaus in der Mitte der Straße brachte der Polizist sein Auto zum Stehen. »Das müsste es sein«, sagte er und griff nach seiner braunen Aktentasche, die er immer mit sich führte.

»Nicht besonders groß aber sehr gepflegt«, stellte Hauptkommissar Büttner fest und nickte anerkennend, als er die gusseiserne Pforte öffnete und in den Vorgarten trat. Der hatte zwar bei dem Unwetter einige Blessuren abbekommen, insgesamt aber zeugte er von einer professionellen Pflege. »Scheint einen grünen Daumen zu haben, die gute Frau Sanders.« Er wollte noch etwas hinzufügen, wurde aber in seinen Überlegungen von einer schrill keifenden Stimme unterbrochen.

»Verlassen Sie sofort mein Grundstück oder ich hole die Polizei!«, schrie ihnen eine am Fenster stehende ältere Dame entgegen.

»Das können Sie sich schenken«, rief Büttner zurück, »die ist schon da. Machen Sie bitte die Tür auf, Frau Sanders, wir müssten mit Ihnen sprechen.«

»Hier kommt niemand rein«, erwiderte die Alte schrill.

»Nun machen Sie schon auf, Frau Sanders«, meldete sich Hasenkrug zu Wort, »wir müssen Ihnen ein paar Fragen stellen. Oder wollen Sie, dass die ganze Nachbarschaft mithört, was wir zu besprechen haben?«

»Wir haben nichts zu besprechen, und jetzt verschwinden Sie!«

»Es geht um den Tod von Lübbo Krayenborg«, startete Büttner einen neuen Versuch und bemerkte aus dem Augenwinkel, wie sich am geöffneten Fenster des Nachbarhauses eine Gardine bewegte. Da schien jemand neugierig geworden zu sein. Im Gegensatz zu Frau Sanders. Die machte nach wie vor keine Anstalten, zur Haustür zu gehen.

»Was geht mich dieser Drecksack an«, sagte sie stattdessen und spuckte aus dem Fenster in das Blumenbeet hinein. »Gut, dass er endlich verreckt ist. Ich hoffe, er hat wenigstens gelitten.«

»Das heißt, Sie haben ihm den Tod gewünscht?«, fragte Hasenkrug.

»Fünfzig Jahre lang hab ich ihm Tod und Teufel an den Hals gewünscht, hat leider nichts gebracht. Aber so ist das mit den Drecksäcken, die werden uralt. Gut, dass es nun jemandem gelungen ist, ihn um die Ecke zu bringen. War bestimmt seine Alte. Kann ich ihr nicht verdenken.«

»Sie verdächtigen Fenna Krayenborg, ihren Mann umgebracht zu haben?«

»Was weiß ich. Grund genug hätte sie ja gehabt. Aber ist ja auch egal. Hauptsache, tot.«

»Sie hätten aber auch einen Grund gehabt, ihn umzubringen, oder, Frau Sanders?«, fragte Büttner und sah die alte Frau mit den grauen, zu einem Dutt aufgesteckten Haaren und dem verhärmten Gesicht durchdringend an.

»Ja, Grund genug hätte ich gehabt. Damals dreieinhalb Kilo, heute fünfundachtzig Kilo Grund. Aber ich mach mir doch an dem nicht die Finger dreckig. Nee, das können Sie mir nicht anhängen, Herr Kommissar.«

»Ist Ihr Sohn Hubert zu Hause?«

»Nee.«

»Wo waren Sie am Sonntag gegen zweiundzwanzig Uhr?«

»Hier, wo sonst. Ich bin immer hier. Sonntags guck ich immer *Tatort*. Hubert auch. Wir gucken immer zusammen. Die kriegen die Mörder aber schneller als Sie, Herr Kommissar.«

»Die haben ja auch nur neunzig Minuten Zeit«, bemerkte Büttner unwirsch und fing dann heftig an zu niesen.

»So, jetzt haben Sie mich aber lange genug aufgehalten. Sie wissen ja, wo der Ausgang ist«, sagte Hermine Sanders, ohne den Niesanfall des Kommissars abzuwarten, und war im nächsten Moment von ihrem Platz am Fenster verschwunden.

Perplex schauten sich die beiden Polizisten an. »Es macht wohl keinen Sinn, da noch mal nachzuhaken«, meinte Hasenkrug und wandte sich dem Gartentor zu, »aus der kriegen wir sowieso nicht mehr raus.«

»Zweifelsohne«, stimmte Büttner schniefend zu und wischte sich mit einem Tuch über die feuchten Augen. »Wir fahren jetzt weiter zum Stammtisch. Wen haben wir da zuerst auf unserer Liste?«

»Johann Schepker.«

»Sagen Sie mal, Hasenkrug«, sagte Büttner im nächsten Moment leise und schaute über die Schulter, »haben Sie auch den Eindruck, als würden wir belauscht?«

»Chef?« Hasenkrug sah ihn fragend an.

»Ja. Nebenan, rechterhand, bewegen sich ständig die Gardinen. Linkerhand höre ich dauernd knirschende Schritte und gegenüber hat's im Gebüsch geraschelt.«

»Ach so, das meinen Sie. Ja, das ist mir auch aufgefallen. Aber das hat sicherlich nicht viel zu bedeuten. Hier passiert ja sonst nichts, da sind die Nachbarn für jede Abwechslung dankbar. Und viel erfahren haben sie ja nicht. Schließlich hat Frau Sanders nicht gerade vor Mitteilungsdrang gestrotzt.«

»Hm. Trotzdem. Ich hab da so ein komisches Gefühl. Na ja, was soll's. Fahren wir also zu Herrn Schepker. Wo wohnt der?«

»Am Canhuser Ring. Gleich gegenüber von Fenna Krayenborg.«

Als sie gerade ins Auto steigen wollten, näherte sich ihnen ein Mann. Er torkelte leicht und blickte ihnen mit glasigem Blick entgegen. Er mochte gut fünfzig sein und sah etwas verwahrlost aus. Die braune Cordhose, in der er steckte, war ihm mindestens zwei Nummern zu groß, am hellblauen Hemd war die Brusttasche eingerissen.

Hasenkrug war sich sofort sicher, um wen es sich bei diesem Mann handelte, denn er sah genau so aus wie jemand, dessen Mörder sie gerade suchten. Nur einige Jahre jünger. Die Ähnlichkeit zu Lübbo Krayenborg war wirklich frappierend, da hatte Kirsten Dettmer keineswegs übertrieben. »Hubert Sanders?«, sprach er ihn an.

»W-wer will das w-wissen?«, lallte der Mann zurück.

»Wir sind von der Polizei.«

»Ha-hab nichts ge-tan.«

»Es geht um Lübbo Krayenborg.«

»Lassen Sie meinen Jungen in Ruhe!«, hörten sie im nächsten Moment Hermine Sanders keifen. Sie hatte wieder ihren Platz am Fenster eingenommen. »Hubert, komm sofort rein! Gibt gleich Mittagessen.«

Hubert zuckte mit den Schultern. »Tsch-schüß denn.« Damit drehte er sich um, geriet ins Schwanken und wäre beinahe von einem Auto erfasst worden, das soeben von einem der Nachbargrundstücke ausgeparkt war und nun beim Anfahren heftig Gas gab. Im letzten Moment konnte Hasenkrug ihn am Hemd zurückreißen.

»He, w-was f-fällt dir ein, m-mich festzu-h-halten, A-Arschloch?«, schimpfte Hubert und stieß den jungen Polizisten beiseite. Der setzte zu einer empörten Erwiderung an, wurde aber von Büttner zurückgehalten.

»Lassen Sie ihn, Hasenkrug, solange er in diesem erbärmlichen Zustand ist, wird er uns sowieso keine Hilfe sein.«

Als die Polizisten wenig später ins Dorf hineinfuhren, kam ihnen an der Ecke Uferstraße/Canhuser Ring Jan Scherrmann entgegen und grüßte freundlich.

»Moin, Herr Scherrmann«, rief ihm Büttner aus dem geöffneten Autofenster entgegen, »wir wollen zu Johann Schepker. Wenn wir richtig informiert sind, wohnt der genau gegenüber von Krayenborgs.«

»Moin, die Herren. Ja, können Sie gar nicht verfehlen. Und, haben Sie den Mörder schon gefunden?«

»Ich dachte, es hätte sich inzwischen vielleicht herumgesprochen, wer es war. So was geht in Canhusen doch sicherlich sehr schnell«, konterte Büttner.

»Nein, tut mir leid«, lachte Scherrmann, »in dieser Sache tut sich nichts. Eher tun hier alle so, als wäre gar nichts passiert.«

»Wir waren gerade bei Hermine Sanders und ihrem Sohn. Kennen Sie die?«

»Nicht wirklich. Sie habe ich erst einmal gesehen, seit ich hier wohne. Hubert schwankt ab und an mal an meinem Haus vorbei, gesprochen habe ich aber noch nie mit ihm. Dafür kenne ich aber schon alle Geschichten, die man sich hier so über die beiden erzählt. Hat es nicht leicht gehabt, die alte Frau, und der

Junge ... na ja. Ein Bastard eben. In den Sechzigerjahren stand darauf noch die Höchststrafe. Und die hat er bekommen, doppelt und dreifach. Verdächtigen Sie die beiden etwa?«

»Im Moment ist hier jeder verdächtig. Alle zu befragen gehört zur Routine.«

»Na, da haben Sie sich ja was vorgenommen.«

»Ja, deswegen fahren wir jetzt auch weiter«, nickte Hasenkrug. »Einen schönen Tag noch, Herr Scherrmann.«

»Ebenso.«

»Herr Schepker!?«, rief Hauptkommissar Büttner wenig später und klingelte an der Tür. »Machen Sie bitte auf, hier ist die Polizei!«

Nichts rührte sich. »Sieht so aus, als wäre er nicht da«, bemerkte Hasenkrug. »Und jetzt? Fahren wir zum Nächsten?«

»Suchen Sie jemanden?«, hörten sie gleich darauf eine Frauenstimme, die sich ihnen von hinten näherte.

»Moin. Ja, wir suchen Johann Schepker. Wissen Sie, wo er ist?«, erwiderte Hasenkrug.

»In welcher Angelegenheit denn?«

»Lübbo Krayenborg. Wir sind von der Polizei. Das ist mein Chef, Hauptkommissar David Büttner, mein Name ist Sebastian Hasenkrug.«

Sobald Hasenkrug das Wort *Polizei* genannt hatte, war ein Schatten über das Gesicht der alten Frau gefallen. Sie musterte die beiden Männer kritisch. »Wir waren zu Hause, als es passiert ist. Alle beide. Wir haben *Tatort* geguckt und dann ...«

»Sie sind die Frau von Herrn Schepker?«, unterbrach Büttner sie.

»Ja. Edith Schepker.«

»Wir würden Ihrem Mann gerne ein paar Fragen stellen.«

»So«, erwiderte sie knapp und kniff den Mund zu einem schmalen Strich zusammen. »Warum klingeln Sie dann nicht einfach?«

»Haben wir ja, mehrfach sogar. Aber Ihr Mann macht nicht auf.«

»Er macht nicht auf?« Frau Schepker schüttelte den Kopf. »Er ist ein wenig schwerhörig, wissen Sie. Unser Sohn hat extra die Klingel lauter gestellt. Aber das hat auch nicht viel geholfen.«

»Nun, jetzt sind Sie ja da. Sie nehmen uns ja bestimmt mit rein.«

»Wenn's sein muss«, erwiderte sie, klang aber nicht sonderlich begeistert.

»Ja, bitte. Wir untersuchen einen Mordfall, da ist jede Aussage wichtig.«

»Ich sagte bereits, dass ...«

»Es ist reine Routine, Frau Schepker«, warf Hasenkrug ein, »wirklich, reine Routine. Wir haben nur ein paar Fragen an Ihren Mann. Er war doch eng mit Lübbo Krayenborg befreundet, oder?«

»Er war sein bester Freund, schon seit ihrer Geburt.« Sie schloss die Haustür auf und bedeutete den Männern mit einem nach wie vor skeptischen Blick einzutreten. Dann stellte sie die Gießkanne ab, die sie die ganze Zeit über in der Hand gehalten hatte, und führte die beiden Herren ins Wohnzimmer. »Ich sehe mal nach, wo er ist. Bestimmt sitzt er in der Küche und löst Kreuzworträtsel. Da kann er gar nicht genug von bekommen, von diesen Dingern.«

Büttner und Hasenkrug nahmen jeweils in einem Sessel Platz und sahen sich um. Das Zimmer war hell und freundlich eingerichtet, durch das große Fenster und die angrenzende Terrassentür kam viel Licht herein. An den Wänden hingen zahlreiche Fotos, anscheinend von den Kindern und Enkeln. Gerade wollte Hasenkrug hierzu eine Bemerkung machen, als sie einen markerschütternden Schrei hörten. Verdutzt sahen sie sich an und sprangen dann wie von der Tarantel gestochen aus ihren

Sesseln hoch. Sie folgten den Schreien über den Flur bis in die Küche. Und was sie dann sahen, ließ sie in ihrer Bewegung abrupt innehalten.

Vor ihnen kniete Edith Schepker und tastete mit zitternder Hand nach ihrem Mann, der reglos am Boden lag. Büttner war sofort klar, dass er tot war. Denn auf seiner Brust, genau in der Herzgegend, prangte ein großer, roter Fleck.

9

Das rot-weiße Absperrband bewegte sich gemächlich im schwachen Wind. Nur ab und zu ging eine Böe hindurch und versetzte es für wenige Augenblicke in ein heftiges Flattern. Hauptkommissar Büttner hatte sich auf die knallblaue Gartenbank am Hauseingang der Schepkers gesetzt und schlürfte gedankenverloren seinen Kaffee, den ihm ein Kollege der Spurensicherung aus seiner Thermoskanne eingeschenkt hatte. Inzwischen waren alle Kollegen wieder zum Polizeirevier oder zu einem neuen Einsatz gefahren, die Spuren waren alle gesichert worden. Johann Schepker war einem kaltblütigen Mord zum Opfer gefallen, das stand jetzt fest. Die Kugel eines Jagdgewehrs hatte von draußen die Scheibe des Küchenfensters durchschlagen und Schepker das Herz zerfetzt. Er musste sofort tot gewesen sein, wie die Gerichtsmedizinerin Dr. Anja Wilkens zu Protokoll gegeben hatte.

Büttner war sofort davon ausgegangen, dass dieser aktuelle Mord in einem direkten Zusammenhang mit dem Tötungsdelikt Lübbo Krayenborg stand. Denn zwei voneinander unabhängige Morde innerhalb weniger Tage in diesem kleinen Dorf – das konnte schwerlich ein Zufall sein. Was ihm jedoch seit dem Fund der Leiche am meisten zu schaffen machte, war die Tatsache, dass man auch bei Johann Schepkers Leiche etwas sichergestellt hatte, das da normalerweise nicht hingehörte: einen Teebeutel der Marke Bünting. Was hatte das zu bedeuten? Bei Lübbo Krayenborg hatte Büttner diesem Detail wenig Aufmerksamkeit geschenkt. Eigentlich hatte er sogar schon wieder vergessen, dass es diese Merkwürdigkeit gegeben hatte. Aber nun konnte er es nicht mehr ignorieren. Dieser Teebeutel musste irgendeine Bedeutung haben. Aber welche? Vermutlich stand er als Symbol für irgendwas. Oder er sollte eine Art

Markenzeichen des Mörders darstellen. Vielleicht wollte er als der *Teebeutelmörder* in die Kriminalgeschichte eingehen, dachte Büttner und verzog sein Gesicht zu einem gequälten Lächeln. Serienverbrecher hatten häufig solche Allüren und kamen sich dabei sehr clever vor. Oder aber sie waren tatsächlich ausgewiesene Psychopathen, die mit ihrer Art zu Morden bestimmte Traumata verarbeiteten.

Wie dem auch sei. Wenn es tatsächlich der Mörder gewesen war, der Schepker diesen Teebeutel zugeschoben hatte, dann musste er noch in der Wohnung gewesen sein, nachdem er den Schuss aus dem Garten heraus abgefeuert hatte. Der Zugang an sich dürfte ihm nicht schwergefallen sein, denn die Terrassentür hatte an diesem warmen Sommertag seit dem frühen Morgen offen gestanden, wie auch Edith Schepker bestätigte. Aber warum war der Mörder nicht gleich ins Haus gegangen, um sein Opfer zu erschießen, sondern hatte erst die Fensterscheibe durchschossen, um danach doch noch die Wohnung zu betreten? Das machte in Büttners Augen keinen Sinn. Es wäre doch viel einfacher und auch erfolgversprechender gewesen, in die Küche zu gehen, auf Schepker zu schießen und dann den Teebeutel zu deponieren. Aber so hatte es nicht stattgefunden, das hatte die Spurensicherung eindeutig rekonstruiert.

Der Schuss war aus mindestens fünfzehn Meter Entfernung abgegeben worden, vermutlich aus einem Gebüsch heraus, das das Grundstück der Schepkers vom angrenzenden Weideland trennte. Man hatte es also mit einem einigermaßen sicheren Schützen zu tun. Büttner hatte zunächst gedacht, dass es nicht so sehr schwer sein konnte, diesen Schützen zu überführen. Inzwischen aber wusste er, dass fast jeder Mann im Dorf über einen Jagdschein und sehr häufig auch über eine Jagdwaffe verfügte. Hinzu kamen noch einige Frauen. Und die meisten von ihnen waren gleichzeitig Mitglied im Loppersumer Schützenverein. Prima. Er hatte also Anweisung gegeben, alle Jagdwaffen sicherzustellen und zu überprüfen, ob aktuell damit geschossen worden war. Zum Glück war wenigstens keine Jagdsaison, das hätte diese Untersuchung schnell ad absurdum geführt. Problematisch würde es werden, wenn der Täter gar nicht aus dem Dorf, sondern ganz woandersher kam. Dann hätte die Polizei ein Problem. Aber davon ging Büttner nicht aus. Diese zwei Morde wiesen eher auf interne Querelen hin. Und die gab es, wie er wusste, in diesem Ort ja weiß Gott genug.

In seine Gedanken hinein sah Büttner seinen Kollegen Hasenkrug auf sich zukommen. Er hatte sich ein wenig in der Nachbarschaft umgehört. Irgendjemand musste doch schließlich am helllichten Tag etwas bemerkt haben. Doch sah Hasenkrug nicht eben glücklich aus, wie Büttner bemerkte, was kein gutes Zeichen war.

»Und, haben Sie den Täter verhaftet?«, fragte Büttner und verzog das Gesicht.

»Nein«, antwortete Hasenkrug schlecht gelaunt. »Hier will keiner etwas bemerkt haben. Weder einen Menschen, der sich in der Nähe des Grundstücks herumgetrieben hat, noch den Knall eines Schusses. Nichts.«

»Vielleicht haben sie im Kollektiv beschlossen, die alten Herren aus der Welt zu schaffen«, mutmaßte Büttner und zuckte mit den Schultern. »Hat es alles schon gegeben.«

»Und wo soll das Motiv sein?«

»Keine Ahnung. Die leeren Rentenkassen vielleicht«, frotzelte Büttner, »die Jungen haben keinen Bock mehr, für die Alten zu schuften, oder so ähnlich.«

»Ein wenig weit hergeholt, finden Sie nicht?«

»Doch. Aber wissen Sie was Besseres?«

»Nein. Allerdings gehe ich nun mehr denn je davon aus, dass die Lösung des Falles bei diesem Foto zu suchen ist. Womöglich liegt das Motiv für die Morde gar nicht in der Gegenwart, sondern in der Vergangenheit.«

»Nach sechzig Jahren nimmt jemand Rache?«, fragte Büttner wenig überzeugt. »Das will mir nicht ganz einleuchten. Andererseits sind die Reaktionen der älteren Menschen auf das Bild schon sehr seltsam. Aber übersehen Sie bitte nicht, Hasenkrug, dass es hier im Dorf noch weitere Motive gibt, wie Wachstumshormone und Bastarde. Das dürfen wir nicht aus den Augen verlieren.«

»Ja, das schien beim Mord an Lübbo Krayenborg wichtig. Gilt das aber auch für den Mord an Johann Schepker? Da wurde doch in diese Richtung nie ein Verdacht geäußert.«

»Womöglich nur, weil wir nicht danach gefragt haben. Schepker stand doch bisher gar nicht im Visier. Und wir wissen inzwischen, dass Krayenborg und Schepker über Jahrzehnte hinweg beinahe wie siamesische Zwillinge gelebt und gehandelt haben. Sie waren wie Arsch und Hose. Sehr wahrscheinlich, dass die ganzen Geschichten, die Krayenborg mit seinen Mitmenschen hatte, genau so gut auf Schepker zutreffen.«

Büttner schüttete den letzten Rest Kaffee, der sich noch in seinem Alubecher befand, ins Blumenbeet und stand mit einem lauten Stöhnen auf. Ihm ging es nach wie vor beschissen, und eine Verkomplizierung des Falles konnte er jetzt überhaupt nicht gebrauchen. Am liebsten hätte er sich ins Bett gelegt und sich von seiner Frau liebevoll pflegen lassen. Aber das konnte er dem Staatsanwalt und dem Polizeipräsidenten schwerlich vermitteln. Also würde er jetzt hier weitermachen. Er hob die Hand und klingelte an der Tür. Als eine völlig verheulte Edith Schepker öffnete, sagte er: »Frau Schepker, wir würden gerne mal einen Blick in die Unterlagen Ihres Mannes werfen.«

»In welche Unterlagen denn?«

»In alle. Vielleicht finden wir da einen Hinweis, warum er hat sterben müssen.« Er wandte sich an seinen Assistenten: »Ich möchte, dass auch die Unterlagen von Lübbo Krayenborg sichergestellt werden.«

»Aber da hatten wir doch schon mal nachgesehen«, beschwerte sich Hasenkrug, der eine Menge unangenehme Arbeit auf sich zukommen sah.

»Oberflächlich, ja. Aber nun haben wir es mit zwei Morden zu tun, die ganz offensichtlich in engem Zusammenhang stehen. Da will ich nichts übersehen. Also, Hasenkrug, beordern Sie bitte ein paar Leute zu den Krayenborgs. Sie sollen alle Ordner und Schriftstücke mit aufs Revier nehmen.«

»Alle?«

»Alle. Und wir schauen uns hier vor Ort mal um. Frau Schepker, wo bewahrte Ihr Mann seine Papiere auf?«

Die alte Frau bedeutete ihm, ihr zu folgen, und führte ihn in eine Art Arbeitszimmer, in dem ein Schreibtisch stand, umringt von mehreren Regalen. Zu seinem Entsetzen standen diese Regale voll mit Ordnern, und zahlreiche Zettel, Broschüren und Papiere stapelten sich in scheinbar ungeordneten Haufen.

»Das sieht mehr aus, als es ist«, beruhigte ihn Edith Schepker, als sie seinen konsternierten Gesichtsausdruck sah. »Mein Mann hat Briefmarken gesammelt, schon immer. Die meisten der Ordner sind voll mit Marken.« Sie deutete schniefend auf drei Regale. »Da finden Sie zum Beispiel nichts anderes. Was sonst noch wichtig war, hat mein Mann erst mal wochenlang auf dem Schreibtisch liegen lassen. In diesen Stapeln müssten Sie also alles Aktuelle finden.«

Büttner bedankte sich und ließ die frischgebackene Witwe, die in diesem Augenblick von neuerlichen Weinkrämpfen heimgesucht wurde, ihrer Wege gehen. Er setzte sich auf den bequemen Schreibtischstuhl, entdeckte eine große Lupe und sah im gleichen Moment Johann Schepker vor sich, der sich, genau an diesem Platz, konzentriert über einen Haufen Briefmarken beugte und diese eingehend mir dem Vergrößerungsglas betrachtete. Was musste einen Menschen antreiben, zwei alte Männer zu ermorden?, fragte er sich. Wahrten sie womöglich ein wohlgehütetes Geheimnis, das für jemanden gefährlich werden konnte, wenn es ans Licht kam? Das klang ihm fast zu sehr nach Kriminalroman, als dass es hätte Realität sein können. Oder handelte es sich hier um ein ganz profanes Motiv wie Hass, Neid, Gier oder Eifersucht? Wobei er geneigt war, Letzteres auszuschließen. Die Menschen, die jemanden im Liebeswahn umbrachten, waren seiner einschlägigen Erfahrung nach deutlich jünger. Andererseits hatte er in seiner Zeit in Hamburg mal einen Fall in einem noblen Seniorenheim gehabt, in dem es zahlreiche Witwen, aber nur einen Witwer gab. Da hatten tatsächlich drei Frauen ihr Leben lassen müssen, weil sie vermeintlich in Konkurrenz zu der Mörderin um die Gunst des begehrten Witwers buhlten. Auch das Motiv Eifersucht war also nicht mit einhundertprozentiger Wahrscheinlichkeit auszuschließen.

Büttner schnappte sich einen ersten Stapel Zettel und blätterte ihn durch. Dabei nahm er sich die Zeit, jedes der Schreiben zumindest kurz anzulesen, denn er wollte auch nicht den kleinsten Hinweis übersehen. Schon nach kurzer Zeit hatte er einen umfassenden Einblick darüber, welche Versicherungen Schepker wo abgeschlossen hatte, bei welcher Bank er welche Verbindlichkeiten und welche Rechnungen er noch nicht bezahlt hatte. Aber das interessierte ihn alles herzlich wenig. Was er suchte, war ein Mordmotiv. Und das gaben diese Schreiben, die in jeder Durchschnittsfamilie zu finden sein würden, nicht her. Bis auf eines vielleicht, das zwar keinen eindeutigen Hinweis lieferte, aber zumindest seltsam war. Dieser Zettel lag inmitten des Stapels, und auf ihm stand in ungelenker Handschrift: *Wag es bloß nicht oder du wirst es bereuen*!

Schöner Mist, dachte Büttner und fuhr sich mit beiden Händen durch sein lichtes Haar. Hätten sie nach dem Mord an Lübbo Krayenborg eine andere Reihenfolge bei den Befragungen festgesetzt, hätten sie von Johann Schepker vielleicht noch etwas über diesen Zettel erfahren können. Dazu war es jetzt definitiv zu spät. Andererseits hätte er nach dem ersten Mord ja auch zur Polizei kommen und mitteilen können, dass er eine Drohung erhalten hatte. Das aber hatte er nicht getan. Warum? Aus Angst, das nächste Opfer zu sein? Nun, das war er jetzt ja trotzdem geworden. Oder hatte er vielleicht gewusst, von wem dieses Schreiben war, sich davon aber nicht beeindrucken lassen und vielleicht darauf bestanden, eine Aussage zu machen, und das dem Täter auch unmissverständlich mitgeteilt? Das allerdings wäre nicht besonders clever gewesen. Und noch eine dritte Möglichkeit kam in Betracht, nämlich dass dieser Drohbrief mit den Mordfällen gar nichts zu tun hatte, sondern sich auf einen gänzlich anderen Sachverhalt bezog. Genau genommen konnte er alles bedeuten. Er, Büttner, durfte in diesen recht schlichten Satz auch nicht zu viel hineininterpretieren. Wenn er es sich genau überlegte, sahen echte Morddrohungen in der Regel ganz anders aus. Und vor allem eindeutiger. Es war also gut möglich, dass er dieses Schreiben im Eifer des Gefechts gerade überbewertete.

Büttner stand von seinem Platz auf und ging, den Brief in der Hand, auf die Suche nach Edith Schepker. Er fand sie im Wohnzimmer auf dem Sofa, umringt von einer Unmenge achtlos fallen gelassener Papiertaschentücher. An ihrer Seite saß Fenna Krayenborg und tätschelte ihr die Hand. Es war ein so rührender Anblick, dass Büttner tief schlucken musste, bevor er anfing zu reden. »Moin, Frau Krayenborg«, grüßte er zunächst die Nachbarin, wandte sich dann aber mit dem Zettel an Frau Schepker. »Haben Sie dieses ... ähm ... Schreiben schon mal gesehen?«

Die alte Frau nahm den Zettel in die Hand, warf einen Blick darauf und erbleichte. »N-nein«, stammelte sie dann, »ich habe ihn noch nie gesehen. Woher haben Sie den?«

»Er lag auf dem Schreibtisch Ihres Mannes.«

»Kann ich mal sehen?«, fragte Fenna Krayenborg. »Ach herrje«, sagte sie dann und schlug sich eine Hand vor den Mund, »ist das ein Drohbrief?«

»Sieht so aus«, nickte Büttner. »Ich nehme an, Sie haben auch keine Ahnung, woher er kommt?«

Fenna schüttelte den Kopf, starrte aber weiter auf den Zettel.

»Erkennen Sie vielleicht die Handschrift?«

»Nein. Die habe ich nie gesehen.«

»Ich auch nicht«, bestätigte Edith Schepker und fügte dann hinzu: »Sieht aber auch komisch aus. Als hätte jemand seine Schrift verstellt. So schreibt doch kein Mensch!«

Büttner nickte. Ja, mit dieser Einschätzung lag die alte Dame vermutlich richtig. Um solch eine krakelige Handschrift hinzubekommen, musste man sich schon ordentlich Mühe geben. Die floss nicht einfach so aus der Feder. Gerade wollte er noch was fragen, als Hasenkrug zur Tür hereinkam. In der Hand hielt er einen roten Schnellhefter aus Plastik.

»Schauen Sie sich das mal an, es lag bei Lübbo Krayenborg im Nachttisch«, sagte er zu Büttner und hielt ihm den Hefter unter die Nase.

»Hm«, sagte er dann nur und sah Fenna Krayenborg prüfend an. »Wussten Sie, dass auch Ihr Mann solch einen Brief erhalten hatte?«

Die alte Frau errötete und schüttelte langsam den Kopf, sodass Büttner überzeugt war, dass sie nicht die Wahrheit sagte.

»Sind Sie sicher?«, fragte er leise.

»Ich ... er ...«, setzte sie an, verstummte aber dann wieder.

»Sie kannten diesen Brief, richtig?«

Sie nickte. »Er ... Lübbo ... er hat mich geschlagen deswegen.«

»Wann war das?«

»Das muss ungefähr eine Woche her sein. Auf jeden Fall war es nach der Eröffnung der Fotoausstellung. Ich ... hatte da doch schon so starke Schmerzen, aber er hat immer wieder zugeschlagen.«

Büttner schnappte hörbar nach Luft. »Und, haben Sie diesen Brief geschrieben?«, fragte er betont ruhig. Was war dieser Krayenborg doch für ein Widerling gewesen!

»Nein, natürlich nicht«, winkte sie erschrocken ab. »Aber er dachte, ich hätte es getan. Dabei hätte ich mich das doch niemals getraut, Herr Kommissar, das müssen Sie mir glauben!«

Das glaubte Büttner unbesehen. Natürlich hätte diese arme Frau sich nicht getraut, ihrem Mann auf diese Weise Paroli zu bieten. Und mit Sicherheit hatte er das auch gewusst. Aber offensichtlich hatte er immer nach einem Grund gesucht, sie mit Gewalt gefügig zu machen.

»Die Texte und auch die Handschriften der beiden Schreiben sind nicht identisch«, stellte Hasenkrug fest, nachdem er auch den Zettel von Johann Schepker studiert hatte.

»Richtig«, stimmte Büttner zu. »Auf Krayenborgs Zettel steht *Halt bloß die Klappe, sonst setzt es was!* Könnte das Gleiche meinen, muss es aber nicht.«

»Nun ja, begnadete Literaten waren hier jedenfalls nicht am Werk«, bemerkte Hasenkrug sarkastisch, verstummte aber schnell wieder, als ihn sein Chef warnend ansah.

»Wir nehmen die Zettel mit und lassen sie auf Fingerabdrücke untersuchen«, sagte Büttner. »Kommen Sie, Hasenkrug, wir fahren zurück aufs Präsidium.« Dann fügte er an die Damen gewandt hinzu: »Meine Leute werden die restlichen Unterlagen abholen. Haben Sie vielen Dank für Ihre Kooperation.«

»Also, wenn Sie mich fragen, Chef, dann sieht mir das Ganze weniger nach einer wirklichen Morddrohung aus als nach einem Kleinkrieg unter alten Männern«, meinte Hasenkrug, als sie zurück ins Präsidium fuhren. »Gucken Sie sich die Sätze doch an. *Wag es bloß nicht oder du wirst es bereuen! Halt bloß die Klappe, sonst setzt es was!* Also mal ehrlich, das klingt doch eher nach eins auf dicke Hose machen als nach einem wirklichen Drohbrief.«

»Sie meinen, das läuft nach dem Motto *Wer hat den Längsten?*«

»Ja, das wollte ich in Gegenwart der Damen so nur nicht sagen.«

»Aber komisch ist es doch, dass beide Männer eine so seltsame Drohung bekommen haben und kurz darauf tot sind.«

»Also, ehrlich gesagt, eine Morddrohung würde ich anders formulieren.«

»Nun ja, wir werden sehen. Jetzt bringen wir die Zettel erst mal in die KTU, dann muss ich dringend was essen und danach arbeiten wir weiter unsere Liste ab. Ich bin vor allem gespannt, was die Herren vom Stammtisch dazu zu sagen haben, dass sich ihre Runde innerhalb kürzester Zeit auf so ungewöhnliche Weise dezimiert hat. Also, mir an ihrer Stelle wäre jetzt etwas mulmig zumute.«

10

Menno Buurmann saß zurückgelehnt in seinem großen Ohrensessel und sah reichlich mitgenommen aus. Was wenig verwunderte, wenn man bedachte, dass zwei seiner besten Freunde soeben auf brutale Weise ums Leben gekommen waren. Er gab an, Lübbo Krayenborg und Johann Schepker schon von Kindesbeinen an gekannt zu haben, genau so wie seinen Kameraden Gustav Grensemann. Sie alle seien zusammen in Canhusen aufgewachsen. Nur der Fünfte im Bunde, Rudolf Lampe, der sei ein Flüchtling gewesen und erst kurz nach dem Krieg in das kleine Dorf gezogen, wo die Familie nach ihrer Flucht aus Ostpreußen zunächst Unterschlupf auf dem Dachboden der Familie Schepker gefunden habe und später dann in ein kleines Haus am Düsterland gezogen sei.

»Ich kann es gar nicht glauben, dass sie tot sind«, sagte Menno Buurmann. »Können Sie mir sagen, wer so was macht? Ich meine, sie haben doch niemandem etwas getan, die zwei.«

Büttner sah ihn mit hochgezogenen Augenbrauen prüfend an. »Lübbo Krayenborg hat seine Frau geschlagen, ist das nichts?«

»Ach das!« Buurmann machte eine wegwerfende Handbewegung. »Wenn sich Fenna aber auch immer so paddelig anstellt. Da muss man ja verrückt werden.«

»Sie sind also der Meinung, dass Frau Krayenborg die Prügel verdient hat?«, hakte Büttner nach.

»Ach, was heißt hier Prügel. Die paar Ohrfeigen. Lübbo war ein temperamentvoller Mann, den darf man nicht dauernd so provozieren. Das hätte Fenna wissen müssen. Aber sie hat es immer wieder getan. Hat er uns doch erzählt.«

»Womit hat Fenna ihn denn provoziert?«, fragte Büttner betont ruhig, weil er spürte, wie ihm langsam die Wut in die Faust kroch. Er durfte sich hier nicht gehen lassen, auch wenn er nicht wenig Lust verspürte, den alten Mann auf der Stelle um ein paar Köpfe kürzer zu machen.

»Na, mit so Sachen eben«, antwortete Buurmann. »Das Essen nicht pünktlich auf dem Tisch, kein Bier im Kühlschrank, keine Sahne für den Tee.«

»Und das gibt ihm das Recht, sie zu schlagen? Haben Sie Ihre Frau wegen solcher Dinge auch geschlagen, Herr Buurmann?«

Der alte Mann zuckte zusammen, beugte sich dann nach vorne und sah den Hauptkommissar finster an. »Lassen Sie meine Frau aus dem Spiel. Sie ist seit dreißig Jahren tot.«

»Wo waren Sie denn heute Vormittag, so gegen zehn Uhr, Herr Buurmann?«, mischte sich Hasenkrug schnell ins Gespräch, denn er befürchtete, dass die beiden Herren nicht weit davon entfernt waren, sich gegenseitig an die Gurgel zu gehen. Die Faust seines Chefs sah schon gefährlich geballt aus. Er wusste, dass Büttner schnell der Kamm schwoll, wenn er es mit Gewalt an Frauen zu tun bekam und ihm irgendjemand zu erklären versuchte, dass die Frauen ja meist selber schuld an ihrem Schicksal seien, schließlich bräuchten sie sich ja nur so zu benehmen, wie es ihr Mann von ihnen verlange.

»Gegen zehn?« Buurmann überlegte kurz und ließ sich wieder nach hinten fallen. »Da war ich mit meinem Hund spazieren.« Er zeigte auf einen betagten Rauhaardackel, der friedlich schlafend auf einer Decke zu seinen Füßen lag.

»Sind Sie dabei auch am Haus von Johann Schepker vorbeigekommen?«

»Natürlich. Ich laufe immer hier am Friedhof vorbei, die Lohne runter und dann rechts rum einmal ums Dorf. Da komme ich auch bei Johann und Edith vorbei. Manchmal trinken wir dann 'ne Tasse Tee zusammen.«

»Aber heute nicht.«

»Was nicht?«

»Heute haben Sie keinen Tee mit ihnen getrunken.«

»Nee. Ich hab Edith am Friedhof getroffen, sie hat da die Blumen auf den Gräbern gegossen. Sonst gehen sie ja so schnell ein, bei dem Wetter. Edith macht das im Moment jeden Morgen und jeden Abend. Wäre ja sonst auch schade um die Blumen.«

»Heute Morgen hatten wir aber ein heftiges Gewitter. Da hätte sie die Blumen doch gar nicht gießen müssen«, gab Büttner zu bedenken.

»Ach, was weiß ich. Dann hat sie sie eben geschnitten.«

»Sie hatte aber eine Gießkanne in der Hand, als sie nach Hause kam.«

»Tja, am besten wird sein, Sie fragen sie selbst. Was weiß ich, was in so 'nem Frauenkopp vor sich geht.«

»Das werden wir tun. Ist Ihnen in der Nähe von Schepkers Haus irgendetwas aufgefallen? Oder haben Sie vielleicht sogar jemanden da gesehen?«, wollte Hasenkrug wissen.

Buurmann zog die Stirn in Falten und überlegte. »Jo. An der Ecke zum Dorfring hab ich Jan Scherrmann getroffen. Er hat mich aber nur gegrüßt, hatte wohl keine Zeit für ein Gespräch. Er schien es ziemlich eilig zu haben. Und dann war da noch diese junge Tierärztin. Die kam bei Heino Franzen aus dem Stall.«

»Wer ist Heino Franzen?«

»Der Bauer, der gleich neben Schepkers wohnt.«

»Und die Tierärztin? War es diese ...«, Hasenkrug blätterte in seinen Notizen, »diese Luise Alberts?«

»Jo.«

»In welche Richtung ist sie gegangen, nachdem sie den Stall verlassen hatte?«

»Ich meine, sie wäre in ihr Auto gestiegen, zumindest hat sie was reingeschmissen. Ob sie dann weggefahren ist, weiß ich nicht.«

»Was hat sie denn ins Auto geschmissen?«

»Ein Gewehr, glaube ich.«

Büttner, der sich gerade die Nase schnäuzen wollte, hielt abrupt inne und starrte Buurmann mit offenem Mund an. Hasenkrug verschluckte sich an seinem Schluck Wasser, den er gerade aus einer mitgebrachten Flasche genommen hatte. »Ein Gewehr?«, keuchte er heiser.

»Jo.«

»Und können Sie sich vorstellen, was sie damit wollte?«

»Schießen, nehm ich an.«

»Haben Sie auch einen Schuss gehört?«

»Nee.«

»Hätte Frau Alberts einen Grund gehabt, Johann Schepker zu töten?«

»Was für einen Grund denn?«

»Na, irgendeinen eben.«

»Hm. Bei Johann weiß ich das nicht. Aber Lübbo hat mal kurz vor seinem Tod gesagt, sie zickt rum.«

»Was meinte er damit?«

»Er wollte irgendwas von ihr, das sie ihm aber nicht geben wollte, oder so. Aber er meinte, er würde es schon noch bekommen.«

»Wie wollte er es denn bekommen?«

»Er meinte, er hätte ... überzeugende Argumente. Ja, ich glaube, so hat er sich ausgedrückt.«

»Was genau er damit meinte, hat er aber nicht gesagt?«, hakte Büttner nach.

»Nee.«

»Nun, Herr Buurmann, das war's fürs Erste. Wenn wir noch Fragen haben, kommen wir noch mal wieder.«

»Wenn's unbedingt sein muss.«

»Und passen Sie auf sich auf, Herr Buurmann«, sagte Büttner, als er schon an der Tür stand.

»Wie meinen Sie das?«, fragte der nach und sah ihn aus großen Augen an.

»So, wie ich es gesagt habe. Heutzutage kann man gar nicht vorsichtig genug sein, finden Sie nicht?«

»War das wirklich nötig, Chef?«, fragte Hasenkrug, als sie wenig später auf der Straße standen. »Ich glaube, Sie haben ihm Angst gemacht.«

Büttner schaute ihn unschuldig an. »Ach, wirklich? Das war aber nicht nett von mir.«

»Sie können ihn nicht leiden.«

»Sagen wir mal so: Ich habe schon sympathischere Menschen getroffen.«

»Und jetzt? Wen wollen Sie als Nächstes einschüchtern?«

»Eigentlich wollte ich mir die beiden anderen Herren vom Stammtisch vorknöpfen. Ein anderer Termin scheint mir aber wichtiger zu sein.«

»Sie meinen die Tierärztin.«

»Ja. Ich will wissen, was sie mit dem Gewehr vorhatte. Rufen Sie sie doch mal auf dem Handy an, wann sie Zeit für uns hat. Ich fürchte, sie wird noch unterwegs sein.«

»Nicht vor neunzehn Uhr«, sagte Hasenkrug wenig später. »Sie hat noch ein lungenkrankes Schwein, ein paranoides Schaf und ein lahmendes Pferd.«

»Gut. Dann fahren wir erst noch mal bei Scherrmann vorbei.«

»Bei Scherrmann?«

»Ja. Er war zur Tatzeit in der Nähe des Tatorts, hat Buurmann gesagt. Und außerdem haben wir ihn kurz darauf getroffen, als er aus ebendieser Richtung kam, Sie erinnern sich?«

»Ja. Halten Sie ihn für verdächtig?«

»Nach wie vor ist hier jeder verdächtig, Hasenkrug.«

»Und was wollen Sie ihn fragen?«

»Zunächst einmal, ob er ein verdammtes Aspirin für mich hat. Mein Schädel brummt, als hätte mich ein Pferd getreten.«

»Ein Aspirin?«, fragte Scherrmann schmunzelnd, als Büttner seine Bitte geäußert hatte. »Nur, wenn Sie mir versprechen, es nicht als Bestechung auszulegen.«

»Wollen Sie es schriftlich?«, parierte der Kommissar.

Lachend verschwand Scherrmann im Badezimmer und kam bald darauf mit einer ganzen Schachtel Schmerztabletten zurück, die er neben Büttner auf den Tisch legte. Wie schon am Tag zuvor saßen sie auf der Terrasse, aber die Luft war deutlich abgekühlt. Für ostfriesische Verhältnisse bewegten sich die Temperaturen wieder im Normalbereich.

»Wir haben Sie heute Morgen in der Nähe des Tatorts getroffen«, kam Hasenkrug zur Sache, nachdem er einen Schluck von der erfrischenden Limonade genommen hatte, die Scherrmanns Geheimrezept zu sein schien. Selten hatte Hasenkrug etwas so Köstliches getrunken. Er nahm sich vor, Scherrmann nach Abschluss der Ermittlungen nach dem Rezept zu fragen.

»Ja, ich erinnere mich. Und nun bin ich verdächtig.«

»Was wollten Sie denn da? Ein Zeuge sagte, Sie hätten es sehr eilig gehabt.«

»Ein Zeuge?« Scherrmann sah die beiden Polizisten prüfend an. »Ach«, sagte er dann, »ich nehme an, das war der alte Buurmann. Er ist mir entgegengekommen. Ja, ich hatte es eilig. Ich wollte meinen Arzttermin nicht verpassen.«

»Sie sehen gar nicht krank aus«, bemerkte Büttner und musterte sein Gegenüber von oben bis unten. Eigentlich sah er sogar aggressiv gesund aus, befand er. Schlank, muskulös, sonnengebräunt. Beneidenswert.

»Bin ich auch nicht. Ich habe mich impfen lassen.«

»Sie wollen verreisen?«

»Nein. War nur Tetanus. Die Auffrischung war fällig.«

»Müsste ich auch mal wieder machen«, murmelte Büttner und Hasenkrug nickte zustimmend.

»Und was haben Sie jetzt zu dieser frühen Stunde im Dorf gemacht?«, kam Büttner wieder zum Thema zurück.

»So früh war es doch gar nicht. Muss so gegen halb elf gewesen sein. Na ja, egal. Ich war bei Bauer Franzen gewesen, frische Milch und Eier bestellen für heute Abend.«

»Und da gehen Sie persönlich hin? Sie hätten anrufen können.«

»Ging keiner dran.«

»Hm. Haben Sie zufällig die Tierärztin im Stall getroffen, diese Luise Alberts?«

»Ja, die war da.«

»Hatte sie ein Gewehr dabei?«

»Ein Gewehr?« Scherrmann schaute ehrlich verdutzt. »Nein, ein Gewehr habe ich nicht gesehen. Wäre mir sicherlich aufgefallen.«

»Was wollte sie denn bei Bauer Franzen?«

»Sie ist Tierärztin. Was sollte sie da schon wollen? Ein Tier behandeln, nehme ich an.«

»Genaues wissen Sie aber nicht.«

»Nein. Ich wollte Milch und Eier bestellen, alles andere hat mich nicht interessiert.«

»Und, haben Sie sie bekommen, die Milch und die Eier?«

»Noch nicht. Bauer Franzen ist erst gegen neunzehn Uhr mit dem Melken fertig. Dann gehe ich hin. Soll ich Ihnen was mitbringen, oder warum interessiert Sie das so brennend?«, fügte er sarkastisch hinzu.

Büttner räusperte sich. »Na gut. Eine Frage hätte ich noch. Haben Sie gegen zehn Uhr einen Schuss gehört oder irgendwas, was so ähnlich klang?«

»Nein. Aber da fällt mir ein: Genau um diese Zeit herum war die Müllabfuhr im Dorf und hat den Glascontainer geleert. Es hat einen unglaublichen Krach gemacht. Kann sein, dass deswegen keiner einen Schuss gehört hat.«

»Woher wollen Sie denn wissen, dass keiner einen Schuss gehört hat?«, fragte Hasenkrug und sah ihn neugierig an.

»Weil Sie sonst glücklicher gucken würden«, grinste Scherrmann. »So betreten, wie Sie aus der Wäsche gucken, tappen Sie noch völlig im Dunkeln, habe ich recht?« Als die zwei Polizisten nichts erwiderten, sondern ihn nur perplex ansahen, fügte er hinzu: »Ich habe Jahrzehnte als Rechtsanwalt gearbeitet. Da sehe ich sofort, wie es um die Ermittlungen bestellt ist. Und hier, sagt mir mein Instinkt, wartet noch viel Arbeit auf Sie.«

Büttner holte tief Luft und erhob sich aus seinem Stuhl. »Vielen Dank für die Erste Hilfe«, sagte er, »die Tablette wirkt schon.«

»Das freut mich zu hören. Dann kann's ja jetzt mit frischem Elan weitergehen. Und grüßen Sie Frau Alberts schön von mir.«

»Manchmal macht er mir Angst«, sagte Hasenkrug, als sie wieder im Auto saßen. »Woher wusste er denn jetzt schon wieder, dass wir zu Frau Alberts fahren?«

»Instinkt und Kombinationsgabe, Hasenkrug«, erwiderte Büttner. »Das braucht man als Rechtsanwalt. Ein bisschen mehr davon könnte Ihnen auch nicht schaden.«

Für den Rest der Fahrt schwieg der junge Polizist. Er war beleidigt.

11

Nur wenige Minuten später fuhren Büttner und Hasenkrug in den Hof der Tierarztpraxis ein. Luise Alberts hatte sich damals, als sie nach ihrem Studium nach Hinte gezogen war, eine alte Hofanlage ausgebaut und sich damit ein wahres Kleinod geschaffen. Der Innenhof, in dem die Polizisten jetzt standen, war mit Kopfstein gepflastert, überall standen große Pflanz- und Blumenkübel herum, die jetzt im Sommer ihre ganze Pracht entfalteten und zahlreiche Insekten anlockten, die fröhlich summend um sie herumschwirrten. Eine Entenmutter watschelte mit sechs kleinen Küken im Gefolge laut schnatternd über den Platz. Die Hofanlage selbst umfasste drei Gebäude in rotem Klinker, die als Hufeisen um den Innenhof herum angeordnet waren. In einem befanden sich die Praxisräume, der mittlere Bau diente als Wohnhaus und die rechte Flanke als eine Art Tierpension, in der sich kranke Tiere von ihrem Leiden erholen konnten. Weiße Sprossenfenster mit dunkelgrünen Fensterläden sowie sich an den Fassaden entlangrankende Pflanzen verliehen der Anlage einen nostalgischen Charme. Geradezu erhaben wirkten die großen, grün-weiß gestrichenen und mit gusseisernen Elementen verzierten Eingangstüren sowie das ausladende, ebenfall in Grün und Weiß gehaltene Scheunentor.

Schwer beeindruckt von diesem Anblick schauten sich die Polizisten um. »Alle Achtung«, sagte Büttner, während er seinen Blick über die Fassaden gleiten ließ, »hier kann man es aushalten.«

Hasenkrug nickte zustimmend. »Ja, nicht schlampig«, sagte er, »muss 'ne alte Frau lange für stricken.«

Gerade, als sie an der Haustür klingeln wollten, bog ein schwerer Geländewagen in das Hoftor ein, und wenige Augenblicke später entstieg ihm eine zierliche Frau in kariertem Hemd, olivgrüner Cargohose und Gummistiefeln.

»Gibt es einen Notfall?«, rief sie den Polizisten mit besorgtem Blick entgegen.

»Ähm ... n-nein«, stammelte Büttner, der sich unter einer Landtierärztin immer ein eher stämmiges und kräftiges Mannweib vorgestellt hatte und dem jetzt vor lauter Überraschung der Mund offen stehen blieb.

»Womit kann ich Ihnen dann helfen?«, fragte Luise Alberts und reichte den Männern lächelnd die Hand. Sie kannte diese Reaktion auf ihre Person nur allzu gut und war es gewohnt, unterschätzt zu werden. Aber besser so als umgekehrt, pflegte sie zu sagen.

»Wir ... sind von der Polizei. Mein Name ist David Büttner, mein Assistent hier ist Sebastian Hasenkrug.«

»Luise Alberts. Darf ich fragen, was Sie zu mir führt?«

»Wir ermitteln in den Mordfällen Lübbo Krayenborg und Johann Schepker.«

»Ach, darum geht's«, nickte sie.

»Sie haben von den Fällen gehört?«

»Ja, sicher. In der ganzen Region spricht man von nichts anderem. Ich komme viel herum, wissen Sie. Da bin ich über alles jederzeit genau informiert.«

»Sie sind heute Morgen in Canhusen gesehen worden.«

»Ja, natürlich. Ich bin fast täglich dort, das bringt mein Job so mit sich. Heute war ich bei Bauer Franzen und bei Immo Krayenborg.«

»Ein Zeuge sagte uns, er habe sie mit einem Gewehr gesehen.«

»Mit einem Gewehr?«, fragte sie verdutzt und zog die Stirn in Falten. Dann zeigte sie aufs Wohnhaus. »Ach, kommen Sie doch erst mal rein. Haben Sie Lust auf eine Tasse Tee?«

»Gerne.«

Luise Alberts führte die beiden Polizisten durch die herrschaftliche Eingangstür in eine große, helle Wohnküche. Sie war in einem hellen Landhausstil eingerichtet und fügte sich nahtlos in das ansprechende Bild des Gesamtensembles ein. Von der Küche aus hatte man einen herrlichen Blick in einen naturbelassenen Garten mit eigenem Teich, auf dem Enten und Gänse ihre Runden drehten.

»Sie haben hier ein wahres Idyll«, bemerkte Büttner anerkennend und nahm auf einem der weißen Küchenstühle Platz. »Wenn ich eine Frage stellen darf: Wie schaffen Sie es, ein solches Anwesen zu finanzieren?«

Luise Alberts lächelte, füllte den Wasserkocher und holte drei Tassen aus blauem Steingut aus dem Schrank. »Ich habe das Glück, aus einem vermögenden Elternhaus zu kommen. Außerdem verdienen mein Mann und ich nicht schlecht.«

»Was macht Ihr Mann beruflich?«

»Er ist Apotheker. Hat eine eigene Apotheke in Emden.«

Sie griff nach einer großen Glaskanne und einer Packung mit Teebeuteln. »Ich hoffe, es stört Sie nicht, dass ich den Tee mit Teebeuteln ansetze und nicht auf die traditionelle ostfriesische Art?«, fragte sie. »Ich weiß, dass es einer Blasphemie gleichkommt, aber ich habe einfach nicht die Zeit für stundenlange Zeremonien.«

»Kein Problem«, winkte Büttner ab. »Bünting Tee«, stellte er dann stirnrunzelnd fest und sah Hasenkrug bedeutungsvoll an. »Sie haben Teebeutel von Bünting.«

»Haben Sie ein Problem damit?«, fragte sie erstaunt.

»N-nein, war nur eine Feststellung. Kommen wir noch mal auf das Gewehr zurück. Sie können sich nicht erinnern, heute eines in der Hand gehabt zu haben?«

»Nein. Ach«, sie schlug sich mit der flachen Hand vor die Stirn, »doch, klar, ich habe bei Bauer Franzen einige Sachen aus dem Auto genommen, weil ich etwas gesucht habe, eine Packung Spritzen. Da war auch das Gewehr dabei. Wissen Sie, in meinem Wagen sieht es aus wie Kraut und Rüben. Nachdem ich die Spritzen gefunden hatte, habe ich alles wieder reingeschmissen.«

Reingeschmissen. Das war auch das Wort, das Menno Buurmann gebraucht hatte, erinnerte sich Büttner. »Wofür brauchen Sie ein Gewehr, Frau Alberts?«

»Ich habe einen Jagdschein. Und ab und zu kommt es mal vor, dass ich ein krankes oder verletztes Tier erschießen muss.«

»Johann Schepker wurde mit einem Gewehr erschossen«, bemerkte Hasenkrug.

»Ja, ich hörte davon. Aber Sie verdächtigen nicht wirklich mich, oder?«, fragte sie mit einem breiten Grinsen, während sie mit sprudelnd kochendem Wasser den Tee aufgoss.

»Wir ermitteln in alle Richtungen«, sagte Hasenkrug knapp.

»Wie gut kannten Sie Lübbo Krayenborg und Johann Schepker?«, fragte Büttner.

»Nicht so gut. Hab sie ein paarmal gesehen, mehr nicht.«

Büttner sah sie prüfend an. »Menno Buurmann sagte uns, Sie hätten erst kürzlich einen Streit mit Krayenborg gehabt.«

»Einen Streit?« Luise Alberts runzelte die Stirn.

»Ja. Er meinte, Krayenborg habe irgendwas von Ihnen haben wollen, was Sie aber abgelehnt hätten.«

»Ach das. Ja, er wollte ein Medikament für die Katze seiner Tochter. Ich hab gesagt, ich müsse die Katze erst sehen, bevor ich irgendwelche Medikamente ausgebe.«

»Das hat ihm nicht gefallen.«

»Natürlich nicht. Er fing an herumzubrüllen. Aber er hat es trotzdem nicht gekriegt.«

»Hm. Haben Sie heute Morgen gegen zehn Uhr einen Schuss gehört?«

»Nein. War das die Tatzeit?«

»Ja, und wie wir wissen, waren Sie da gerade in Canhusen.«

»Ja, das stimmt. Da war ich bei Heino Franzen.«

»Genau nebenan also.«

»Richtig.«

»Haben Sie zu dieser Zeit jemanden in der Nähe des Tatorts gesehen?«

Luise Alberts schürzte die Lippen und überlegte. »Der alte Menno Buurmann lief vorbei. Und dieser Rechtsanwalt. Jan Scherrmann. Sonst niemanden.«

Gerade als Büttner eine weitere Frage stellen wollte, öffnete sich die Tür und ein Mann trat ein. »Ach, wir haben Besuch«, stellte er überrascht fest und reichte den beiden Herren freundlich lächelnd die Hand. »Moin, Thorsten Alberts.«

»Die Herren sind von der Polizei«, klärte seine Frau ihn auf. »Herr Büttner und Herr Hasenpflug.«

»Hasenkrug«, korrigierte der Polizist schnell.

»Polizei? Ist was passiert?«

»Es geht um die beiden Morde in Canhusen.«

»Ach so.« Thorsten Alberts, der ein ganzes Stück älter sein musste als seine Frau, nahm sich eine Tasse aus dem Schrank und setzte sich zu ihnen an den Tisch.

»Sie wissen darüber Bescheid?«, fragte Büttner.

»Ich weiß das, was ich von meiner Frau und meinen Kunden erzählt bekomme, und das, was in der Zeitung steht.«

Thorsten Alberts nahm seiner Frau die Kanne aus der Hand, nachdem sie die Teebeutel herausgefischt hatte, und schenkte allen ein, während sie zunächst Kluntjes und dann Sahne verteilte.

»Wir müssten Ihr Gewehr mit zur kriminaltechnischen Untersuchung nehmen«, sagte Büttner und betrachtete fasziniert die kleine wabernde Sahnewolke auf seinem Tee.

»Warum?«, fragte Luise Alberts irritiert.

»Wie schon gesagt, wurde Johann Schepker mit einem Gewehr erschossen. Deshalb überprüfen wir jedes Jagdgewehr, das es in Canhusen gibt. Und Ihres. Weil Sie zum Tatzeitpunkt in Canhusen waren.«

»Viel Spaß dabei«, sagte die Tierärztin gedehnt, »da gibt es Dutzende.«

»Ja, leider«, nickte Hasenkrug. »Haben Sie in letzter Zeit mit Ihrem Gewehr geschossen, Frau Alberts?«

Sie überlegte. »Muss ungefähr eine Woche her sein. Da hab ich auf der Straße ein verletztes Reh gefunden. Ich hab ihm den Gnadenschuss gegeben.«

»Wo war das?«

»Auf der Landstraße zwischen Greetsiel und Eilsum.«

»Haben Sie den Vorfall gemeldet?«

»Ja, sicher.«

»Okay«, sagte Büttner, nahm einen letzten Schluck Tee und stand auf. »Das war's dann erst mal. Könnten Sie uns bitte das Gewehr geben, Frau Alberts?«

»Ja, natürlich.« Sie erhob sich von ihrem Stuhl und folgte den beiden Polizisten hinaus in den Hof. Sie öffnete die Hintertür ihres Autos, nahm das Gewehr heraus und drückte es Büttner in die Hand. »Ich bräuchte es so schnell wie möglich wieder«, sagte sie.

»Selbstverständlich. Da Sie es beruflich brauchen, werde ich eine schnelle Untersuchung veranlassen.«

»Danke.«

»Keine Ursache.«

Als Büttner und Hasenkrug vom Hof fuhren, blickte der Hauptkommissar noch einmal zurück, um den herrlichen Anblick des Gebäudeensembles zu genießen. Er sah Luise Alberts in der Haustür stehen, die ihnen mit einem unergründlichen Gesichtsausdruck nachsah.

12

Im Polizeirevier herrschte ein reges Treiben, als Büttner am nächsten Morgen sein Büro betrat. Er war am Abend zuvor erst spät nach Hause gekommen, nachdem er noch das Gewehr der Tierärztin in die KTU gebracht und anschließend noch in der Pathologie vorbeigefahren war. Dort allerdings hatte er von Dr. Wilkens, die wegen eines Rückstaus zu obduzierender Leichen eine unplanmäßige Nachtschicht eingelegt hatte, nicht viel Neues erfahren. Johann Schepker war mit einem Treffer ins Herz erschossen worden, es gab keine Anzeichen für eine weitere Gewalteinwirkung.

»Chef, ich habe die Analyse der Fingerabdrücke von diesen ominösen Drohbriefen, die wir bei den Opfern gefunden hatten«, rief Hasenkrug und wedelte mit einem Zettel, während er Büttners Büro betrat.

»Ja«, brummte Büttner und zog den Nasenspray hoch, den er sich soeben in die Nase gesprüht hatte, »Ihnen auch einen guten Morgen.«

»Oh, ja, Moin, Chef.«

»Und was hat die Analyse ergeben?«

»Auf dem einen Zettel sind ausschließlich die Fingerabdrücke von Krayenborg, auf dem anderen ...«

»Lassen Sie mich raten. Die von Schepker?«

»Richtig.«

»Das bringt uns nicht weiter.«

»Auch richtig.«

»Ach, Hasenkrug«, stöhnte Büttner und massierte sich die schmerzenden Schläfen, »können Sie mir auch mal eine erfreuliche Nachricht bringen? Vielleicht, dass Ihnen heute Nacht zufällig der Mörder über den Weg gelaufen ist, in einem Anfall von Reue ein umfassendes Geständnis abgelegt hat und nun friedlich schlummernd in seiner Zelle liegt und auf seinen Haftprüfungstermin wartet.«

»Bedaure.«

»Also, lassen Sie uns wieder in dieses kleine Nest fahren und uns endlich mit den noch verbliebenen Herren unterhalten, die da hießen ... Hasenkrug?«

»Gustav Grensemann und Rudolf Lampe.«

»Ja. Und nehmen Sie bitte mindestens zwei Flaschen Wasser mit, es soll wieder heiß werden und ich habe nicht vor, da hinten am Ende der Welt einen einsamen Tod zu sterben.«

»Wird gemacht, Chef.«

Gerade als die beiden Männer das Revier verlassen wollten, kam eine junge Polizistin mit einem großen Umschlag wedelnd hinter ihnen hergehechtet. »Warten Sie, Herr Hauptkommissar«, rief sie atemlos, »ich habe ein paar wichtige Infos für Sie!«

»Was sind das für Infos?«, seufzte Hasenkrug. »Können die nicht bis nachher warten?«

»Das Wort *wichtig* impliziert doch schon, dass hier ein gewisser Druck vorliegt, Hasenkrug«, belehrte ihn Büttner kopfschüttelnd und griff nach dem Umschlag. Er zog den Inhalt heraus – und zog verwundert die Augenbrauen hoch. »Da guck mal einer an«, murmelte er. »Danke, Frau Kollegin, das sind wirklich sehr interessante Erkenntnisse.«

Die junge Polizistin strahlte über das ganze Gesicht, warf Hasenkrug einen herablassenden Blick zu und machte dann auf dem Absatz kehrt.

»Nun sehen Sie sich das mal an«, sagte Büttner zu seinem Assistenten und reichte ihm den Stapel Fotos, die er aus dem Umschlag gezogen hatte.

»Wow«, keuchte Hasenkrug und räusperte sich verlegen, »das ist ja wirklich harter Tobak.«

»Kann mal wohl sagen. Ich glaube fast, die Herren in Canhusen müssen erneut in die Warteschleife. Holen Sie mir die Tierärztin her, Hasenkrug, auf der Stelle!«

»Bin schon unterwegs.« Damit sprang er ins Auto und war verschwunden.

Rund eine Stunde später saß Luise Alberts den beiden Polizisten im Vernehmungsraum gegenüber. Sie war bereits wieder unterwegs gewesen, und Hasenkrug hatte sie erst ausfindig machen müssen. Im Gegensatz zum Abend zuvor sah sie nun sehr blass und verletzlich aus. Angespannt starrte sie auf die Bilder, die Büttner zu ihr rübergeschoben hatte, und biss sich auf die Lippen.

»Nun, Frau Alberts, was sagen Sie dazu?«, fragte Büttner und sah sie eindringlich an. »Ganz offensichtlich haben Sie Herrn Krayenborg doch besser gekannt, als Sie uns gestern vermittelt haben.«

»Es ... war doch nur das eine Mal«, sagte sie so leise, dass man sie kaum verstehen konnte, »nur das eine Mal. Das müssen Sie mir glauben, Herr Kommissar.«

»Und wie kam es zu dieser ... pikanten Situation?«

»Ich war neu hier. Hatte gerade meine Praxis eröffnet und die ersten Bauern kennengelernt. Es war eine schwierige Zeit für mich, wissen Sie. Sie haben mich nicht akzeptiert, haben blöde Sprüche geklopft ...«

»Die Bauern.«

»Ja. Sie haben mir nichts zugetraut.«

»Und da haben Sie sich von Lübbo Krayenborg trösten lassen?«

»Ach was, nein, so war es nicht. Ich habe ihn mehrmals getroffen, bei seinem Sohn. Immo gehörte nicht zu denen, die mich fertigmachen wollten, genau so wie Eike Diekhoff. Die waren jünger, die hatten nicht diese beschissenen Vorurteile gegenüber Frauen.«

»Und Lübbo Krayenborg?«

»Der stand immer nur mit verschränkten Armen daneben und hat zugesehen, wenn ich ein Tier behandelte. Gesagt hat er nicht viel.«

»Und dann?«

»Es war im Winter, Immo hatte mich gerufen, weil es Probleme mit einer kalbenden Kuh gab. Ich war total übermüdet, wie häufig im Winter. Ich muss dann beinahe jede Nacht raus, weil da viele Kälber geboren werden. Na ja, und in dieser Nacht eben auch. Es musste ein Kaiserschnitt gemacht werden. Dabei ist mir ein blöder Fehler unterlaufen. Kuh und Kalb sind gestorben. Immo hat es zwar geärgert, aber als er gesehen hat, wie fertig ich war, hat er mich sogar getröstet und gesagt, dass das jedem mal passieren kann.«

»Aber Lübbo Krayenborg sah das anders.«

»Ja. Er hatte beim Kaiserschnitt zugesehen, nachdem er und Immo es nicht geschafft hatten, das Kalb auf natürliche Weise auf die Welt zu holen. Zunächst hat er auch gar nichts gesagt. Aber wenige Tage später, da hat er mich angerufen, es gäbe einen Notfall auf dem Hof. Ich bin gleich hingefahren. Immo war nicht da, er war wohl auf irgendeiner Tierauktion oder so. Jedenfalls hat Lübbo so was gesagt. Tja, und als ich ankam und nach dem Notfall fragte, hat er mich nur angegrinst und in eine Scheune geführt. Ich war erstaunt, denn es war nur Heu darin, kein einziges Tier war zu sehen. Lübbo schloss die Tür. Dann sah er mich so seltsam an. Und dann sagte er, er würde überall herumerzählen, was ich mit der Kuh gemacht habe, wenn ...« Sie schluckte und ihre Augen füllten sich mit Tränen.

»Wenn Sie nicht mit ihm schlafen würden«, ergänzte Büttner leise.

Luise Alberts nickte. »Ja. Mir blieb keine andere Wahl. Er hätte mich vernichtet. Keiner der Bauern hätte mir mehr vertraut. Dieser Drecksack hätte schon dafür gesorgt.«

»Und diese Fotos? Kannten Sie sie?«

»Er hat sie mir vor rund zwei Wochen gezeigt. Bis dahin hatte ich keine Ahnung, dass sie existieren.«

»Warum erst vor zwei Wochen?« Büttner schob die Bilder, die die junge Tierärztin und Lübbo Krayenborg in eindeutiger Pose im Heu zeigten, angewidert beiseite.

»Er wollte mich damit erpressen.«

»Was hatte er vor?«

»Ich sollte Eike Diekhoffs Kühen Wachstumshormone spritzen.«

»Und das haben Sie dann getan.«

»Nein«, rief sie und schaute Büttner empört an, »natürlich habe ich das nicht getan!«

»Und das hat er sich einfach so gefallen lassen?«

»Natürlich nicht«, sagte sie leise. »Er hat mich angeschrien, mich bedroht, aber ich bin hart geblieben. Und als er merkte, dass er damit nicht weiterkam, sagte er, ich ... solle ihm ... eine Ersatzleistung erbringen, wie er es nannte.«

»Er wollte wieder mit Ihnen schlafen?«, rief Hasenkrug und verzog das Gesicht. »Ich meine, was war denn das für ein geiler alter Bock, der war doch schon über achtzig!«

»Je oller, je doller«, bemerkte Büttner trocken. »Und dann haben Sie es getan, Sie haben mit ihm geschlafen?«

»Nein. Es ist mir gelungen, ihn auf ein paar Tage später zu vertrösten.«

»Und darauf hat er sich eingelassen?«, fragte Hasenkrug verwundert.

»Ja, aber nur, wenn ich dann für eine ganze Nacht bei ihm bleiben würde. Dann hat er einen Termin genannt und ein Hotel, in das ich kommen sollte.«

»Und wann war das?«

»Es wäre jetzt am Sonntag gewesen.«

»Sonntag? Aber da ist er vergiftet worden.«

»Ja. Er war auf dem Weg zu mir, denke ich. Er wusste wahrscheinlich, dass ich noch bei seinem Sohn im Stall war, und wollte sichergehen, dass ich direkt von dort ins Hotel fahren würde.«

»Aber man hat ihn am Kanal gefunden«, gab Büttner zu bedenken, »weitab von jeder Straße.«

Luise Alberts zuckte mit den Schultern. »Ich weiß nicht, wie er dahin gekommen ist.«

»Haben Sie ihn vergiftet, Frau Alberts?«

»Nein! Nein, ganz bestimmt nicht!«, rief sie aufgebracht.

»Sie hätten ein Motiv gehabt. Ein sehr überzeugendes sogar.«

»Ich war es nicht, bitte glauben Sie mir!«

»Er hätte vermutlich immer so weitergemacht.«

»Ich ... hatte einen anderen Plan.«

»Einen anderen Plan? Und wie sah der aus?« Eine Antwort auf diese Frage sollte Büttner zunächst nicht mehr erhalten, denn im nächsten Moment flog die Tür auf, ein Polizist kam herein und flüsterte dem Hauptkommissar etwas ins Ohr. Der verzog das Gesicht und sah Luise Alberts finster an.

»Wir haben Ihr Gewehr überprüft, Frau Alberts«, sagte er dann. »Der Kollege sagte mir soeben, dass es sich dabei eindeutig um die Tatwaffe im Fall Johann Schepker handelt.«

Luise Alberts erbleichte. »D-das ist unmöglich«, stammelte sie, »d-das kann nicht sein.«

»Kann es denn sein, dass Johann Schepker diese Fotos gemacht hat?«, fragte Büttner und schob den Stapel wieder zu ihr rüber.

»J-ja, ich nehme es an, aber ...«

»Frau Alberts, ich verhafte Sie wegen des dringenden Tatverdachtes, Lübbo Krayenborg und Johann Schepker ermordet zu haben.«

13

In Canhusen herrschte helle Aufregung, nachdem die Verhaftung von Luise Alberts bekannt geworden war. Schnell waren sich alle einig, dass eigentlich ein jeder im Dorf von Anfang an die Vermutung gehabt habe, dass für die Morde nur die junge Tierärztin verantwortlich sein könne. Schließlich habe sie sich schon seit Längerem recht komisch benommen. Und war sie nicht gerade zu Lübbo Krayenborg und Johann Schepker immer besonders unfreundlich gewesen? Und, nebenbei, eine junge, zierliche Frau, die sich für den schwierigen Job der Landtierärztin entschied, um sich mit ihren kräftigen männlichen Kollegen zu messen, die musste doch irgendein Problem mit sich herumtragen, oder? Man habe ja noch nie verstehen können, dass so etwas überhaupt erlaubt sei.

Ja, so weit konnte es gehen mit dem Neid der Besitzlosen, dachte Jan Scherrmann bei sich. Da machte eine junge Frau über viele Jahre hinweg eine nahezu tadellose Arbeit in einer angestammten Männerdomäne, und das war dann der Dank. Wie die Hyänen stürzte man sich jetzt auf sie, um sie bei lebendigem Leibe zu zerfleischen. Selbst Aussagen wie »Der gute alte Lübbo, der hat doch niemandem etwas getan« waren jetzt zu hören, wo es nur einen Tag zuvor noch geheißen hatte, das mit den Morden habe ja so kommen müssen, schließlich hätten sich Lübbo und sein Vasall zeitlebens nur Feinde gemacht.

Einzig von den Canhuser Landwirten hörte man zu diesem Thema recht wenig. Sie schüttelten nur den Kopf, wenn sie auf die Verhaftung angesprochen wurden, und gingen dann schweigsam ihrer Wege. Auch Jan Scherrmann gegenüber hatten sich Immo Krayenborg und Eike Diekhoff eher einsilbig gezeigt, wenn sie auch immerhin bekundet hatten, dass sie nicht an die Schuld von Luise Alberts glaubten. Sie vertraten die Ansicht, dass es sich um ein ausgebufftes Komplott handeln müsse und dass man ihr die Tatwaffe untergeschoben habe. Nein, die junge Tierärztin als eiskalte Mörderin, das konnten und wollten sie sich nicht vorstellen. Und außerdem sei sie zum Tatzeitpunkt des Mordes an Lübbo Krayenborg ja auch bei der fohlenden Stute von Immo Krayenborg gewesen und habe damit ein Alibi.

Bauer Heino Franzen war nach dem Bekanntwerden der Verhaftung schnurstracks zur Polizei marschiert und hatte die Aussage zu Protokoll gegeben, Luise Alberts sei zum genannten Tatzeitpunkt bei ihm im Stall gewesen und könne die Tat somit gar nicht begangen haben. Allerdings hatte er nach genauerer Nachfrage einräumen müssen, dass sie den Stall zwischendurch für ein paar Minuten verlassen habe, um eine Spritze aus dem Auto zu holen, was länger gedauert habe als gedacht.

Ja, die Bauern mochten ihre junge Tierärztin und hatten nicht vor, sich und ihre Tiere an jemand anderen zu gewöhnen. Also würden sie schon herausfinden, wer dieses gemeine Komplott gegen sie geschmiedet habe, hatten sie zu Büttner und Hasenkrug in Anwesenheit von Jan Scherrmann gesagt. Denn ganz offensichtlich sei die Polizei ja nicht in der Lage dazu, sondern würde mit irgendwelchen fadenscheinig begründeten Schnellschüssen hektischen Aktionismus verbreiten und unter den Dorfbewohnern Unruhe stiften. Hasenkrug hatte eingeschnappt den Mund verzogen, Büttner aber hatte ihn später daraufhin gewiesen, dass die Landwirte von der tatsächlichen Indizienlage ja keine Ahnung hätten. Von der widerwärtigen Geschichte zwischen Luise Alberts und Lübbo Krayenborg wüssten sie nämlich vermutlich nichts. Also müssten sie davon ausgehen, dass sie nur wegen ihres Jagdgewehrs verhaftet worden sei. Was in ihren Augen zumindest keinen Hinweis auf den Mord an Lübbo Krayenborg ergebe, sondern lediglich auf den von Johann Schepker.

Ja, dachte Scherrmann, so macht sich hier jeder sein eigenes Bild. Welches aber war das richtige? Derzeit sah es für die Tierärztin gar nicht gut aus. Und man konnte davon ausgehen, dass sie aufgrund der erdrückenden Indizienlage ins Gefängnis gehen würde, sollte nicht noch irgendetwas Gravierendes zu ihrer Entlastung geschehen.

Gemächlich, den Kopf auf einen Arm und diesen wiederum auf die Rückenlehne der harten Holzbank gestützt, ließ Scherrmann seinen Blick durch die Canhuser Kirche streifen. Er hatte sich einen Platz in der letzten Reihe ausgesucht, um alles ganz genau mitzubekommen. Nicht, weil er ein von Natur aus neugieriger Mensch war, sondern weil die Geschichte um die Morde ihn ganz einfach nicht losließ. Und dieser Tag war eine gute Gelegenheit, sich ein Bild von der Stimmungslage der einzelnen Dorfbewohner zu machen. Denn heute kamen sie alle zusammen. Heute war die Beerdigung von Lübbo Krayenborg.

Nicht alle, die zur Beerdigung gekommen waren, hatten einen Platz in der kleinen Kirche bekommen, denn die war für solch eine Großveranstaltung einfach nicht ausgerichtet. Und dass die Beerdigung eines Mordopfers nicht nur eine banale Veranstaltung, sondern ganz offensichtlich ein aufsehenerregendes Event war, zeigte die Tatsache, dass zu diesem Anlass, trotz strömenden Regens, auch viele Auswärtige, sprich Neugierige, gekommen waren, die Lübbo Krayenborg vermutlich nie in ihrem Leben gesehen hatten. Auch die regionale Presse inklusive Radiosender waren anwesend und holten sich soeben Stellungnahmen von ein paar Trauergästen ein. Ja, ein Mord in Canhusen, das war schon was. Ein Doppelmord aber, das sollte ihnen erst mal jemand nachmachen! Ein bisschen Stolz darauf, dass ihr kleines Dorf eine so ungewohnt große Aufmerksamkeit genoss – mochte der Anlass auch ein tragischer sein –, stand den Canhusern deutlich ins Gesicht geschrieben, auch wenn sie versuchten, es möglichst nicht zu zeigen.

Scherrmann hörte gerade mit einem zurückhaltenden Grinsen auf dem Gesicht dem alten Menno Buurmann zu, der, ein großes orangefarbenes Mikrofon unter der Nase, stammelnd etwas von jahrzehntelanger Männerfreundschaft und dem großen Verlust faselte, den die Dorfgemeinschaft zu erleiden habe, als Hauptkommissar Büttner und Hasenkrug die Kirche betraten und ihre Regenschirme zusammenklappten. Mit vor dem Bauch gekreuzten Händen blieben sie für einen kurzen Moment vor dem mit Blumen geschmückten Sarg stehen, der direkt vor der Kanzel aufgebahrt stand. Dann schauten sie sich um, entdeckten Jan Scherrmann und gingen auf ihn zu.

»Tut mir leid, meine Herren«, sagte der und umschrieb mit einer ausladenden Armbewegung den Raum, »aber Sie sehen ja, hier ist kein Platz mehr zum Umkippen.«

»Kein Problem, wir gehen gleich wieder raus. Wie Sie ja wissen, haben wir Luise Alberts festgenommen, sie steht unter dringendem Tatverdacht. Im Zusammenhang mit dem Mord an Johann Schepker haben wir noch ein paar Fragen an Sie. Hätten Sie nach der Trauerfeier noch einen Moment Zeit für uns?«

»Sicher, ich ...«, begann Scherrmann, doch der Rest seines Satzes ging im lauten Glockengeläut unter, das soeben eingesetzt hatte und nun nahezu alle anderen Geräusche übertönte. Scherrmann hob bedauernd die Schultern und machte den Polizisten mit Zeichen klar, dass er nachher draußen auf sie warten würde.

Büttner und Hasenkrug hatten die Kirche gerade wieder verlassen, als der Pastor sie betrat, gefolgt von Fenna Krayenborg, ihren zwei Töchtern Kirsten und Deike sowie Sohn Immo. Diese hatten keinerlei Anhang dabei, weder Ehepartner noch Kinder oder Enkel. Mit dem Patriarchen Lübbo hatten sie alle aus irgendeinem Grund auf Kriegsfuß gestanden, wie man hörte, und schienen das auch nicht ändern zu wollen, bevor er für immer einen Meter achtzig tief in der Erde verschwand.

Auch die kleine Prozession blieb kurz vor dem Sarg stehen, dann setzten sich Fenna und ihre Kinder in die erste Bankreihe, während der Pastor die paar Stufen zur Kanzel hinaufstieg. Während die Glocken leiser wurden und das Orgelspiel einsetzte, ließ der Pastor den Blick über seine Schäfchen schweifen. Die meisten der Anwesenden senkten die Köpfe, wenn er ihrem Blick begegnete, als hätten sie ein schlechtes Gewissen, weil sie zum letzten Mal an Heiligabend in der Kirche gewesen waren – wenn überhaupt.

Jan Scherrmann war gespannt, was der Pastor über Lübbo und sein so abrupt beendetes Leben sagen würde, ohne irgendwem dabei auf den Schlips zu treten. Würde ihm das gelingen, käme es praktisch einer Quadratur des Kreises gleich. Aber der Pastor war geschickt und tappte nicht gleich in die Falle hinein, die unweigerlich auf ihn lauerte. Denn er begann mit den Worten: Lasset uns beten!

Dann aber war es so weit und der Mann in Schwarz, das musste Scherrmann anerkennen, stellte sich gar nicht so ungeschickt an. Es gelang ihm, die einundachtzig Lebensjahre des Toten in so viele Adjektive zu hüllen, dass irgendwie ein jeder der Anwesenden seinen ureigenen Lübbo darin wiederfinden musste. Respekt, dachte Scherrmann, er musste intensiv recherchiert oder aber den Toten sehr lange und gut gekannt haben! Später erfuhr er, dass Letzteres der Fall war. Lübbo Krayenborg war sein Cousin gewesen, wenn auch ein deutlich älterer.

Während dem Pastor im Innern der Kirche ein wahres rhetorisches Kunststück gelang, beobachteten Büttner und Hasenkrug die Trauergäste, die keinen Platz mehr in der Kirche gefunden hatten und nun draußen im strömenden Regen die Trauerandacht über einen Lautsprecher verfolgten. Oder vielmehr nicht verfolgten, denn eigentlich unterhielten sie sich eher angelegentlich über die Verhaftung von Luise Alberts. Dabei warfen sie den beiden Kommissaren immer wieder verstohlene Blicke zu. Aus einzelnen Bruchstücken der Unterhaltungen, die Büttner aufschnappte, meinte er vernehmen zu können, dass man allgemein der Auffassung war, die Polizei habe viel zu langsam reagiert und damit versäumt, den Mord an Johann Schepker zu verhindern. Schließlich sei allen anderen ja sofort nach Lübbos Tod klar gewesen, dass die junge Tierärztin sich höchst verdächtig benommen habe. Die Polizei aber sei wie immer von Blindheit geschlagen gewesen. Gott sei Dank sei der Schrecken ja nun vorbei und man könne getrost zur Tagesordnung übergehen und bräuchte keine Angst mehr davor zu haben, womöglich selbst noch zum Opfer der Psychopathin zu werden.

Am Tag zuvor hatten Büttner und Hasenkrug endlich Gelegenheit gehabt, mit Gustav Grensemann und Rudolf Lampe zu sprechen. Die Befragung der Herren vom Stammtisch hatte den Zweifel, der nach wie vor in Büttners Brust nagte, noch genährt. Schon bei der Verhaftung von Luise Alberts hatte ihm sein Bauchgefühl gesagt, dass der Fall damit nicht abgeschlossen sein würde. Natürlich deutete zurzeit alles darauf hin, dass die Tierärztin die Morde begangen hatte, um endlich der Erpressung durch Lübbo Krayenborg und seinem Vasallen zu entkommen. Die Tatwaffe im Fall Schepker gehörte ihr, sie hatte sich zu den jeweiligen Tatzeiten in Canhusen aufgehalten und sie hatte ein Motiv. Außerdem war ihr Mann Apotheker und sie hatte somit womöglich Zugang zu dem Gift, mit dem Lübbo Krayenborg getötet worden war.

Aber trotzdem, Büttner war nicht zufrieden. Zum einen traute er der jungen Frau die Morde nicht zu. Zum anderen aber, und das schien ihm viel wichtiger zu sein, hatten Gustav Grensemann und Rudolf Lampe bei der Frage nach dem alten Schwarz-Weiß-Foto wieder so seltsam reagiert. Auch sie waren zunächst blass geworden, als sie das Foto zu sehen bekamen. Dann aber hatten sie sofort verkündet, das sei eine Sache zwischen Lübbo und Fenna gewesen, es stünde ihnen gar nicht zu, sich dazu zu äußern. Die Polizisten hatten die Wohnungen der beiden mit dem Gefühl verlassen, von einer Gruppe betagter Herren an der Nase herumgeführt zu werden. Aber wie sollten sie ihnen beikommen? so lange sich nicht irgendwer fand, der bereit war, sich zu der Geschichte von damals zu äußern, würden sie sich weiterhin im Dunkeln bewegen.

Inzwischen hatte Büttner eine junge Praktikantin darauf angesetzt, in den Polizeiarchiven nach Akten und Zeitungsartikeln aus den Jahren 1948 und 1949 zu suchen, die gegebenenfalls einen Hinweis auf die Todesumstände von Tammo Freerksen und Siebo Manninga liefern konnten. Er versprach sich nicht wirklich viel von dieser Recherche, aber irgendwo musste er ja schließlich ansetzen. Zumindest musste er so lange weitermachen, bis sein Bauchgefühl Entwarnung gab. Danach aber sah es zurzeit nicht aus, eher wurde es mit jedem Tag und mit jedem Gespräch, das er führte, alarmierender.

Als Büttner in Gedanken die Liste der Verdächtigen noch mal durchging und nach Hinweisen suchte, die er bisher womöglich übersehen hatte, setzte plötzlich das Glockengeläut wieder ein. Der Gottesdienst war zu Ende. Schon wurden die Kirchentüren geöffnet, die Menschenmenge, die draußen versammelt war, verstummte und machte eine Gasse frei. Sechs junge Männer aus der Canhuser Nachbarschaft traten, den Sarg geschultert, langsamen Schrittes in den Regen hinaus. Gleich hinter dem Sarg liefen der Pastor und Fenna sowie deren Kinder. Nicht die kleinste Spur von Trauer zeichnete sich auf ihren Gesichtern ab. Vielmehr konnte Immo es sich nicht verkneifen, auf die Uhr zu schauen, während sich seine Schwester Deike, die Büttner bisher nur sehr flüchtig kennengelernt hatte, irgendetwas in den Mund schob und ihrer Schwester Kirsten einen amüsierten Blick zuwarf. Diese schüttelte kurz den Kopf und ihr Gesicht verzog sich zu einem verhaltenen Grinsen.

Büttner und Hasenkrug schlossen sich dem Trauerzug, der sich nun in Richtung des gleich neben der Kirche liegenden Friedhofs aufmachte, als Letzte an. Als Büttners Blick die Fassade eines Hauses hinaufwanderte, blieb sein Blick an drei kleinen Kindern hängen, die kichernd und geifernd an einem der Fenster standen und immer wieder mit dem Finger auf den Sarg zeigten. Hinter ihnen stand ein Mann und schaute dem Trauerzug mit einem unergründlichen Gesichtsausdruck hinterher. Als sein Blick dem von Büttner begegnete, schaute er für einen kurzen Moment erschrocken drein und trat dann zurück, sodass der Polizist ihn nicht mehr sehen konnte.

»Notieren Sie sich bitte, dass wir den Bewohner dieses Hauses befragen müssen«, sagte Büttner mit leiser Stimme zu seinem Assistenten und zeigte auf den roten Klinkerbau neben sich.

Hasenkrug schaute ihn verständnislos an, während er seinen Schreibblock aus der Tasche zog und versuchte, ihn so gut wie möglich vor dem in großen Tropfen herabfallenden Regen zu schützen. »Warum das jetzt?«, fragte er.

»Ist so ein Gefühl.«

»Aha.« Hasenkrug hatte gelernt, in einem solchen Fall nicht mehr nachzufragen. Das Gefühl seines Chefs hatte höchste Priorität. Und ihm, Hasenkrug, fiel keine einzige Gelegenheit ein, in der sein Chef mit seinem Gefühl nicht recht behalten hatte. Also notierte er sich Straßennamen und Hausnummer und schob den Block dann wieder in die Tasche seines hellen Sommermantels zurück.

Die Spitze des Trauerzugs hatte inzwischen die Grabstelle der Familie Krayenborg erreicht. Dem Ausmaß nach zu urteilen musste diese Grabstelle bereits mehreren Familienmitgliedern als letzte Ruhestätte dienen. Büttner sah, wie sich die sechs Sargträger bemühten, ihre Last einigermaßen erschütterungsfrei auf einem vorbereiteten Gestell über dem offenen Grab zu platzieren – und vernahm im nächsten Augenblick einen so durchdringenden Schrei, dass er unwillkürlich zusammenzuckte. Diesem Schrei folgten noch eine ganze Reihe weiterer und schließlich geriet die ganze Trauergemeinde in Aufruhr.

»Polizei!«, rief Büttner und versuchte, gemeinsam mit Hasenkrug, sich einen Weg durch die Menge zu bahnen, die sich jetzt in einer dichten Traube Richtung Grab drängte. »Bitte machen Sie den Weg frei! Lassen Sie uns bitte durch!« Es gelang ihnen nur mit Mühe, sich Gehör zu verschaffen, denn das anfängliche Gemurmel der Menschen war nun zu einem dunklen Grollen angeschwollen, das immer wieder durch einzelne schrille Rufe unterbrochen wurde. So dauerte es eine ganze Weile, bis sich die Polizisten den Weg zum Grab freigekämpft hatten, an dem jetzt anscheinend ein jeder der Trauergäste einen Logenplatz einnehmen wollte.

»Was ist passiert?«, keuchte Büttner, als er schließlich neben dem Pastor stand und sich den Regen aus dem Gesicht wischte. In dem Gerangel hatte er seinen Hut verloren und er spürte, wie sich ein dünnes Rinnsal kalten Wassers seinen Nacken hinunter bis zum Rücken vorarbeitete. Unwillkürlich durchlief ihn ein Schaudern, und er schlug seinen Mantelkragen hoch, obwohl es draußen trotz des Regens noch recht warm war.

Der Pastor sagte kein Wort, sondern zeigte nur mit einem erschütterten Gesichtsausdruck und zitternden Fingern in das Grab hinab. Büttner warf einen prüfenden Blick hinein – und spürte im nächsten Moment, wie ihm eine Gänsehaut über den Körper lief. In dem Grab hatte sich in den letzten Stunden so viel Wasser gesammelt, dass der alte Lübbo Krayenborg unweigerlich darin ersoffen wäre, wäre er nicht ohnehin schon tot gewesen. Was Büttner jedoch das Blut in den Adern gefrieren ließ, war die Tatsache, dass aus dem schlammigen Wasser eine verkrampfte Hand herausragte. Es sah aus, als wolle sie um Hilfe bitten, aber dafür, dachte Büttner bitter, durfte es wohl definitiv zu spät sein.

14

Es dauerte nicht lange, bis die Spurensicherung vor Ort war, um ihre Arbeit aufzunehmen. Nach dem Regen aber, das war Büttner sofort klar, würde es einem Wunder gleichkommen, wenn überhaupt noch etwas sichergestellt werden konnte. Ein noch größeres Wunder aber war es, dass es drei hinzugestoßenen Polizisten schließlich doch noch gelang, die Menge Schaulustiger hinter die Absperrung, die in aller Eile errichtet worden war, zurückzudrängen. Die Menschen wollten verständlicherweise unbedingt wissen, wen es diesmal erwischt hatte. Auch wurden schon die ersten Vermutungen laut, nachdem man sich umgeschaut und festgestellt hatte, wer aus dem Dorf sich offensichtlich nicht bei der Beerdigung hatte blicken lassen. Büttner war es abwechselnd heiß und kalt geworden, als er schließlich selbst darauf gekommen war, um wen es sich bei dem dritten Opfer handeln musste. Mit starrem Blick verfolgte er die Bergungsarbeiten. Zwei Mitarbeiter der Spurensicherung hatten sich Gummistiefel übergezogen und sich ins kühle Nass des Grabes hinabbegeben. Zwei weitere warteten oben darauf, die Leiche entgegennehmen zu können. Beinahe wäre es schon beim ersten Versuch gelungen, den glitschigen Körper nach oben zu reichen, im letzten Moment aber rutschte er einem der Männer aus der Hand und fiel mit einem lauten Platsch ins schlammige Loch zurück. »Sorry«, murmelte der Unglückswurm und lief rot an. Beim zweiten Versuch aber klappte es und die Leiche lag wenige Augenblicke später vor Büttners Füßen. Sie war nackt.

»Gustav Grensemann«, murmelte Büttner, nachdem man dem Toten den Schlamm aus dem Gesicht gewischt hatte. Schon wieder einer der Alten vom Stammtisch.

»Ist er ertrunken?«, fragte Hasenkrug und wurde im nächsten Moment von seinem Chef angeschaut, als wäre er grenzdebil.

»Sie meinen, er wollte hier ein Schlammbad nehmen und hatte dummerweise die Tiefe des Lochs unterschätzt?«, bemerkte Büttner zynisch.

»Ich ... meine ja nur«, stammelte Hasenkrug und fuhr sich verlegen durch das klatschnasse Haar.

»Er wurde vermutlich erschlagen«, meldete sich die Gerichtsmedizinerin zu Wort und hob den Kopf der Leiche leicht an, sodass die Polizisten einen Blick auf die Wunde am Hinterkopf werfen konnten. »Irgendein scharfer Gegenstand hat ihm den Schädel gespalten. Ich schätze, wenn wir unten im Wasser noch mal wühlen würden, dann würden wir auch auf Gehirnmasse stoßen.«

Aus Hasenkrugs Richtung war ein leises Würgen zu hören, während Büttner sich über den Toten beugte und sich die Wunde aus der Nähe ansah.

»Ist aber auch gut möglich, dass er an einem anderen Ort zu Tode kam und hier abgeladen wurde«, fuhr Dr. Anja Wilkens fort. »Noch ein paar Zentimeter Regen mehr oder eine andere Körperhaltung des Toten, und er hätte sich in stiller Eintracht mit Lübbo Krayenborg dessen letzte Ruhestätte geteilt. Vielleicht hat der Mörder darauf gehofft, ihn auf diese Weise unauffällig verschwinden lassen zu können.«

»Wie lange ist er schon tot?«

»Schwer zu sagen. Muss irgendwann in der Nacht passiert sein, schätze ich, spätestens am frühen Morgen. Ich gebe Ihnen Bescheid, sobald ich es genauer weiß.«

»Gut, ich muss mich jetzt mal umziehen«, sagte Büttner und wandte sich zum Gehen. Doch als er vor dem Absperrband stand, das ein Polizist für ihn anhob, hörte er hinter sich jemanden rufen. »Herr Hauptkommissar, wenn Sie sich das noch bitte ansehen würden!«

»Ist es wichtig?«, rief er entnervt zurück. Ihm war kalt und er wollte schnellstmöglich unter die Dusche. Schließlich war seine Erkältung noch immer nicht restlos auskuriert und er hatte keine Lust auf ein längeres Siechtum.

»Ich denke schon.«

Also stapfte Büttner durch das nasse Gras, das die gepflegten Gräber umgab, wieder zurück. Sein Kollege deutete ins Grab hinab. Büttner schluckte. Auf der Oberfläche der schlammigen Brühe schwamm ein Teebeutel.

»Ich will endlich wissen, was es mit diesem verdammten Teebeutel auf sich hat!«, fluchte Büttner und schlug mit der Klatsche zum wiederholten Mal nach einer Fliege, die ihn schon seit geraumer Zeit summend umkreiste, ihm aber ständig wieder entwischte. »Auch wenn wir in einem Landstrich leben, in dem das Vielfache an Tee getrunken wird wie in allen anderen Regionen Deutschlands, dann heißt das doch noch lange nicht, dass sich jedes unserer Opfer kurz vor seinem Tod noch schnell eine Tasse aufbrühen wollte und deshalb zufällig gerade einen Beutel dabeihatte. Also muss es einen anderen Zusammenhang geben. Hasenkrug, hatte irgendeines unserer Opfer eine besondere Beziehung zur Firma Bünting?«

»Nein, das habe ich bereits überprüft. Da gibt es auch nicht den kleinsten Anhaltspunkt. Selbst die ganzen Familienmitglieder habe ich abgecheckt. Da ist aber nichts, absolut nichts.«

»Hasenkrug, wenn wir nicht bald was finden, dann wird man uns zerfleischen. Haben Sie heute schon die Zeitung gelesen?« Büttner schob sie zu seinem Kollegen hinüber.

»Teebeutelmörder hat erneut zugeschlagen – Polizei steht Mordserie hilflos gegenüber«, murmelte Hasenkrug. »Das klingt nicht gut.«

»Das klingt sogar extrem beschissen! Und wie stehen wir jetzt da! Haben angeblich die Täterin längst gefasst, und plötzlich taucht eine neue Leiche auf. Es ist zum Verrücktwerden.« Büttner schlug mit der Fliegenklatsche auf seinen Schreibtisch, obwohl da gar kein Insekt zu sehen war.

»Ein Trittbrettfahrer?«, mutmaßte Hasenkrug.

»Wie, Trittbrettfahrer? Der wäre doch höchstens früher in Erscheinung getreten, als wir noch keinen Täter hatten. Aber Frau Alberts sitzt seit Tagen in Untersuchungshaft. Welchen Sinn sollte es da bitte schön machen, noch eine Leiche zu produzieren, wenn man den Mord nicht mehr irgendwem anderen anhängen kann?«

»Hm. Was passiert denn jetzt mit Frau Alberts?«

»Das prüft gerade der Staatsanwalt. Wir stehen vor einer völlig verfahrenen Situation. Also, wenn Sie mich fragen, Hasenkrug, dann hat die Tierärztin nichts mit den Morden zu tun. Mir kam das Ganze von Anfang an komisch vor. Vielmehr scheint das Geheimnis beim Altherrenstammtisch zu liegen. Es kann doch kein Zufall sein, dass es da zugeht wie bei den zehn kleinen Negerlein.«

»Ja, sieht fast so aus. Wir wollten noch mal mit Scherrmann sprechen.«

»Ach was, der bringt uns jetzt erst mal nicht weiter. Auf jeden Fall aber sollten wir mit dem seltsamen Herrn sprechen, der in dem Haus am Friedhof wohnt und so komisch geguckt hat. Haben Sie inzwischen den Namen herausbekommen?«

»Ja. Er heißt Oliver Koopmann.«

»Haben Sie ihn überprüft?«

»Ja, er ist kein unbeschriebenes Blatt. Er ist aktenkundig wegen Körperverletzung, Hehlerei, Verstoß gegen das Betäubungsmittelgesetz, Alkohol am Steuer, nächtliche Ruhestörung. Ist aber alles schon etliche Jahre her.«

»Ein Mord ist nicht zufällig dabei?«

»Nein, der Schritt fehlt noch in seiner kriminellen Laufbahn. so weit wir wissen, zumindest.«

»Na, dann nehmen wir uns diesen Herrn Koopmann jetzt mal vor.« Nach einem Blick aus seinem Bürofenster fügte er hinzu: »Gott sei Dank hat es aufgehört zu regnen. Sonst hätte ich mir heute noch den Tod geholt.«

Nachdem Büttner geklingelt hatte, passierte für eine ganze Weile nichts. Hinter der Haustür aber waren mehrere Stimmen und Kinderlachen sowie das Geschrei eines Babys zu hören. Außerdem drang aus einem der Fenster ohrenbetäubende Musik. Büttner trat ein paar Schritte zurück und blickte nach oben. »Hallo«, rief er und legte dabei die Hände an den Mund, »Polizei! Kann mal bitte jemand die Tür aufmachen!?«

Die Tür blieb geschlossen, dafür aber lehnte sich vom Nachbargrundstück her eine ältere Frau in Kittelschürze über den Gartenzaun. In der Hand hielt sie eine Rosenschere. »Sind Sie hier, um den Kerl endlich zu verhaften?«, fragte sie mit glänzenden Augen.

»Verhaften?«, fragte Hasenkrug zurück, »wen denn?«

»Na, den Jungen, Kevin, wen denn sonst?« So, wie sie den Namen aussprach, klang er wie »Kefin« mit besonders breitem E.

»Und was hat er Ihrer Meinung nach ausgefressen?«

»Ach, der macht doch komische Sachen, seit er auf der Welt ist. Macht seinen Eltern nichts als Kummer. Aber nu ja, ist ja auch kein Wunder bei den Verhältnissen.«

»Was denn für Verhältnisse?« Büttner gefielen solche Nachbarn, die freiweg jedem alles erzählten – solange es nicht seine eigenen waren. Für polizeiliche Ermittlungen waren sie Gold wert.

»Ach, man will ja nichts Böses über die Leute sagen. Gerade die Mutter, Ursula, gibt sich so viel Mühe. Aber mit sieben Kindern ... und nun ist sie ja schon wieder schwanger. Wo das noch hinführen soll, weiß kein Mensch.«

»Sieben Kinder? Und dieser ... Kevin ...«

»Ist der Älteste. Dann sind da die vier Mädchen, Chayenne, Chantal, Selina und Shanice. Und die beiden Kleinen, Justin und Sidney.«

»Aha.« Büttner wurde so langsam klar, mit welcher Sorte Familie er es hier zu tun hatte. »Und der Vater?«

»Oliver. Der ist auf Montage. Ist nicht oft hier. Seine Frau sitzt meist allein mit den ganzen Kindern.«

Büttner stutzte. Wenn der Vater nicht da war, dann konnte der Mann am Fenster unmöglich er gewesen sein.

»Frau ...«, er sah die Dame am Gartenzaun fragend an.

»Janssen.«

»Frau Janssen. Eine Frage hätte ich noch. Haben Sie hier heute Nacht irgendwas beobachtet?«

»Sie meinen die Geschichte auf dem Friedhof. Jo, das ist ja mal'n Ding. Erst Lübbo und Johann und jetzt auch noch Gustav. Nee, nee, wer hätte das gedacht.«

»Sie haben die drei Männer gekannt?«

»Natürlich, sie sind ja mit meinem Vater befreundet. Da kriegt man schon 'n bisschen Angst um ihn, wenn man sich das so anguckt, das können Sie mir glauben.«

»Wer ist denn Ihr Vater, wenn ich fragen darf?«

»Na, Menno Buurmann. Den haben Sie doch auch schon befragt.«

»Menno Buurmann ist Ihr Vater? Dann können Sie ...«, setzte Büttner an, doch in diesem Moment rief eine junge Stimme aus dem Hintergrund: »Hallo, Oma, Mama fährt zum Einkaufen. Sie fragt, ob sie dir was mitbringen soll.« Ein junges, schlankes Mädchen in Minirock und bunt gemustertem Top trat an die Seite von Frau Janssen.

Die nickte ihrer Enkelin zu. »Ja, Amelie, ich habe schon einen Einkaufszettel geschrieben.« Sie kramte in der Tasche ihrer Kittelschürze und reichte ihr einen Zettel. Büttner räusperte sich. »Frau Janssen, ich hatte gefragt, ob Sie in der letzten Nacht oder danach etwas auf dem Friedhof beobachtet haben.«

»Sind Sie von der Polizei?«, fragte stattdessen Amelie.

»Ja.« Büttner stellte sich und seinen Kollegen vor. »Und du bist wohl die Urenkelin von Menno Buurmann.«

»Ja. Ich hab was gesehen heute Nacht.«

»Was?« Büttner schaute sie irritiert an.

»Sie fragten meine Oma, ob sie was auf dem Friedhof gesehen hat. Hat sie aber nicht, wir haben uns vorhin schon darüber unterhalten. Aber ich hab was gesehen. Besser gesagt jemanden.«

»Ach ja?«, mischte Hasenkrug sich ein. »Und hast du ihn erkannt?«

»Klar. Es war Kevin.«

»Der Junge von nebenan?«

»Ja, genau.«

»Und was genau hast du gesehen?«

»Er hat sich auf dem Friedhof rumgetrieben. Muss so gegen vier Uhr gewesen sein.«

»Und da warst du wach, mitten in der Nacht?«, fragte Büttner erstaunt.

»Klar. Ich hatte ein Date auf Facebook. Der Typ wohnt in Australien. Zeitverschiebung, Sie verstehen?«

»Ähm ... ja ... klar.« Büttner fragte sich gerade, ob seine Tochter, die nur wenig älter war als Amelie, womöglich auch mitten in der Nacht mit dem anderen Ende der Welt kommunizierte. Er musste sie mal danach fragen. »Und wie kam es dann, dass du am Friedhof warst?«

Amelie verdrehte die Augen. Ganz offensichtlich hielt sie ihn für begriffsstutzig. »Ich war nicht am Friedhof. Ich habe aus meinem Fenster gesehen.«

»Ach so. Wo wohnst du denn?«

»Na, da drüben.« Amelie zeigte auf ein Haus, das sich ein Stück die Lohne hinunter direkt neben dem Friedhof befand.

»Und was genau hast du gesehen? Was hat dieser Kevin gemacht?«

»Er hatte irgendwas in der Hand. Sah aus wie ein Spaten oder so. Damit hat er rumgefuchtelt.«

Büttner bekam große Augen. Ein Spaten! Ja, das könnte durchaus die Mordwaffe gewesen sein. »War noch eine andere Person dabei?«

»Sie meinen Gustav Grensemann?«, folgerte Amelie messerscharf.

»Zum Beispiel.«

»Nein. Kevin war allein.«

»Und was hatte er dann mitten in der Nacht auf dem Friedhof zu suchen?«

Amelie zuckte mit den Schultern. »Keine Ahnung. Da ist er aber öfter nachts und schlägt um sich.«

»Er schlägt auf dem Friedhof um sich?« Das wurde ja immer verrückter.

»Ja. Ich glaube, der spielt irgendwas nach, so Szenen aus irgendwelchen Computerspielen. Er kommt sich dann ganz stark und mächtig vor, glaube ich. Wissen Sie, Kevin hat einen totalen Knall.«

Das kam Büttner allerdings auch so vor. Es wurde Zeit, sich diesen Kevin mal zur Brust zu nehmen. »Ich danke dir, Amelie, du hast uns sehr geholfen«, sagte Büttner und wandte sich erneut der Haustür der Familie Koopmann zu. Die laute Musik, die kurz zuvor noch aus einem der oberen Fenster gedröhnt hatte, war plötzlich verstummt. Vielleicht hatten sie ja nun eine Chance, dass irgendjemand im Haus die Klingel hörte.

»Passt schon«, antwortete Amelie und deutete im selben Moment auf einen Punkt hinter Büttner. »Da ist er ja.«

Büttner und Hasenkrug drehten sich um und erblickten einen jungen Mann, der um die Ecke des Hauses kam und völlig in schwarz gekleidet war. Seine Hose schien sich gerade noch so gegen die Schwerkraft zu stemmen, war aber schon ein deutliches Stück über die Hüften nach unten gewandert. In Nase, Ohren und Mund trug er diverse Piercings, sein Kopf war kahl rasiert.

»Kevin Koopmann?«, fragte Büttner und war sich im selben Moment sicher, dass dies der Mann war, den er während der Beerdigung kurz oben am Fenster gesehen hatte.

»Wer will das wissen?«

»Kriminalpolizei. Wir hätten ein paar Fragen an dich. Du wurdest heute Nacht auf dem Friedhof gesehen.«

»Hast du ihnen das gesagt?«, fragte Kevin und sah finster zu Amelie hinüber.

»Klar«, gab diese unumwunden zu, ohne seinem Blick auszuweichen.

»Schlampe.«

Amelie zog spöttisch einen Mundwinkel nach oben. »Was willst du denn, Opfer?«, entgegnete sie und streckte ihm den Mittelfinger entgegen.

»Können wir uns irgendwo anders unterhalten?«, fragte Büttner und wunderte sich zum wiederholten Mal, welch interessante Auswahl an Menschen sich in diesem kleinen Dorf versammelt hatte.

»Kommen Sie mit«, sagte Kevin und schlug wieder den Weg ein, aus dem er gekommen war.

Im Haus der Familie Koopmann ging es drunter und drüber. Kaum dass Büttner durch die Terrassentür hereingekommen war, stolperte er auch schon über einen Spielzeugbagger, der am Boden lag, woraufhin er von einem kleinen Jungen mit Rotznase finster angesehen wurde. In der Küche zankten sich zwei kleine Mädchen um eine Barbiepuppe, und aus einem anderen Zimmer heraus hörte man das empörte Geschrei eines

Babys, das, so mutmaßte der Hauptkommissar aus Erfahrung, entweder Hunger oder die Windel voll hatte.

»Chantal und Selina«, hörte man plötzlich eine Stimme von oben herunterrufen, »hört bitte auf zu streiten und kümmert euch um Sidney, ich glaube, er hat die Hosen voll!« Im nächsten Moment kam eine Frau die Treppe hinunter. Sie sah mager und ausgezehrt aus, lediglich ihr Bauch zeigte eine deutliche Wölbung. Ihr mittelblondes Haar hatte sie zu einem straffen Zopf zusammengebunden, ihr blasses Gesicht war schmal und zeigte erste Falten. Sie trug Jeans und T-Shirt. Es war schwer zu sagen, wie alt sie war, Büttner schätzte sie auf Ende dreißig. Als sie die beiden Polizisten sah, zog sie fragend die Augenbrauen in die Höhe.

»Moin, Frau Koopmann«, sagte Büttner, reichte ihr die Hand und stellte sich und seinen Kollegen vor.

»Polizei?«, fragte sie und schaute ihren ältesten Sohn besorgt an, »hat Kevin was ausgefressen?«

»Nein, nein«, beeilte sich Büttner zu sagen, »es geht um den Mord an Gustav Grensemann. Kevin wird nur als Zeuge befragt.«

»Hast du denn was gesehen?«, wandte sich die Frau an ihren Sohn. Büttner wunderte sich, wie ruhig sie sprach. Er hatte jetzt eher erwartet, dass sie anfangen würde zu keifen.

Kevin zuckte mit den Schultern. »Ich war heute Nacht noch draußen.«

»Ach so«, sagte Ursula Koopmann bloß und nickte. Anscheinend schien sie sich über die nächtlichen Eskapaden ihres Sohnes nicht zu wundern. »Möchten Sie eine Tasse Tee?«, fragte sie dann und bedeutete den Männern, ihr in die Küche zu folgen. Chantal und Selina waren verschwunden, und auch das Baby hatte aufgehört zu schreien.

»Wir möchten Ihnen keine Umstände machen«, antwortete Büttner und nahm auf einem Stuhl Platz, nachdem er ein paar Bilderbücher von ihm entfernt und auf den Tisch gelegt hatte.

»Ach was, das sind doch keine Umstände«, winkte Ursula Koopmann ab, »außerdem wollte ich sowieso gerade welchen machen.« Sie füllte den Wasserkocher auf, nahm einen Trekpott aus dem Schrank und füllte mehrere Kaffeelöffel Tee hinein. »Kevin, holst du bitte mal vier Tassen aus dem Wohnzimmer«, bat sie ihren Sohn, was der widerspruchslos tat.

Büttner warf Hasenkrug einen bedeutungsvollen Blick zu. Solche Umgangsformen und Wörter wie *bitte* und *danke* hatte er in diesem Haushalt nicht erwartet. So konnte man sich täuschen, dachte er. Spätestens aber, als kurz darauf ein schluchzendes Mädchen mit einem Stofftier im Arm die Küche betrat und es mit traurigem Gesicht seiner Mutter entgegenhielt, nahm Büttner sich vor, seine Vorurteile nochmals zu überdenken. Denn Ursula Koopmann ging auf ihre Tochter zu, nahm sie in den Arm und strich ihr über den Kopf. »Was hast du denn, Shanice?«, fragte sie sanft.

»Mein Hugo ist kaputt«, jammerte das Mädchen und zeigte seiner Mutter den Stoffhund, dessen linkes Vorderbein nur noch an einem Faden am Körper hing.

»Sei nicht traurig, den kriegen wir doch wieder hin«, sagte die Mutter. »Vielleicht fragst du mal Chayenne, ob sie ihn wieder annähen kann? Die hat das doch so toll gelernt in der Schule.«

»Kein Problem«, kam es von der Küchentür her. Dort stand ein etwa vierzehnjähriges Mädchen und strich sich eine Haarsträhne aus dem Gesicht. »Komm, Shanice, ich zeig dir, wie es geht, dann kannst du es das nächste Mal schon selbst machen.«

Büttner war platt und auch Hasenkrug schaute sichtlich irritiert aus der Wäsche. »Sie haben aber eine ganz reizende Familie«, sagte Büttner, weil er das Gefühl hatte, dieser liebevollen Mutter mal etwas Nettes sagen zu müssen.

»Ja«, sagte sie, und ein Lächeln stahl sich auf ihr Gesicht, was sie plötzlich viel jünger und hübscher aussehen ließ. »Mein Mann und ich lieben Kinder, wir haben uns immer viele gewünscht.« Beim nächsten Satz aber umwölkte sich ihre Stirn, und ihre Stimme klang plötzlich deutlich dunkler. »Die meisten Leute halten uns deswegen für asozial. Aber die wissen ja nicht, worüber sie reden. Wir würden keines unserer Kinder wieder hergeben, nicht für alles Geld in der Welt.«

Büttner räusperte sich, während Hasenkrug beschämt auf seine Füße starrte. »Ja«, sagte er, »da haben Sie auch ganz recht. Es muss doch schließlich jeder selber wissen, wie er glücklich werden will.«

Ursula Koopmann warf ihm einen dankbaren Blick zu und sagte dann: »Aber eigentlich sind Sie ja wegen Kevin hier, oder?«

»Ja«, sagte Büttner und räusperte sich erneut, »ja, ganz recht.« Er wandte sich an den jungen Mann und sagte: »Vielleicht könntest du uns erzählen, was du heute Nacht auf dem Friedhof gemacht hast.«

»Ich konnte nicht schlafen, weil Sidney so schrie. Ich glaube, der kriegt Zähne. Ja, und dann bin ich noch mal raus«, sagte Kevin und kratzte sich am Hinterkopf.

»Und warum bist du dann auf den Friedhof gegangen?«

»Ach, das mache ich öfter. Die Atmosphäre ist da irgendwie krass.« Er stand auf und tat Kluntjes in die Tassen, als er sah, dass seine Mutter den Tee einschenken wollte.

»Amelie sagte uns, du hättest da mit irgendwas herumgefuchtelt.«

»Ja, da lag so'n Spaten rum, vermutlich der, mit dem sie vorher das Grab ausgebuddelt hatten. Das fand ich krass. Ich hab da so'n Computerspiel, die machen immer so Wettkämpfe mit Stöcken und so. Affenscharf. Das wollte ich mal ausprobieren. Ging ganz gut mit dem Spaten.«

»Um welche Uhrzeit war das?«

Kevin zuckte die Achseln. »So um vier Uhr vielleicht, weiß nicht genau.«

Büttner nickte. Das stimmte mit dem überein, was Amelie ihnen gesagt hatte. »Du hast da nicht zufällig jemanden gesehen?«, fragte er.

»Nein, als ich auf dem Friedhof war, nicht. Aber später, vom Fenster meines Zimmers aus, da habe ich gesehen, wie dieser Scherrmann die Lohne hinuntergelaufen ist.«

»Jan Scherrmann?«, fragte Büttner erstaunt. »Wie spät war das?«

»So gegen halb sechs, schätze ich.«

»Sonst hast du nichts beobachtet?«

»Nein. Aber ich war auch nicht so lange auf dem Friedhof, eine halbe Stunde vielleicht. Dann hat es angefangen zu regnen. Da bin ich wieder rein. Hab im Wohnzimmer noch ein wenig Fernsehen geguckt. Und dann bin ich gegen halb sechs nach oben in mein Zimmer. Ja, und dann habe ich Scherrmann gesehen.«

»Hat Scherrmann irgendwas Besonderes gemacht? Hat er sich auffällig verhalten?«

»Nein. Er ist nur die Lohne runter. Schien es eilig zu haben, aber es hat ja auch geregnet. Wollte bestimmt nicht nass werden.«

»Wer die Leiche von Gustav Grensemann in das offene Grab gelegt hat, hast du nicht gesehen?«

»Nee, ganz bestimmt nicht. Hätte ich dann schon gesagt.«

»Ich habe dich während der Beerdigung oben am Fenster gesehen. Du bist zurückgeschreckt. Warum?«

»War mir peinlich, weil wir doch so geglotzt haben, die Kleinen und ich. Gehört sich ja nicht, oder?«

»Okay«, sagte Büttner und erhob sich, nachdem er noch schnell seine Tasse geleert hatte, »das war's erst mal. Falls wir noch Fragen haben, kommen wir noch mal auf dich zu, Kevin.«

»Kein Problem.«

»Ach, Frau Koopmann«, wandte sich Hasenkrug an die junge Mutter, »wann kommt eigentlich Ihr Mann zurück?«

»In zwei Tagen«, antwortete sie und strich sich lächelnd über den Bauch. »Dann bleibt er für ein paar Wochen.«

»Wann kommt denn das Kind?«, fragte Büttner.

»In drei Monaten, mein Mann hat schon Elternzeit angemeldet und bleibt dann erst mal hier.«

»Na dann, alles Gute, Frau Koopmann.« Büttner schüttelte ihr herzlich die Hand. »Dir auch, Kevin«, fügte er hinzu und schenkte dem jungen Mann ein Lächeln.

»Passt schon«, erwiderte der und zeigte ein schiefes Grinsen.

»Glauben Sie diesem Kevin?«, fragte Hasenkrug, als sie wieder im Auto saßen.

»Ja. Schade eigentlich. Aber der war es ganz bestimmt nicht.«

»Was macht Sie da so sicher?«

»Ist so ein Gefühl.«

15

Luise Alberts kam gegen Auflagen wieder auf freien Fuß. Der Staatsanwalt hatte argumentiert, dass es nach dem neuerlichen Mordfall zu viele Fragezeichen gebe, als dass man zweifelsfrei davon ausgehen könne, dass die Tierärztin die ersten beiden Morde begangen habe. Zumal sie für den Mord an Lübbo Krayenborg ja auch ein Alibi vorweisen könne – zumindest so lange, wie die Angaben der Gerichtsmedizin zum vermuteten Zeitpunkt der Einnahme des Giftes und zum Todeszeitpunkt bestehen blieben. Und bisher hatte Dr. Anja Wilkens keinen Grund gesehen, ihre diesbezüglichen Untersuchungsergebnisse zu revidieren.

Außerdem ging man in der Staatsanwaltschaft davon aus, dass es zwischen den drei Morden einen unmittelbaren Zusammenhang gab. Man hielt es dort für unwahrscheinlich, dass es in dem kleinen Dorf Canhusen innerhalb von gut einer Woche zu drei Morden kam, die nichts miteinander zu tun hatten. Schließlich könne man in einem Ort mit nicht einmal zweihundert Einwohnern schwerlich von großstädtischen Verhältnissen reden, wo so etwas schon mal passieren könne, hatte der leitende Staatsanwalt gesagt. Es sei nun an der Zeit, dass die Polizei ihre Arbeit mache und Erfolge vorzeige, damit die Canhuser endlich wieder ruhig schlafen könnten.

Diese Feststellung war Büttner verständlicherweise bitter aufgestoßen. Schließlich taten er und Hasenkrug seit Tagen nichts anderes als ihre Arbeit. Okay, mit dem Erfolg war es so eine Sache. Der stellte sich eben nicht immer von heute auf morgen ein. Aber Büttner war überzeugt, dass er schon noch kommen würde – wenn ihm nur endlich mal jemand was zu diesem verdammten Foto erzählen würde! Nach wie vor geriet sein Bauch heftig in Wallung, wenn er an das Schwarz-Weiß-Bild mit den beiden lachenden jungen Männern dachte. Was ein untrügliches

Zeichen dafür war, dass es für den Fall eine Bedeutung hatte. Allein, es fehlten die Fakten. Dem Staatsanwalt aber konnte er schwerlich mit seinem Bauchgefühl kommen, wollte er nicht einen Besuch beim psychologischen Dienst der Polizei riskieren.

Also hatten sie sich noch mal zu Jan Scherrmann auf den Weg gemacht. Schließlich war dieser sowohl kurz nach dem Mord an Johann Schepker als auch unmittelbar nach dem Mord an Gustav Grensemann in der Nähe des jeweiligen Tatortes gesehen worden. Die Gerichtsmedizin nämlich hatte den Todeszeitpunkt Grensemanns nun auf ungefähr fünf Uhr am Morgen festgelegt. Kurz darauf war Scherrmann am Friedhof gewesen. Und für den Mord an Lübbo Krayenborg hatte er überhaupt kein Alibi vorzuweisen.

Aber, wie zu erwarten, hatte Scherrmann auch für seinen nächtlichen Streifzug durch Canhusen eine Erklärung gehabt. Er war eingeladen gewesen, bei einer gewissen Familie Coordes, die den siebzigsten Geburtstag der Mutter feierte. Schon früh am Abend war er mit weiteren Nachbarn zum Bogenmachen gegangen, später dann hatte man sich einem Buffet und jeder Menge Bier und Schnaps gewidmet. Familie Coordes war Büttner ein Begriff, denn mit der Tochter, Tomke Coordes, hatte er in einem anderen Fall mal intensiv zu tun gehabt. Sie waren absolut vertrauenswürdig und hatten Scherrmanns Alibi bestätigt. Er war tatsächlich bis um circa halb sechs am Morgen auf der feuchtfröhlichen Feier geblieben und dann zu Fuß nach Hause gegangen.

Nun verstand Büttner auch, warum so viele Canhuser auf der Beerdigung von Lübbo Krayenborg so übernächtigt ausgesehen hatten. Auf die Frage, ob man eine solch große Feier so kurz nach zwei brutalen Tötungsdelikten in der Nachbarschaft denn nicht als pietätlos empfunden habe, hatte Scherrmann gelächelt und den Kopf geschüttelt. »Nein«, hatte er gesagt, »im Gegenteil waren wir alle der Meinung, dass man gar nicht oft genug feiern kann, denn schließlich haben wir ja jetzt brutal vor Augen geführt bekommen, wie schnell das Leben vorbei sein kann.«

Immerhin hatte Büttner bei dieser Gelegenheit in Erfahrung gebracht, dass auch Gustav Grensemann auf der Feier gewesen war. Er hatte ordentlich gebechert – was seinen deutlich erhöhten Alkoholspiegel bei der Obduktion erklärte – und war dann gegen drei Uhr in Begleitung von Menno Buurmann und Rudolf Lampe gegangen. Also hatte sich Büttner auf den Weg zu diesen zwei Herren gemacht, was ihn allerdings auch nicht weitergebracht hatte. Sie hatten geschwiegen. Wie immer.

Nun saß er schlecht gelaunt mit seinem Kollegen Hasenkrug in einem Café am Emder Stadtgarten, diskutierte mit ihm den Fall und ließ sich zum Mittagessen eine Buttercremetorte und einen Cappuccino schmecken. Seine Frau hatte zwar erst am Morgen festgestellt, dass er dringend mal eine Diät machen müsse. Aber das musste jetzt warten. Wenn Büttner einen so komplizierten Fall hatte wie diesen, dann brauchte er Nervennahrung. Und die bestand nun mal nicht aus Salatblättern und Trockenobst.

Gerade als Büttner beschlossen hatte, sich einen weiteren Cappuccino zu gönnen und die Bedienung zu rufen, schnappte er vom Nachbartisch die Wörter *Canhusen* und *Lübbo* auf. Und noch ein weiteres Wort war zu vernehmen gewesen, das sich anhörte wie *Schmuggel.* Neugierig drehte er sich um und sah zwei ältere Damen um die achtzig, die sich angeregt unterhielten und dabei jede Menge Apfelstrudel mit Vanilleeis und Schlagsahne in sich reinschaufelten.

»Entschuldigung«, sagte er und lächelte die Damen freundlich an, »ich habe zufällig mitbekommen, dass Sie über Canhusen sprechen. Geht es dabei um die drei Morde?«

»Warum wollen Sie das denn wissen?«, fragte eine der eher korpulenten Frauen und beäugte ihn misstrauisch von oben bis unten.

Büttner kramte in seiner Jackentasche, zog seine Polizeimarke hervor und hielt sie den Damen unter die Nase.

»Aaah«, rief die Frau erfreut, »Sie sind von der Polizei! Na, das ist ja wie im Krimi! Untersuchen Sie etwa den Mord an Lübbo Krayenborg?«

»Ja, ich leite die Ermittlungen, in allen drei Mordfällen. Mein Name ist David Büttner. Und das hier neben mir ist mein Kollege Sebastian Hasenkrug.« Er ließ die Marke wieder in die Jacke gleiten. »Haben Sie Lübbo Krayenborg gekannt?«

»Ja, sicher, sicher. Ach, was ist das nur für eine furchtbare Geschichte!« Die Frau schüttelte so heftig mit dem Kopf, dass die kleinen grauen Locken ihrer Dauerwelle auf und ab wippten. Ihre Augen aber straften ihr angebliches Entsetzen Lügen. Sie leuchteten geradezu vor Sensationslust und Entzücken.

»Ja«, sagte nun auch ihre Nachbarin, die eine ganz ähnliche Frisur hatte, »wir haben Lübbo gut gekannt. Wissen Sie, wir sind aus dem Nachbarort von Canhusen, aus Loppersum. Früher haben wir auch viel gemeinsam unternommen, als Kinder und dann auch, als wir selber Kinder hatten. Aber irgendwann haben wir uns aus den Augen verloren.«

»Dann haben Sie vielleicht auch Tammo Freerksen und Siebo Manninga gekannt?«, fiel Büttner mit der Tür ins Haus, denn er wollte vermeiden, dass die Damen jetzt irgendwelches belangloses Zeug aus der Vergangenheit erzählten.

Über das Gesicht der euphorischen Dame fiel ein Schatten. Sie kräuselte die Lippen und nickte. »Tammo und Siebo«, sagte sie dann. »Ja. Natürlich haben wir die gekannt. Sie gehörten ja damals zu unserer Clique.«

Büttner spürte, wie sein Herz vor Aufregung einen Satz machte, und auch Hasenkrug lehnte sich jetzt vor und blickte gespannt wie ein Flitzebogen von einer Dame zur anderen.

»Erinnern Sie sich, wie die zwei ums Leben gekommen sind?«, fragte Büttner und bemühte sich, seiner Stimme einen beiläufigen Klang zu geben.

»Oh ja«, nickte die alte Frau arglos, »das war eine ganz furchtbare Geschichte.«

»Ja, da hast du recht, Erna, wirklich ganz furchtbar«, bestätigte ihre Freundin.

»Sie hatten einen Unfall?«, mutmaßte Büttner.

»Nein. Nein, einen Unfall kann man das eigentlich nicht nennen, Herr Kommissar. Oder, Anna?«

»Nein. Ein Unfall war das ganz sicher nicht. Sie sind erschossen worden.«

»Erschossen?«, fragten Büttner und Hasenkrug wie aus einem Munde und so laut, dass sich die anderen Gäste von den Nachbartischen zu ihnen umblickten.

»Ja. Damals im Ruhrgebiet.«

»Im Ruhrgebiet? Was wollten sie denn da?«

»Sie haben geschmuggelt.«

»Geschmuggelt.« Also hatte Büttner doch richtig gehört. Anscheinend hatten sich die beiden Damen schon vorhin über dieses Thema unterhalten.

»Ja. Waren ja schwierige Zeiten damals.«

»Wann war das?«, fragte Hasenkrug.

»Och, das muss so ... 48 oder 49 ... Anna?«

»Ja, ich denke schon. Ja, 1949 muss das gewesen sein. Guck, meine Gertrud kam 1950 zur Welt, und gleich darauf wurde Kirsten geboren.«

»Die älteste Tochter von den Krayenborgs«, stellte Büttner fest.

»Genau. Ja, dann war das 1949.«

»Und beim Schmuggel sind die beiden erwischt worden?«

»Ja, so war das wohl. War wirklich schlimm damals. Vor allem für die arme Fenna. Die war ja mit Tammo verlobt, sie wollten zwei Wochen später heiraten. War schon alles geplant. Sie waren so verliebt. Und dann das.« Zu Büttners Bestürzung traten der alten Dame jetzt Tränen in die Augen, und sie zog ein spitzenbesetztes Taschentuch aus ihrer Handtasche. Aber darauf konnte er jetzt unmöglich Rücksicht nehmen. Er war so nah dran.

»Und dann hat sie stattdessen Lübbo Krayenborg geheiratet.«

»Ja. Wissen Sie, Herr Kommissar, der hatte ihr ja auch schon lange den Hof gemacht. Aber sie liebte nur ihren Tammo.«

»Aber letztlich konnte Lübbo sie wohl doch noch überzeugen.«

»Ja.«

»Was hatten Tammo und Siebo denn geschmuggelt? Muss ja was ganz Wertvolles gewesen sein, wenn man sie dafür getötet hat.«

»Ja, das war es auch. Sie haben Tee geschmuggelt.«

»Tee?«, riefen Büttner und Hasenkrug und starrten die Damen mit offenem Mund an. Wollten sie sie auf den Arm nehmen?

»Ja, Tee. Wissen Sie, wir Ostfriesen haben ja schon immer viel Tee getrunken. Und nach dem Krieg, da haben wir dafür Bezugsmarken gekriegt, sogar mehr als alle anderen Deutschen. Aber trotzdem war das nicht genug.«

»Genau«, fuhr ihre Freundin fort. »Und im Ruhrgebiet, da haben sie auch Bezugsmarken für Tee gekriegt. Die Bergarbeiter, die so schwer schuften mussten. Aber die wollten den Tee gar nicht haben.«

»Also sind Tammo und Siebo losgezogen und haben Tee gegen irgendwas anderes getauscht«, folgerte Büttner.

»Ja. Butter und Speck und so. Das ging auch lange gut. Eigentlich haben das auch alle gewusst und akzeptiert. Sogar die Zöllner, die auf Patrouille waren. Für ein paar Zigaretten haben die einfach weggeguckt. Bis zu diesem Tag. Da haben sie einfach geschossen. Einfach so.« Wieder tupfte sich die Dame namens Erna ein paar Tränen aus dem Augenwinkel.

Büttner nutzte den Moment und zog das zusammengeklebte Schwarz-Weiß-Foto, das er immer mit sich führte, aus der Innentasche seiner Jacke und legte es auf den Tisch. »Das waren sie, Tammo und Siebo, nicht wahr?«, sagte er und tippte mit dem Finger auf das Bild.

Die Überraschung gelang. Jetzt war es an den alten Damen, mit offenem Mund dazusitzen.

»Ja, genau«, sagte Erna, als sie sich wieder einigermaßen gefasst hatte. »Der links ist Siebo, der andere ist Tammo.« Sie strich mit den Fingern über das Foto. »Woher haben Sie dieses Bild, Herr Kommissar?«

»Es ist bei einer Fotoausstellung aufgetaucht, die kürzlich in Canhusen gemacht wurde.«

»Von der Ausstellung habe ich in der Zeitung gelesen«, nickte Anna. »Ist nur komisch, dass es dieses Bild noch gibt.«

»Warum?«, hakte Hasenkrug nach.

»Es gab ein paar davon. Aber nachdem Tammo tot war, hat Fenna sie alle in den Kamin geschmissen. Sie konnte es nicht ertragen, es anzusehen.«

»Hat tatsächlich Fenna sie in den Kamin geschmissen oder Lübbo?«, fragte Büttner.

»Fenna. Hat sie wenigstens gesagt damals.«

»Aha.« Büttner nickte, glaubte aber nicht daran. Zumindest hatte Fenna es vermutlich nicht freiwillig getan. Er vermutete eher, dass Lübbo Fenna gezwungen hatte, sie zu vernichten.

»Wer hat denn dieses Foto gemacht, wissen Sie das noch?«

»Ich glaube, das war die Freundin von Siebo. Oder, besser gesagt, ihr Vater. Der war Fotograf. Wie hieß das Mädchen auch noch, Anna?«

»Hm. Die waren ja noch nicht lange zusammen damals. Vielleicht acht Wochen. Siebo hatte sie in Osterhusen kennengelernt, glaube ich. Ein nettes Mädchen war das. Wir haben uns gleich gut mit ihr verstanden.«

»Was ist aus ihr geworden?«, fragte Hasenkrug.

»Sie ist dann weggezogen, nach der ... Geschichte. Ich weiß aber nicht, wohin. Weißt du das, Erna?«

Erna schüttelte den Kopf. »Nein, ich glaube, sie war einfach weg. Gesagt hat sie nichts.«

»Tabea.«

»Wie bitte?«, Büttner sah die Dame namens Anna fragend an.

»Sie hieß Tabea.«

»Ja«, nickte ihre Freundin Erna, »sie hieß Tabea. Da hast du recht.«

»Kennen Sie auch ihren Nachnamen?«, wollte Büttner wissen.

Die beiden Damen überlegten einen Augenblick, schüttelten dann aber den Kopf.

»Und können Sie mir sagen, was die beiden jungen Männer hier in der Hand halten?«, fragte Büttner und tippte wieder auf das Foto.

»Tee«, sagte Anna knapp.

»Stimmt«, bestätigte Erna lächelnd. »Sie waren gerade wieder zurückgekommen von einer Schmuggeltour. Waren ganz stolz, hatten nämlich richtig viel Tee mitgebracht. Und da hat Tabeas Vater dieses Foto gemacht.«Büttner zwinkerte Hasenkrug zu, ließ sich in seinen Sessel zurückfallen und nahm einen großen Bissen seiner Buttercremetorte. Endlich, dachte er und verzog zufrieden grinsend den Mund. Er war sich jetzt sicher, den Schlüssel in den Händen zu halten. Den Schlüssel zu den Teebeutelmorden.

16

Menno Buurmann und Rudolf Lampe saßen mit versteinerten Mienen auf ihren Stühlen im Vernehmungsraum und schwiegen. Hauptkommissar Büttner hatte sie gleich nach seinem Besuch im Café ins Präsidium einbestellt. Er hatte den Herren das Schwarz-Weiß-Foto auf den Tisch geknallt und ihnen die Geschichte dazu erzählt, die er von den Damen Erna und Anna gehört hatte. Während Menno Buurmann nur kurz blass geworden war, sich dann aber schnell wieder gefasst hatte, war Rudolf Lampe dauernd auf dem Stuhl hin- und hergerutscht und hatte nervös seine Finger geknetet.

»Stimmt die Geschichte so, wie ich sie eben erzählt habe?«, fragte Büttner, nachdem er seinen Bericht beendet hatte.

Rudolf Lampe, ein kleiner und schmächtiger Mann mit Halbglatze und runden Brillengläsern auf der Nase, nickte. Menno Buurmann hingegen verzog keine Miene.

»Was ich nicht verstehe, ist«, fuhr der Polizist fort, »warum bei Ihnen allen die Klappe herunterfällt, wenn das Gespräch auf dieses Foto kommt. Mir scheint fast, dass die Geschichte, die ich Ihnen gerade erzählt habe, nicht die ganze Wahrheit ist. Vielmehr scheint sich irgendein Geheimnis um Tammo Freerksen und Siebo Manninga zu ranken.« Er lehnte sich vor und sah die beiden Männer herausfordernd an. Dann fügte er hinzu: »Und mich würde brennend interessieren, was das für ein Geheimnis ist.«

»Wie kommen Sie darauf, dass es ein Geheimnis gibt?«, fragte Buurmann knurrend.

»Na ja, nach drei Morden in einem kleinen Dorf innerhalb kürzester Zeit kommt man auf die komischsten Gedanken«, bemerkte Büttner sarkastisch.

»Aber ... es ist doch nur ein ganz normales Foto«, mischte sich Rudolf Lampe mit dünner Stimme ein. »Ich verstehe nicht ...«

»Aha«, unterbrach Büttner ihn, »es ist also ein ganz normales Foto. Und wieso gerät Fenna Krayenborg dann völlig aus dem Häuschen, wenn sie es auch nur ansieht?«

»Hysterisches Weib«, brummte Buurmann.

Büttner stand auf und lief minutenlang einfach nur in dem kahlen Raum auf und ab. Zwischendurch blieb er für einen kurzen Moment vor einer in die Wand eingelassenen verspiegelten Scheibe stehen und nickte, weil er wusste, dass Sebastian Hasenkrug dahinter stand und der Vernehmung zuhörte. Dann fing er so plötzlich wieder an zu reden, dass der alte Rudolf Lampe erschrocken zusammenzuckte.

»Herr Lampe«, sagte der Polizist und schürzte verächtlich die Lippen, »Sie scheinen ein wenig nervös zu sein.« Er trat hinter ihn, stützte sich mit einer Hand auf dem Tisch ab und sah ihm aus nächster Nähe ins Gesicht. »Ich weiß, dass Sie mehr wissen, als Sie hier sagen. Und Sie täten gut daran, es mir zu erzählen. Denn ansonsten könnte es passieren, dass ich Sie für äußerst verdächtig halte.«

»W-was heißt das, v-verdächtig«, stammelte Lampe erschrocken.

»Nun, irgendwer muss die drei Männer ja auf dem Gewissen haben«, sagte Büttner, richtete sich wieder auf und zog die Stirn in Falten. »Lübbo Krayenborg, Johann Schepker und Gustav Grensemann. Sie erinnern sich? Drei auf einen Streich. Auf brutalste Weise ermordet. Und die besten Kumpels, die sie seit Jahrzehnten kennen, sitzen einfach nur da und schweigen. Auf welche Idee sollte ich da wohl kommen?«

»Wir haben mit den Morden nichts zu tun!«, bellte Buurmann und schlug mit der Faust auf den Tisch. »Warum sollten wir denn unsere besten Freunde umbringen, nach all der Zeit? Das ist ja totaler Quatsch!«

»Vielleicht, weil Sie seit genau so langer Zeit ein Geheimnis hüten, das durch dieses Foto drohte, ans Licht zu kommen? Vielleicht ist dieses Geheimnis so furchtbar, dass Sie auf jeden Fall verhindern müssen, dass es ans Licht kommt? Sagen Sie es mir, Herr Buurmann.«

»Alles Quatsch.«

»Herr Lampe?«

»W-was?«

»Halten Sie meine Theorie auch für Quatsch?«

»Ja ... nein ... doch ... ähm.« Rudolf Lampe senkte den Kopf und biss sich auf die Lippen.

»Sie sind ein hundsmiserabler Lügner, Herr Lampe«, sagte Büttner gedehnt, »hat Ihnen das schon mal jemand gesagt?«

Er setzte sich wieder den beiden Männern gegenüber. Lampe schlotterte vor Angst, Buurmann zeigte sich wenigstens nach außen ruhig.

»Ich habe vor ein paar Tagen Ihre Urenkelin kennengelernt, Herr Buurmann«, sagte er dann. »Amelie heißt sie ja wohl. Sie ist ein aufrechtes Mädchen, wie mir scheint. Von wem hat sie das eigentlich?«

»Jetzt werden Sie mal nicht unverschämt!«, donnerte Buurmann los. »Und lassen Sie Amelie aus dem Spiel, sie hat mit all dem nichts zu tun!«

»Womit denn, Herr Buurmann? Womit hat Amelie nichts zu tun?«

»Ach, lassen Sie mich doch in Ruhe«, brüllte Buurmann und machte mit den Händen eine wegwerfende Bewegung. Dann verschränkte er die Arme vor dem Körper und starrte ins Leere.

Büttner wandte sich nun an Lampe. »Haben Sie auch Familie, Herr Lampe?«

Lampe nickte schwach. »Ja. Zwei Töchter und drei Enkelkinder.«

»Was die wohl sagen, wenn Ihnen etwas zustößt?«

»Wie ... wie meinen Sie das?«, fragte der alte Mann ängstlich und sah den Hauptkommissar mit großen, erschrockenen Augen an.

»Na, so weit werden Sie doch selbst auch schon gedacht haben, oder?«, zeigte sich Büttner gespielt erstaunt. »Drei Tote, alle vom Altherrenstammtisch. Wer mag da wohl der Nächste sein? Sie haben eine Chance von fünfzig Prozent, Lampe, dass Sie es sind. Irgendjemand will Ihnen ans Leder, das steht fest. Und nur Sie wissen, warum. Aber wenn Sie es uns nicht sagen, können wir Sie auch nicht beschützen. Schade.«

»Das ist doch alles Quatsch«, sagte Buurmann wieder, »lass dich bloß nicht einwickeln, Rudi!« Er sah seinen Kumpel beschwörend an. »Ich für meinen Teil hab hier lange genug gesessen. Ich gehe jetzt nach Hause, wenn's recht ist.« Damit stand er auf und wandte sich Richtung Tür. »Kommst du mit, Rudi?«

Der Angesprochene warf Hauptkommissar Büttner einen fragenden Blick zu.

»Gehen Sie ruhig, Lampe«, sagte der, »für heute sind wir erst mal fertig. Ich wünsche Ihnen viel Glück da draußen!«

17

Luise Alberts war seit ein paar Tagen wieder im Dienst. Wenn es auch zynisch klang, so war sie für die dritte Leiche wirklich dankbar. Denn sie hatte sich im Gefängnis immer wieder die Indizienlage vor Augen geführt und schnell begriffen, dass es für sie sehr eng werden konnte. Voller Verzweiflung hatte sie nach einem Ausweg gesucht, nach einem Detail, das sie vielleicht übersehen hatte. Aber, wie sie es auch drehte und wendete, sie hatte nicht mehr zu ihrer Verteidigung anbringen können, als sie es ohnehin schon getan hatte. Auch ihr Anwalt hatte immer nur kopfschüttelnd dagesessen und ihr nicht viel Hoffnung gemacht. Im Gegenteil hatte die Tierärztin eher den Eindruck gehabt, als glaube auch er ihr nicht. Sie hatte daraufhin ihren Mann gebeten, einen neuen Anwalt zu besorgen. Aber am gleichen Tag noch hatte es das dritte Mordopfer gegeben. Hauptkommissar Büttner war zu ihr gekommen und hatte ihr mitgeteilt, dass der Staatsanwalt entschieden habe, sie gegen Auflagen auf freien Fuß zu setzen. Sie hatte den Eindruck gehabt, dass Büttner darüber sehr erleichtert gewesen war. Er schien an ihrer Schuld zumindest zu zweifeln.

Gleich nachdem sie aus dem Gefängnis entlassen worden war, hatte sie sich in die Arbeit gestürzt und war sehr froh gewesen, dass all ihre Kunden, besonders die in Canhusen, ihr diesen Mord offensichtlich nie zugetraut hatten. Zumindest hatten sie sich wiederholt dahingehend geäußert und ihr aufmunternd auf die Schulter geklopft. Die Canhuser waren eben von Grund auf aufrichtige Menschen, dachte sie bei sich. Na ja, die meisten wenigstens. Nur gut, dass sich nun auch ihr Problem mit Lübbo Krayenborg auf eine für sie so unkomplizierte Art gelöst hatte. So musste sie sich nie wieder Gedanken darum machen, wie sie seinen Klauen entfliehen konnte. Nein, seinen Tod und auch den von Johann Schepker bedauerte sie überhaupt nicht, auch wenn es bitter klang. Wer sich so benahm wie diese zwei Ganoven, der musste sich nicht wundern, wenn er eines Tages so endete.

Besonders froh war sie, dass es ihre beste Freundin Deike genau so sah. Natürlich hätte die ganze Geschichte zwischen ihnen zu einem Problem führen können, schließlich war Lübbo Krayenborg Deikes Vater gewesen. Als die beiden Frauen sich vor einigen Jahren auf einem Seminar in Bremen kennenlernten, hatte sie es zunächst gar nicht gewusst. Denn Deike trug inzwischen einen anderen Nachnamen, den sie auch nach ihrer Scheidung behalten hatte. Bis Luise eines Tages von Canhusen gesprochen und Deike daraufhin erwähnt hatte, dass sie in diesem Dorf aufgewachsen war. Luise war damals ordentlich der Schreck in die Glieder gefahren, als ihr bewusst wurde, mit wem sie sich angefreundet hatte. Sie hatte sich Deike daraufhin anvertraut, in der Hoffnung, dass ihre Freundin ihr glauben und ihre vertrauensvolle Freundschaft nicht für beendet erklären würde. Und so war es zum Glück gewesen. Deike hatte sich zu diesem Zeitpunkt schon längst von ihrem Vater losgesagt. Als Kind hatte sie unter seiner Tyrannei besonders schwer gelitten, genau wie ihre Mutter hatte sie immer wieder Prügel kassiert. Denn Deike war ein aufmüpfiges Kind gewesen, das sich nichts hatte gefallen lassen. Bei ihrem Vater aber hatte sie damit immer den Kürzeren gezogen. Sie war gerade sechzehn gewesen, als sie von zu Hause ausgezogen war.

Gleich, nachdem Deike erfahren hatte, dass Luise für den Mord an ihrem Vater und dessen Freund im Gefängnis saß, war sie nach Emden gekommen, um ihr mit Besuchen Beistand zu leisten. Auch bei ihrer Entlassung war sie zur Stelle gewesen und hatte Luise gemeinsam mit deren Mann Thorsten abgeholt. Ja, Deike war eine Frau, auf die in jeder Lebenslage Verlass war, und Luise verspürte eine große Dankbarkeit, dass sie sie hatte kennenlernen dürfen.

Nun saßen die zwei Frauen zusammen in Luises Küche, tranken einen heißen Tee und aßen ein großes Stück Käsesahnetorte dazu. Deike hatte sich Urlaub genommen und sich für ein paar Tage bei Luise einquartiert, weil Thorsten zu einem Kongress nach Hamburg gefahren war und erst in ein paar Tagen wieder zurück sein würde. Daraufhin hatte auch Luise beschlossen, ihre Vertretung anzurufen und um ein paar freie Tage zu bitten, um möglichst viel Zeit mit Deike verbringen zu können.

Deike erzählte gerade in den schillerndsten Farben von der Beerdigung ihres Vaters. Sie hatte zunächst gar nicht hingehen wollen, schließlich aber dem Drängen ihrer Mutter nachgegeben. »Im Nachhinein muss ich sagen, dass ich meiner Mutter für ihr Gequengel sehr dankbar bin«, sagte Deike gerade und grinste breit. »Sonst hätte ich doch echt was verpasst. Ich meine, wann wird so eine dürmelige Beerdigung schon mal zu einem echten Event? Und dass es sich dabei um die Beerdigung meines Erzeugers handelte, setzt dem Ganzen noch die Krone auf. Der wird von seinem Platz in der Hölle Zeter und Mordio geschrien haben, aus lauter Empörung darüber, wie der unverschämte Gustav Grensemann ihm so hat die Show stehlen können.«

»Und niemand da, den er dafür verprügeln kann«, fügte Luise bitter hinzu.

»Na, vielleicht sitzt ihm ja sein Sklave Johann Schepker wieder zur Seite, dann kann er ja ersatzweise den nehmen«, lachte Deike, und zum wiederholten Male dachte Luise mit einem Lächeln, wie hübsch ihre Freundin doch war mit den wuscheligen rotblonden Locken, die ihr bis auf die Schulter reichten, dem ebenmäßigen Gesicht mit den großen grünen Augen und den Sommersprossen auf der Nase. Wirklich erstaunlich, wie ein Lübbo Krayenborg so was Nettes hatte zustande bringen können.

»Ich hoffe nur, dass Immo oder Eike nichts mit den Morden zu tun haben«, sagte Luise nachdenklich, nachdem sie noch mal Tee nachgeschenkt hatte.

»Kann ich mir nicht vorstellen. Gut, beim Mord an meinem Vater hätte man es noch annehmen können. Aber die anderen zwei? Was hätten sie denn da für ein Motiv?«, sagte Deike schmatzend.

»Von meinem Motiv haben sie auch nichts gewusst«, gab Luise zu bedenken. »Wer weiß, was diese alten Säcke sich mit jedem Einzelnen in Canhusen erlaubt haben, von dem wir nicht mal etwas ahnen?«

»Hm. Kann sein. Aber ich glaube es eigentlich nicht. Immo und Eike würden sich durch einen dreifachen Mord doch nicht ihr Leben versauen.«

»Dein Wort in Gottes Ohr. Was glaubst denn du, wer es getan haben könnte?«

»Oha, wo soll ich da anfangen?«, lachte Deike. »Auf jeden Fall sollten wir den- oder diejenige fürs Bundesverdienstkreuz vorschlagen, erinnere mich bitte beizeiten daran.«

Für eine Weile saßen die beiden Freundinnen schweigend am Küchentisch, ließen sich ihren Kuchen schmecken und hingen ihren Gedanken nach.

»Sag mal, Deike«, sagte Luise schließlich in die Stille hinein, »was macht eigentlich dein Liebesleben? Gibt es da jemanden?«

Deike zuckte mit den Schultern und grinste. »Vielleicht.«

»Vielleicht?«

»Ist noch nichts Festes. Mal sehen, was draus wird. Ich werde ihn dir als Erstes vorstellen, wenn es so weit ist.«

»Woran liegt es? Kann er sich nicht entscheiden oder du?«

»Sagen wir mal, er ... hat noch was zu erledigen.«

»Er ist verheiratet.«

»Nein.«

»Aber er ist gebunden.«

Deike wiegte den Kopf hin und her. »Wenn du es so ausdrücken willst, ja.«

»Du willst nicht wirklich darüber reden, oder?«

»Nein. Ich sagte ja, es ist noch nichts Festes.«

»Okay. Aber dass ich es als Erste erfahre, ist versprochen!«

»Großes Indianerehrenwort«, nickte Deike und hob die Finger zum Schwur. »Und bei Thorsten und dir ist alles okay?«, wollte sie dann wissen.

»Ja. Er trägt mich auf Händen.«

»Na, einen Bruch dabei heben wird er sich ja nicht, schließlich bist du ja nie da«, flachste Deike.

Luise seufzte. »Das stimmt leider. Ist nicht so leicht, wenn man ständig auf Abruf ist. Aber Thorsten trägt es mit Fassung. Er ist ein Schatz. Weiß gar nicht, womit ich ihn verdient habe.«

»Vielleicht damit, dass du auch ein Schatz bist?«

»Findest du? Vergiss bitte nicht, dass ich gerade erst aus dem Knast komme und mindestens zwei Menschen auf dem Gewissen habe.«

»Stimmt. In diesem Fall ist das Wort *Schatz* viel zu untertrieben. Du bist viel mehr. Du bist eine Heldin. Darauf sollten wir anstoßen.« Deike sprang auf und holte zwei Sektkelche aus der Vitrine. Dann ging sie in die Küche, nahm eine Flasche eisgekühlten Sekt aus dem Kühlschrank, ließ den Korken an die Decke knallen und füllte das sprudelnde Nass in die Gläser. »Auf alle Helden, die den Mut haben, unsere Welt von Tyrannen zu befreien!«, rief sie feierlich. Dann trank sie ihr Glas in einem Zug leer.

18

Der Sommer war zurück. Nach einigen Tagen teils heftigen Regens schien die Sonne wieder von einem strahlend blauen Himmel. Die Nächte allerdings wurden schon spürbar kühler und erste dünne Nebelschwaden, die am frühen Morgen über die abgeernteten Felder und Wiesen waberten, kündigten bereits den nahenden Herbst an. In der Luft lag der süßlich-fruchtige Duft von reifem Obst.

Hauptkommissar Büttner saß grübelnd auf einem Baumstumpf am Rande des Schipschloots, eines etwa drei Meter breiten Grabens, der parallel der Einfallsstraße nach Canhusen verlief und unmittelbar vor dem Bauernhof von Eike Diekhoff endete. Sein Blick erfasste ein etwa siebenjähriges Mädchen in einem leichten Sommerkleid, das mit seinem Fahrrad Runde für Runde zwei Kraftfuttersilos umkreiste, die auf dem Hofgelände standen. Auf den Gepäckträger hatte sie einen Teddybären geklemmt. Die Kleine brabbelte und sang fröhlich vor sich hin und schien bester Laune zu sein. Im Garten des Bauernhauses gegenüber waren zwei Kinder in die dichte Baumkrone einer mächtigen Ulme geklettert und irritierten die vereinzelt vorbeikommenden Passanten mit Rufen und Schreien, woraufhin sich diese umschauten, mit verwirrtem Gesichtsausdruck nach der Quelle der Laute suchten und dann kopfschüttelnd ihren Weg fortsetzten.

Büttner beneidete die Kinder um ihre Unbeschwertheit, die sich auch nach drei grausamen Morden in ihrem Dorf ganz offensichtlich nicht erschüttern ließ. Für die Kinder waren diese drei alten Menschen nun ganz einfach nur tot, ihr eigenes Leben blieb davon unberührt. Für Büttner aber waren sie ein Problem, das er zu lösen hatte. Denn es war keineswegs auszuschließen, dass der Mörder wieder zuschlagen würde. Und das musste er, Büttner, verhindern. Aber wie? Trotz der interessanten Informationen, die er von den beiden älteren Damen im Emder Café am Stadtpark bekommen hatte, trat er nach wie vor auf der Stelle. Soeben war er erneut bei Fenna Krayenborg und Edith Schepker gewesen und hatte sie mit seinem neuen Wissen über die Geschehnisse von 1949 konfrontiert. Aber auch das hatte die alten Frauen nicht dazu veranlassen können, den Mund aufzumachen. Ganz im Gegenteil hatten sie die Lippen zusammengepresst und ihm kopfschüttelnd bedeutet, nicht weiter in sie zu dringen. Sie hatten offensichtlich Angst. Angst davor, genau so zu enden wie ihre Gatten.

Und dann war der Anruf gekommen. Ein völlig aufgelöster Rudolf Lampe hatte ihn mit zitternder Stimme gebeten, sofort bei ihm vorbeizukommen. Der alte Stammtischler wohnte unweit der Kirche auf der Warf und hatte in seinem Gemüsebeet eine grausame Entdeckung gemacht. Irgendwer hatte in der Nacht neben seiner eigenen eine weitere Vogelscheuche aufgestellt, die nun mit ausgestrecktem, blutrotem Finger, der ganz offensichtlich aus dem Zacken einer hölzernen Forke angefertigt worden war, auf sein Haus deutete. Das alleine hätte sicherlich schon genügt, den Mann in Angst und Schrecken zu versetzen. Doch hatte sich der Erbauer mit diesem Detail nicht begnügt, sondern der Vogelscheuche darüber hinaus die Kleider des toten Gustav Grensemann angezogen, die seit dem Fund der Leiche auf dem Friedhof nicht auffindbar gewesen waren. Außerdem hing der Kopf der Vogelscheuche an einer Seite schlaff herunter, was wohl den Eindruck erwecken sollte, als sei sie geköpft worden, denn aus dem Kopf heraus hingen blutrote Wollfäden.

Da hatte sich jemand besonders viel Mühe gegeben, dachte Büttner – und die erwünschte Wirkung damit erzielt: Aus Rudolf Lampe war kein Wort herauszubekommen. Wie ein Häufchen Elend hatte er in einem Sessel in der Ecke seines Wohnzimmers gekauert, seine Gesichtsfarbe hatte sich der Farbe der hell gestrichenen Wand bedenklich angenähert. Der alte Mann hatte so gezittert, dass Büttner einen Notarzt geordert und ihm eine Beruhigungsspritze hatte verpassen lassen. Die Leute der Spurensicherung waren gekommen, hatten das gesamte Grundstück nach Hinweisen durchkämmt und sich dann einen Spaß daraus gemacht, die Vogelscheuche auf den Rücksitz ihres Fahrzeugs zu setzen, um sie im Präsidium genauer zu untersuchen. Büttner hatte sich trotz der angespannten Stimmungslage ein Grinsen nicht verkneifen können, als der Polizeiwagen mit einer aus stumpfen Apfelaugen glotzenden Vogelscheuche an ihm vorbeigefahren war. Wenn es ein blöder Zufall wollte, hatte er bei sich gedacht, würde auf dem Weg ins Revier irgendein Passant ein Foto von dem ungewöhnlichen Fahrgast machen und es auf Facebook posten. Oder sogar an die Presse verkaufen. Aber das sollten die Jungs und Mädels von der Spusi dann selber ausbaden, damit hatte er nichts zu tun.

Er hatte Hasenkrug losgeschickt, um die Nachbarn zu befragen, während er selbst sich auf den Baumstumpf gesetzt und sein Wurstbrot ausgepackt hatte. Auf dem kaute er nun mehr oder weniger genüsslich herum, während er das Treiben in dem kleinen Dorf beobachtete. Er hatte keine Ahnung, wie es jetzt weitergehen sollte. Mit viel Glück würde die Spusi an der Vogelscheuche irgendetwas finden, was auf den Erbauer hindeutete. Und Büttner war sich ziemlich sicher, dass er damit auch den Mörder hätte. Aber an so viel Glück glaubte er nicht. Er würde weiterermitteln müssen. Aber wo, in aller Welt, sollte er ansetzen?

»Herr Kommissar?«, hörte er in seine Gedanken hinein plötzlich eine Stimme neben sich. Er schaute hoch und sah in die Augen einer nicht mehr ganz jungen Frau. Es war Miriam Grensemann, die Schwiegertochter des jüngst Ermordeten, wie er sich erinnerte. Er hatte am Tag des Mordes mit ihr und ihrem Mann gesprochen.

»Ja, Frau Grensemann, was kann ich für Sie tun?«, fragte er und kniff die Augen zusammen, weil er, nachdem sie einen Schritt zur Seite getreten war, nun direkt in die Sonne sah.

»Ich wollte mal hören, wann die Leiche meines Schwiegervaters freigegeben wird.« Sie deutete mit einem Fingerzeig in Richtung Friedhof. »Wir würden gerne die Beerdigung organisieren, wissen Sie.«

»Ach so, ja, natürlich«, nickte Büttner und griff zu seinem Handy. »Ich rufe mal in der Gerichtsmedizin an. Hallo, Frau Dr. Wilkens«, sagte er wenig später, »was macht unser Herr Grensemann?«

»Immer noch tot«, antwortete die Pathologin trocken.

»Das stand zu befürchten«, nuschelte Büttner und warf Miriam Grensemann ein verlegenes Lächeln zu, obwohl diese die Worte der Ärztin ganz sicher nicht gehört hatte. »Die Verwandten würden gerne die Beerdigung ...«

»Der Tote wird noch heute freigegeben.«

»Ah, okay, das ist ja schön. Vielen Dank.«

Büttner steckte sein Handy zurück in die Tasche und schaute wieder hoch. »Sie können anfangen, die Beisetzung zu planen, Frau Grensemann.«

»Das ist schön«, stellte die Angesprochene fest. »Wissen Sie, wir fliegen in der kommenden Woche in Urlaub und wollten das gerne vorher erledigt haben.«

»Ich verstehe«, nickte Büttner. Er hatte schon bei dem ersten Gespräch bemerkt, dass der Sohn des Toten keine sehr enge Beziehung zu seinem Vater pflegte, auch wenn er in dessen Garten in der Pappelallee ein Haus gebaut hatte. Auch waren sofort nach Opas Tod Pläne geschmiedet worden, welches der Enkelkinder nun dessen Haus übernehmen und beziehen würde. Manche Familien dachten eben in erster Linie pragmatisch, das hatte er in seiner Laufbahn bei der Kriminalpolizei schon öfter feststellen müssen.

Kaum dass Miriam Grensemann wieder gegangen war, tauchte Hasenkrug am Canhuser Ring auf. Soeben passierte er das Gebäude, in dem, wie Büttner erzählt worden war, früher einmal der Tante-Emma-Laden einer gewissen Frau Schmidt sein Domizil gehabt hatte, an die man sich in Canhusen noch gerne erinnerte. An Hasenkrugs Seite lief Jan Scherrmann. Sie schienen sich angeregt zu unterhalten.

»Moin, Herr Scherrmann«, grüßte Büttner, als die beiden Männer schließlich vor ihm standen. »Und, Hasenkrug«, wandte er sich dann an seinen Assistenten, »haben Sie den Mörder endlich dingfest machen können?«

Hasenkrug zuckte mit den Schultern und machte eine Kopfbewegung zu seinem Begleiter hin. »Herr Scherrmann hat sich strikt geweigert, sich Handschellen anlegen zu lassen«, frotzelte er. »Insofern muss ich Sie leider enttäuschen, Chef.«

»Und sonst? Hat wieder keiner was gesehen?«

»Nein. Konnte keinem eine brauchbare Aussage entlocken.«

»Das dachte ich mir«, seufzte Büttner und wischte sich einmal mit der Hand übers Gesicht. »Herr Scherrmann, was führt Sie zu mir?«, fragte er dann.

»Nichts. Ich habe Herrn Hasenkrug nur zufällig auf dem Weg getroffen. Ist ja ein Ding, das mit der Vogelscheuche. Wer denkt sich nur so was aus? Der arme Rudolf Lampe ist ja völlig durch den Wind.«

»Ja, für den scheint es eng zu werden. Er bekommt ab heute Polizeischutz. Habe keine Lust auf noch mehr Leichen.«

»Kann ich verstehen«, erwiderte Scherrmann. »Der Totengräber übrigens auch nicht, wie er mir die Tage anvertraut hat. Er meint, dieses Jahr werde in Canhusen unanständig viel gestorben, das bringe seine ganze Statistik durcheinander.« Dann zeigte er unvermittelt nach unten. »Ihr Schuh ist übrigens offen, Herr Hauptkommissar.«

»Oh, danke«, antwortete Büttner und bückte sich stöhnend, um seinen Schnürsenkel wieder zu binden. Gerade als er sich wieder aufrichtete, fingen die Kirchenglocken an zu läuten. »Ist hier heute Hochzeit oder so was Ähnliches?«, fragte er irritiert.

»Nicht, dass ich wüsste«, sagte Scherrmann, kniff die Augen zusammen und sah die Uferstraße am Schipschloot entlang. »Allerdings kommt da gerade ein Leichenwagen angefahren. Ich nehme an, dass Johann Schepker gebracht und in der Kirche aufgebahrt wird. Das wird wohl der Grund für das Läuten sein.«

»Könnte eng werden in der kleinen Kirche«, stellte Büttner fest, »heute wird auch die Leiche von Gustav Grensemann freigegeben. Noch ein Grund mehr, keine weiteren Toten zu produzieren.«

»Na, dann wünsche ich Ihnen viel Erfolg bei der Präventionsarbeit«, lachte Scherrmann.

Büttner räusperte sich. »Sagen Sie mal, Herr Scherrmann«, sagte er, als der Leichenwagen an ihnen vorbeigefahren war, »wissen Sie eigentlich irgendetwas über die Todesumstände von Tammo Freerksen und Siebo Manninga?«

Für einen kurzen Moment glaubte er, auf Scherrmanns Gesicht eine leichte Verunsicherung zu sehen, aber sofort stahl sich wieder ein Lächeln auf dessen Gesicht, und seine Stimme klang so fest wie immer. »Darüber hatten wir ja schon mal gesprochen«, erwiderte er, »ich nehme an, dass da mehr gewesen ist, als die alten Herren zugeben. Aber was genau damals passiert ist, weiß ich nach wie vor nicht.«

»Hm. Dann will ich Ihnen jetzt mal eine Geschichte erzählen, die wir«, er zeigte zuerst auf Hasenkrug, dann auf sich selbst, »in einem Emder Café von zwei älteren Damen erzählt bekommen haben.«

»Es haben sich Zeugen von damals bei Ihnen gemeldet?«, fragte Scherrmann erstaunt.

»Nein. Es war Zufall. Sie saßen neben uns und haben über die Morde in Canhusen gesprochen und erwähnten mehrmals den Namen Lübbo. Und dann hab ich sie angesprochen. Tja, und jede Menge erfahren.«

»Jetzt sagen Sie nur noch, die beiden Damen haben Tammo Freerksen und Siebo Manninga gekannt«, sagte Scherrmann und machte große Augen.

»Genau. Sie haben sie sogar sehr gut gekannt.«

Scherrmann schien diese Auskunft die Sprache zu verschlagen, denn für eine ganze Weile sagte er gar nichts, sondern starrte auf einen nicht zu definierenden Punkt am Horizont. »Haben Sie Lust auf eine Tasse Kaffee?«, fragte er dann so unvermittelt, dass Büttner leicht zusammenzuckte.

»Gerne«, nickte der.

Wenig später saßen sie erneut auf Scherrmanns Terrasse und ließen sich ihren Kaffee schmecken, während auf einer gemähten Wiese unweit von ihnen ein Traktor mit Heupresse und Anhänger auf und ab fuhr und den Duft von frisch gepressten Heuballen zu ihnen hinüberwehen ließ. Büttner erzählte ausführlich, was sie im Gespräch mit den alten Damen erfahren hatten. Scherrmann unterbrach ihn kein einziges Mal, sondern hörte schweigend zu und nickte nur ab und zu mal.

»Sie sind also tatsächlich erschossen worden«, sagte er mehr zu sich selbst, als Büttner schließlich am Ende seiner Ausführungen angekommen war. In seine Stirn hatte sich eine tiefe Falte eingegraben. »Wurde jemals bekannt, warum man sie erschossen hat? Ich meine, das macht doch keiner für ein paar Pfund Tee. Da muss doch mehr dahinterstecken.«

Büttner nippte an seinem Kaffee und wiegte dann langsam den Kopf hin und her. »Ja«, sagte er dann, »das ist genau der Punkt, den ich auch nicht verstehe. Schließlich machten die beiden Jungen den Teeschmuggel schon über einen langen Zeitraum. Anscheinend hatten sie sich selbst mit den Zöllnern gut arrangiert. Und dann plötzlich, von einem Tag auf den anderen, werden sie von ebendiesen erschossen. Das entbehrt jeder Logik.«

»Vielleicht war doch mehr im Spiel als ein bisschen Tee«, mutmaßte Scherrmann.

»Kann sein. Aber ich glaube nicht, dass es dabei um irgendwelche anderen Waren ging, die, objektiv gesehen, wertvoller waren als Tee. Ich glaube vielmehr ...«

»Dass es gar nicht die Zöllner waren, die geschossen haben«, vollendete Scherrmann den Satz, und in seiner Stimme lag erstmals ein leichtes Zittern.

Büttner antwortete nicht darauf, sondern lehnte sich mit verschränkten Armen in seinen Gartenstuhl zurück. Ja, dachte er, so musste es gewesen sein. Und die Männer vom Altherrenstammtisch hatten es immer gewusst. Dass sie über all die Jahre ein Geheimnis daraus gemacht hatten, konnte seiner Ansicht nach nur eines bedeuten: Sie hatten dabei ihre Finger im Spiel gehabt. Womöglich hatte sogar einer von ihnen geschossen. Aber warum? Wo war das Motiv?

»Wenn es tatsächlich so war «, sagte Scherrmann in seine Gedanken hinein, »dann muss der Seelenfrieden der alten Herren durch das Auftauchen des Fotos empfindlich gestört worden sein. Zumindest wenn man davon ausgeht, dass es einer von ihnen war, der damals die tödlichen Schüsse abgefeuert hat.«

»Ja«, pflichtete Hasenkrug ihm bei, »es muss irgendwas in ihnen ausgelöst haben. Auf einmal kam die alte Geschichte, die sie über Jahre hinweg verdrängt hatten, wieder an die Oberfläche.«

»Das ist ja alles schön und gut«, meldete sich Büttner zu Wort. »Es erklärt aber immer noch nicht, warum die Herren danach einer nach dem anderen umgebracht werden.«

»Vielleicht wollte einer von ihnen reden, reinen Tisch machen, sich endlich von der Schuld befreien«, vermutete Hasenkrug.

»Ja, eben, einer von ihnen. Aber warum wurden dann noch zwei weitere ermordet? Das macht doch keinen Sinn.« Büttner schüttelte den Kopf. Nein, irgendein Teil fehlte noch in ihrem Puzzle. Aber welches?

»Und wenn es ganz anders war?«, fragte Scherrmann. »Was ist zum Beispiel mit Fenna Krayenborg? Sie hat damals immerhin ihren Verlobten verloren. Vielleicht wusste sie, warum auch immer, dass es nicht die Zöllner gewesen waren, die ihn und seinen besten Freund auf dem Gewissen hatten. Vielleicht hatte auch sie es über all die Jahre verdrängt. Weil sie sich beispielsweise nicht eingestehen wollte, dass sie den Mörder ihres Verlobten geheiratet hatte. Eine Situation, die kaum zu ertragen gewesen wäre. Hinzu kam die Angst vor Lübbo, der sie die ganzen Jahrzehnte hindurch gedemütigt und gequält hat. Ja, womöglich fand sie für sich nur diesen einen Ausweg: Verdrängung.«

»Und dann kam das Foto«, nickte Büttner. »Es hat sie aus der Bahn geschmissen. Ihr Mann hat sie für ihre Reaktion darauf nahezu krankenhausreif geschlagen. Irgendwas hat bei ihr ausgesetzt. Sie sann auf Rache. Nicht nur an ihrem Mann, sondern auch an den Mitwissern. Sie wollte sich endlich zur Wehr setzen.«

»Dazu würde das Gift passen«, sagte Hasenkrug. »Das ist gemeinhin die gängige Methode, die ältere Damen wählen, um sich ihrer tyrannischen oder sabbernden Alten zu entledigen. Aber erschießen? Das traue ich ihr nicht zu. Und jemanden mit einem Spaten den Schädel zu spalten? Ich sehe nicht, wie ihr das hätte gelingen können.«

»Ja, da haben Sie recht«, nickte Scherrmann. »Eine spatenschwingende Fenna Krayenborg ist kaum vorstellbar. Und erst recht keine, die die Leiche erst entkleidet, um sie dann im frisch ausgehobenen Grab ihres Mannes zu entsorgen.«

Büttner ließ einen tiefen Seufzer hören und reckte gähnend die Arme in die Höhe. »Also«, stöhnte er, »halten wir fest: Wir gehen derzeit davon aus, dass die Morde irgendwas mit diesem Foto zu tun haben. Fenna wäre in der Lage gewesen, ihren eigenen Mann um die Ecke zu bringen, kommt aber für die anderen Morde kaum infrage. Es sei denn, sie hat jemanden gefunden, der ihr dabei behilflich ist. Eine weitere Möglichkeit ist, dass einer der Stammtischherren der Mörder ist, weil jemand reden wollte. Aber warum dann drei Morde? Ich muss sagen, meine Herren, jede der Theorien hat ihren ganz eigenen Charme, doch auch ihre ganz eigenen Fragezeichen.«

»Womöglich haben wir uns da auch in irgendwas verrannt. Möglich wäre es immer noch, dass die Morde mit dem Foto gar nichts zu tun haben«, gab Hasenkrug zu bedenken. »Motive gibt es ja auch andere, wie Sie wissen. Da wäre zum Beispiel ...«

»Ja, ja«, winkte Büttner ab. »Das wissen wir alles. Nur: Irgendeinen Weg müssen wir ja verfolgen. Wenn der sich hinterher als Sackgasse herausstellt ... sei's drum. Aber mein Bauch fängt beim Gedanken an das Foto immer noch ganz ungehörig an zu vibrieren. Und dann sind da noch diese Teebeutel, die man bei den Toten gefunden hat und die ja auch irgendeine Bedeutung haben müssen. Im Zusammenhang mit Teeschmuggel wäre die Symbolik klar. Also werden wir zunächst auf diesem Weg bleiben.«

»Gut«, stimmte Scherrmann zu, »das sehe ich genauso.«

»Wie gehen wir vor?« Hasenkrug sah seinen Chef fragend an.

Büttner antwortete zunächst nicht, sondern knabberte nur mit einem Ausdruck höchster Konzentration an einem Keks, den Scherrmann ihm angeboten hatte. »Ich denke, wir müssen uns in die Vergangenheit hineindenken«, sagte er dann. »Wir müssen verstehen, was damals genau passiert ist. Was waren das für Typen, die Krayenborgs, Schepkers und Konsorten, als sie jung waren? Und wer genau waren Tammo Freerksen und Siebo Manninga? Wie war deren Verhältnis zueinander, was gab es für Konflikte, wer war mit wem befreundet? Ja, ich will mehr über die Charaktere der jungen Männer wissen, die nach dem Zweiten Weltkrieg hier in Canhusen gelebt und sich womöglich wegen der Schmugglergeschichte für den Rest ihres Lebens untrennbar aneinandergekettet haben.«

»Dazu müssten wir vielleicht die alten Damen aus dem Café noch mal befragen«, schlug Hasenkrug vor.

»Ja, das auch. Aber zunächst machen wir jetzt was anderes. Herr Scherrmann, steht diese Fotoausstellung noch?«

»Ja, sicher. Noch mehrere Wochen.«

»Meinen Sie, man könnte über die Fotos ein wenig über all die Herren in Erfahrung bringen?«

Scherrmann zuckte die Schultern. »Sicher. Aber wohl eher, wenn Sie jemanden zur Seite haben, der ein bisschen was dazu erzählt. Einen Zeitzeugen sozusagen.«

»Toller Tipp. Nur leider mussten wir schon die schmerzvolle Erfahrung machen, dass es hier nicht so viele alte Menschen gibt, die bereit wären, uns auch nur ansatzweise etwas zu erzählen.«

Scherrmann sog hörbar die Luft ein, dann sagte er: »Doch. Ich denke, einen Menschen gibt es, den man eventuell dazu kriegen könnte. Aber es wird nicht einfach.«

»Ach was«, sagte Büttner und verzog zweifelnd den Mund, »da bin ich aber mal gespannt.«

»Hermine Sanders«, sagte Scherrmann knapp.

»Hermi...«. Büttner sah ihn mit offenem Mund an. »Das ist nicht Ihr Ernst. Diese Frau ist total gaga!«

»Das stimmt«, nickte Scherrmann, »auf ihre Art ist sie gaga. Aber andererseits schiebt sie einen unheimlichen Hass. Das sollte man sich zunutze machen.«

»Ihr Hauptfeind ist aber bereits tot«, gab Hasenkrug zu bedenken, »den kann sie nicht mehr ans Messer liefern.«

»Sie hat in diesem Dorf nur Hauptfeinde«, entgegnete Scherrmann. »Und bedenken Sie, dass sie nach dem Tod ihres Mannes wieder nach Canhusen zurückgekehrt ist. Warum? Masochismus? Nein, ich glaube, dass sie mit all den Menschen, die ihr und ihrem Sohn zeitlebens so böse zugesetzt haben, noch nicht abgeschlossen hat. Sie wartet auf ihre Chance. Und die geben wir ihr nun.«

Büttner sah ihn zweifelnd an. Er erinnerte sich noch gut an die keifende Lady, die ihnen ihren ganzen Hass aus dem Fenster entgegengespuckt hatte. Eigentlich hatte er keine Lust, noch mal mit ihr in Kontakt zu treten. »Und wenn Sie selber die drei Männer auf dem Gewissen hat?«, fragte er. »Ganz ausschließen können wir das nicht. Dann machen wir quasi eine Mörderin zu unserer Komplizin.«

»Für Hermine Sanders gilt das Gleiche wie für Fenna Krayenborg. Wie hätte sie es anstellen sollen?«, wandte Scherrmann ein.

»Vergessen Sie ihren Sohn nicht. Hubert. Er könnte die Morde für sie ausgeführt haben.«

»Ich schätze, das Risiko müssen wir eingehen«, sagte Hasenkrug.

Büttner schaute stirnrunzelnd von einem zum anderen. »Also gut. Versuchen wir es.« Er schlug sich mit beiden Händen auf die Oberschenkel, dann stand er auf. »Na«, sagte er mit einem bitteren Lachen auf dem Weg zum Ausgang, »das wird ein Spaß!«

19

Deike schaute Hubert prüfend an. Sie hatte ihn vor rund einem halben Jahr zum letzten Mal gesehen und sie war erschrocken, wie schlecht er aussah. Eigentlich war Hubert immer ein gut aussehender Mann gewesen, nach dem sich auf der Straße sogar die eine oder andere Frau umsah. Ja, dachte sie bei sich, tatsächlich hätte Hubert beim weiblichen Geschlecht sicherlich gute Chancen gehabt, wäre sein Schicksal anders verlaufen. Die Umstände aber, unter denen er aufgewachsen war, die Ablehnung seiner Mitmenschen, die er schon als kleiner Junge hatte erfahren müssen, sowie die Einsamkeit, unter der er sein ganzes Leben gelitten hatte, hatten ihn jeder Möglichkeit beraubt, auch nur ein halbwegs angenehmes Leben an der Seite einer Frau zu führen.

Deike wusste, dass Hubert sich Hoffnungen gemacht hatte, dass sich alles für ihn zum Besseren wenden würde, als seine Mutter vor einigen Jahren geheiratet hatte. Er hatte gehofft, sich nun endlich aus ihren Klauen befreien zu können. Aber sie hatte es nicht zugelassen. Vielmehr hatte schnell das Gerücht die Runde gemacht, dass sie ihn einmal bei einer Verabredung mit einer jungen Frau in einem Café erwischt und ihn unter Flüchen und vor den entsetzten Augen seiner Angebeteten aus der Tür geprügelt habe. Ob das so stimmte, wusste kein Mensch. Aber klar war, dass dies Huberts letztes Date gewesen war und er sich seither in der Öffentlichkeit nie wieder mit einer Frau hatte sehen lassen. Nur kurz darauf hatte sein Stiefvater unter nicht näher bekannten Umständen das Zeitliche gesegnet. Hermine war in ihr Haus nach Canhusen zurückgekehrt und hatte Hubert wieder unter ihre Fittiche genommen.

Nun saß er da, zusammengesunken in einem alten, abgeschabten Sessel, hatte die Hände vor sein blasses, verhärmtes Gesicht geschlagen und schüttelte immer wieder den Kopf.

»Nein, Deike, das hat doch alles keinen Sinn«, sagte er müde, lehnte sich laut aufseufzend zurück und strich sich mit einer fahrigen Bewegung durch sein volles, glanzloses Haar.

»Das sehe ich anders, Hubert«, erwiderte Deike und sah ihn eindringlich an. »Jetzt, wo Lübbo tot ist, wird sich hier vieles verändern. Keiner muss mehr Angst vor ihm haben. Fenna nicht, ich nicht, du nicht. Verstehst du, Hubert, Lübbo ist tot und bei allem, was wir jetzt tun, können wir ihm den Stinkefinger zeigen, können uns über ihn lustig machen, ihn verhöhnen, wann immer wir Lust dazu haben. Er kann uns nichts mehr tun. Er ist tot, Hubert. Tot!« Bei den letzten Worten war Deike von ihrem Stuhl aufgesprungen und hatte wie befreit die Arme in die Luft gerissen. Nun sah sie Hubert mit einem breiten Grinsen an. »Es ist nie zu spät, Hubert, glaub mir, für ein neues Leben ist es nie zu spät.«

»Ach, Deike«, seufzte Hubert, »ich ...«, setzte er an, ließ sich dann aber kraftlos in seinen Stuhl zurücksinken. »Er ... hat mich immer verprügelt, als ich klein war«, sagte er dann leise und sah Deike mit zusammengekniffenen Augen an. »Hast du das gewusst?«

Deikes Grinsen war plötzlich wie weggewischt. »Lübbo? Er hat dich verprügelt?«, fragte sie verwirrt. »Aber ... ich denke, er hat dich nicht einmal angesehen.«

»Das war die offizielle Version. Ich habe versucht, ihm aus dem Weg zu gehen. Aber manchmal, da ... hat er mich doch erwischt. Und dann hat er mich hinter irgendeine Mauer gezerrt und hat mich grün und blau geschlagen. Einfach nur so, weil ich da war. Ich hatte nichts getan. Ich war ... einfach nur da.«

»Davon habe ich nichts gewusst«, flüsterte Deike und sah ihn entsetzt an. »Wir dachten ... deine Mutter hätte dich ...«

»Ja, das dachten alle. Und ganz unrecht hatten sie ja auch nicht. Auch meine Mutter hat mich immer mal wieder geschlagen. Aber niemals so. Nein, niemals so wie Lübbo. Ich dachte jedes Mal, er bringt mich um. Ich dachte, er schlägt mich tot, einfach so, wie er die Ratten totschlug, die ihm im Stall über den Weg liefen.«

»Du hättest es mir sagen müssen«, flüsterte Deike. »Ich hätte ...«

»Was? Was hättest du, Deike?«, fragte Hubert barsch. »Nein, auch du hättest nichts dagegen tun können. Wie denn auch, du warst ihm doch genau so ausgeliefert wie alle anderen. Er hätte dich genau so grün und blau geschlagen, wenn du auch nur ein Wort gesagt hättest. Und das ... ich hätte niemals was gesagt, was dir hätte schaden können, Deike, das weißt du.«

Deike nickte, und Tränen traten ihr in die Augen. Sie wusste, dass er die Wahrheit sagte. Schon immer war sie, Deike, Huberts einzige Freundin und Vertraute gewesen. Als kleines Mädchen schon hatte sie sich zu ihm geschlichen und hatte heimlich mit ihm hinter dem Haus gespielt. Sie hatten im Sandkasten Burgen gebaut oder sich einfach nur Geschichten erzählt. Sogar eine kleine Schatzkiste hatten sie gehabt, in der sie alles aufbewahrt hatten, was ihnen wichtig gewesen war. Und auch, als sie erwachsen geworden waren, hatte Deike den Kontakt zu Hubert nie abreißen lassen. Sobald sie in Canhusen gewesen war, hatte sie es so eingerichtet, dass sie sich sehen konnten. Und das war bis zum heutigen Tag so geblieben. Ja, auch wenn man Deike wie allen anderen Kindern strikt verboten hatte, mit Hubert auch nur einen Satz zu sprechen, so hatte sie sich über dieses Verbot von Anfang an hinweggesetzt. Selbst im Schulbus hatte sie sich ab und an neben ihn gesetzt, was die anderen Kinder zu viel Getuschel veranlasst hatte. Aber niemals hatte sie jemand verraten. Kein einziges von den Kindern war jemals zu seinen Eltern gelaufen und hatte gepetzt. Insgeheim, das wusste Deike, hatten sie das kleine mutige Mädchen, das sich traute, sich über die Anweisungen ihres Vaters, des tollwütigen Lübbo Krayenborg, hinwegzusetzen, sogar bewundert. Überhaupt war das quirlige rotblond gelockte Mädchen überall beliebt gewesen, und keiner hatte es riskieren wollen, ihre Freundschaft zu verlieren. Und das wäre unweigerlich und unwiderruflich geschehen, wenn sie herausgefunden hätte, dass irgendjemand sie und Hubert verraten hätte. Sie hatte es ihnen von Anfang an allen klargemacht.

»Sag mal, Hubert«, fragte Deike unvermittelt und wischte sich mit den Fingern über die Augen, »kann es sein, dass Mirko dir vor einigen Monaten über den Weg gelaufen ist?«

Über Huberts Gesichts schlich sich ein kaum sichtbares Grinsen. »Wie kommst du drauf?«

»Ich hörte, ihm habe jemand in dunkler Nacht mehrmals so kräftig in die Familienplanung getreten, dass er mit seiner neuen Freundin vermutlich niemals Kinder haben wird.«

»Ach«, sagte Hubert und sein Grinsen wurde breiter, »das war Mirko? Habe ihn im Dunkeln gar nicht erkannt.«

»Er dich zum Glück auch nicht.«

»Ja, blöd, war irgendwie meinem Knie im Weg, der Kerl.« Huberts Gesicht wurde wieder ernst. »Er hat dich betrogen, Deike. Und nicht nur einmal, dieses Schwein. Er hat dir wehgetan. Das macht keiner ungestraft.«

»Ich bin drüber weg. Seit der Scheidung geht's mir viel besser.«

»Das ist gut. Gibt es ... einen Neuen?«

Deike wiegte den Kopf hin und her. »Kann sein. Ist aber noch nicht sicher.«

»Ich wünsch dir Glück.«

»Ich weiß«, sagte Deike und strich Hubert über den Kopf. »Ich dir auch.«

»Was machen Sie denn da?«, fragte eine bestimmt klingende Stimme hinter Deike, und sie drehte sich langsam um. Sie war nach Anbruch der Dunkelheit mit Hubert zu einem Spaziergang aufgebrochen und zum Friedhof gegangen. Nun saßen sie vor dem Grab ihres Vaters im Gras.

»Wonach sieht's denn aus?«, fragte Deike mit hochgezogenen Brauen zurück, während Hubert starr geradeaus schaute.

»Sie spucken auf das Grab Ihres Vaters«, sagte Hauptkommissar Büttner gedehnt und stützte sich an einen Grabstein.

»Echt?«, fragte Deike und spuckte wieder aus. »Das ist die letzte Ruhestätte meines Vaters? Konnte ja keiner ahnen, steht ja nirgends. Möchten Sie auch 'ne Zwetschge, Herr Kommissar?« Sie hielt ihm einen kleinen Eimer hin, der mit den süßen Früchten halb gefüllt war.

»Danke.« Büttner nahm sich gleich zwei. Er aß Zwetschgen für sein Leben gern, und diese hier sahen köstlich aus.

»Wusste gar nicht, dass Sie sich so gut verstehen«, schmatzte er und zeigte mit einem Kopfnicken auf Hubert, der ihn noch immer keines Blickes gewürdigt hatte.

»Sie wissen sowieso noch nicht sehr viel, wie man hört«, konterte Deike. »Sind Sie deswegen zu so später Stunde noch hier unterwegs?«

»Vielleicht können Sie mir ja helfen?«

»Wobei?« Wieder flog ein Zwetschgenstein auf das frisch eingeebnete Grab, gleich gefolgt von einem zweiten, der aus Huberts Richtung kam.

»Wollen Sie hier später Zwetschgen ernten, oder warum säen Sie die Kerne hier so zahlreich aus?«

»Keine Chance. Zu schlechter Dünger. Total übersäuert hier, wie man hört.«

»Sie haben nicht viel Respekt vor einem toten alten Mann, der noch dazu Ihr Vater war«, stellte Büttner nüchtern fest und griff nochmals in den Eimer.

»Könnte dran liegen, dass er auch nicht viel Respekt vor einem lebenden kleinen Mädchen hatte«, entgegnete Deike. »Und vor einem lebenden kleinen Jungen schon gar nicht«, fügte sie mit einem kurzen Blick auf ihren Halbbruder hinzu.

»Wo waren Sie denn, als Ihr Vater ermordet wurde, Herr Sanders?«, wandte sich Büttner nun an Hubert.

»Welcher Vater?«, kam ein Knurren zurück.

»Ich hätte gerne Ihr Alibi, Herr Sanders«, sagte Büttner bestimmt.

»Er war bei mir«, beeilte sich Deike zu sagen.

»Bei Ihnen? In Oldenburg?«, hakte Büttner ungläubig nach.

»Warum nicht?«

»Ich war zu Hause. Alleine«, sagte Hubert.

»Bei allen drei Morden? Sind Sie sicher?«

»Ich bin immer zu Hause. Alleine. Warum sollte es an diesen Tagen anders gewesen sein?«

»Sie vergeuden hier Ihre Zeit, Herr Kommissar«, sagte Deike und spuckte aus, diesmal jedoch in hohem Bogen über den Zaun. »Wir haben keinen von den Herren umgebracht. Aber wenn Sie denjenigen finden, der es getan hat, dann beglückwünschen Sie ihm dazu. Hat er ganz prima gemacht. Wirklich, ganz prima. Findest du nicht, Hubert?«

»Ganz prima«, sagte der knapp und entließ gleich darauf einen ganzen Stoß Kerne auf einmal aus seinem Mund.

»Sie hätten ein wunderbares Motiv gehabt, Ihren ... Lübbo Krayenborg umzubringen, Herr Sanders«, ließ Büttner nicht locker.

»Nicht nur eins«, brummte Hubert.

»Haben Sie es für Ihre Mutter getan?«

Zum ersten Mal drehte sich Hubert zu Büttner um und musterte ihn von oben bis unten. Er sagte jedoch nichts, sondern wandte sich schweigend wieder seinen Zwetschgen zu.

»Ich glaube, ich mach dann mal Feierabend«, sagte Büttner und stieß einen tiefen Seufzer aus.

»Prima Idee«, sagte Deike, und Hubert nickte.

»Sie halten sich bitte beide zu meiner Verfügung.«

»Sicher. Schlafen Sie schön, Herr Kommissar.«

»Wo kann ich Sie erreichen?«

»Ich wohne zurzeit bei Luise Alberts.«

»Der Tierärztin?« Büttner sah sie erstaunt an.

»Ja.«

»Sind Sie befreundet?«

»Ja.«

»Das ist ja interessant.«

»Wüsste nicht, was daran so besonders interessant sein soll. Haben Sie keine Freunde, Herr Kommissar?«

»Ich komme dann wieder auf Sie zu.« Damit drehte sich Büttner um und ging seinem Feierabend entgegen.

20

»Aua!« Sebastian Hasenkrug verzog schmerzhaft das Gesicht und schob sich den rechten Zeigefinger in den Mund. Sofort bemerkte er angewidert den eisenhaltigen Geschmack des Blutes.

»Wehgetan?«, fragte Büttner mit hochgezogenen Brauen und schaute auf die kleine Plastikdose, in der Dutzende Stecknadeln mit bunten Köpfen lagen. Er hatte seinen Assistenten gebeten, das notdürftig wieder zusammengeklebte Foto von Siebo Manninga und Tammo Freerksen an die Fotowand zu pinnen.

»Hab mich an den verschissenen Stecknadeln gestochen«, jammerte Hasenkrug und streckte ihm den verletzten Finger entgegen, aus dem aus einer kleinen Wunde das Blut rann.

Büttner zuckte mit den Schultern. »Hat Ihnen ja keiner gesagt, dass Sie mal ordentlich zulangen sollen. Und so schlimm wird's schon nicht sein, ich denke, dass wir diesmal noch von einer Amputation absehen können.«

»Was stellt denn der sich so an?«, keifte Hermine Sanders. »Ist ja wirklich 'ne Schande, mit was für Waschlappen man es heutzutage bei der Polizei zu tun hat. Also, früher war das nicht so. Ich erinnere mich ...«

»Womit wir beim Stichwort wären«, fuhr Büttner schnell dazwischen. »Nett von Ihnen, Frau Sanders, dass Sie uns ein wenig bei der Suche nach unserem Mörder behilflich sein wollen.«

»Falsch!«, unterbrach nun Hermine Sanders ihrerseits den Hauptkommissar. »Ihr Mörder interessiert mich einen Scheißdreck. Der soll die anderen zwei Drecksäcke, Lampe und Buurmann, ruhig auch noch um die Ecke bringen, wäre längst überfällig. Ich will Ihnen einfach nur mal erklären, mit was für Arschlöchern wir es hier über Jahrzehnte zu tun hatten. Nur deswegen bin ich hier und aus keinem anderen Grund. Damit das gleich klar ist. Vielleicht«, presste sie aus zusammengekniffenen Lippen hervor, »vielleicht geben Sie sich bei der Suche nach den Mördern dann ja nicht mehr ganz so viel Mühe. Wenn Sie mich fragen, verdient er eher einen Orden als einen Aufenthalt im Knast.«

»Nun, danach haben wir Sie aber nicht gefragt«, stieß Hasenkrug, der der alten Frau die Bemerkung mit dem Waschlappen sehr übel nahm, gallig hervor, wurde aber gleich darauf von seinem Chef mit einem warnenden Blick bedacht. Sie konnten es sich nicht leisten, dass Hermine Sanders es sich anders überlegte und ging. Schließlich war es schwer genug gewesen, sie überhaupt hierher zu bekommen. Schreiend und keifend hatte sie wieder an ihrem Fenster gestanden, als die Polizisten mit ihr sprechen wollten. Sie hatten ihren Plan gerade aufgeben wollen, als zufällig Krayenborgs Tochter Deike vorbeigekommen war und sich eingemischt hatte. Büttner hatte sie auffordern wollen, wieder zu gehen, denn er hatte sich bis dahin nicht vorstellen können, dass es ausgerechnet einem von Lübbos Familie gelingen sollte, die alte Frau zur Mitarbeit zu überreden. Aber zu seiner Überraschung hatte sich bei Deikes Anblick sogar ein Lächeln auf das Gesicht der betagten Dame geschlichen, und sie hatte ihr aufmerksam zugehört. Dann hatte sie wortlos genickt, ihre Tasche genommen und war zu den Polizisten ins Auto gestiegen.

Büttner räusperte sich vernehmlich. Er wollte nun endlich damit beginnen, die Fotowände der Reihe nach abzulaufen und sich erklären lassen, wer darauf zu sehen war und in welchem Verhältnis diese Personen zueinander standen. Am meisten interessierte ihn natürlich die Generation von Lübbo Krayenborg und Konsorten, denn irgendwo hier musste ein Geheimnis schlummern, das die Polizisten bisher noch nicht hatten lüften können und das womöglich in einem unmittelbaren Zusammenhang mit den Morden stand.

»Frau Sanders«, sagte Büttner und deutete auf die Fotowände, »ich würde zunächst einmal gerne erfahren, was Sie über den Tod von Siebo Manninga und Tammo Freerksen wissen.«

Hermine Sanders, die sich gerade von ihrem Stuhl erhoben hatte, um sich zu den Stellwänden zu begeben, stockte in ihrer Bewegung und wurde, wie Büttner wahrzunehmen meinte, um eine Spur blasser. »Was wissen Sie über Siebo und Tammo?«, presste sie dann heiser hervor.

»Sie haben die beiden also gekannt?«

»Ja, sicher habe ich sie gekannt, Tammo war schließlich mein Cousin.«

Büttner sog hörbar die Luft ein. »Sie waren mit Tammo Freerksen verwandt? Hatten Sie ein enges Verhältnis zu ihm?«

»Ja. Unsere Mütter waren Schwestern. Tammo und ich und unsere anderen Brüder und Schwestern waren wie Geschwister. Unsere Väter sind früh gestorben. Unsere Mütter sind dann mit ihrer Kinderschar zusammengezogen, um sich gegenseitig zu unterstützen.«

Hauptkommissar Büttner nickte. Er war verwundert, wie zivilisiert sich die alte Frau plötzlich ausdrücken konnte. Sie machte auf ihn nun gar keinen primitiven Eindruck mehr, sondern er war sich sicher, dass sie eigentlich eine ganz intelligente Frau war. Eine Frau, die vermutlich nur durch die unglücklichen Umstände, in der sie nach der Geburt ihres unehelichen Sohnes ihr Leben verbringen musste, zu der keifenden Alten geworden war, als die sie sich ihnen bei ihren ersten Begegnungen präsentiert hatte.

»Dann muss Ihnen der brutale Tod von Tammo sehr wehgetan haben«, hakte nun Hasenkrug nach.

»Ja. Es war furchtbar.« Hermine Sanders schüttelte langsam den Kopf und ließ sich schwer wieder auf ihren Stuhl fallen. Sie kramte eine Tüte Karamellbonbons aus der Tasche und schob sich einen in den Mund. Büttner sah sie neidisch an. Er hätte auch gerne einen Bonbon gehabt, fand es aber unangemessen, danach zu fragen. Und Hermine Sanders machte zu seinem Bedauern keine Anstalten, ihm einen anzubieten. »Aber am schlimmsten war es damals für Fenna«, fuhr die alte Frau schmatzend fort. »Sie und Tammo waren so verliebt. Sie standen kurz vor ihrer Hochzeit damals. Fenna war danach nicht mehr die alte. Es war, als hätte sie selbst mit dem Leben abgeschlossen.«

»Sie hat dann Lübbo Krayenborg geheiratet.«

»Ja«, bestätigte Hermine Sanders, und ein Schatten fiel über ihr Gesicht. »Lübbo war schon immer scharf auf Fenna gewesen. Ständig hat er ihr den Hof gemacht. Es war ... widerlich.« Das letzte Wort spuckte sie förmlich aus, so, als hätte sie soeben etwas Ungenießbares gegessen.

»Kann es sein, dass Sie damals selber in Lübbo verliebt waren?«, wagte Büttner einen Schuss ins Blaue.

Hermine Sanders wandte sich dem Hauptkommissar zu und sah ihn lange an. »Ja«, sagte sie dann mit belegter Stimme, »Lübbo und ich waren ein Paar damals.«

»Sieh an«, meldete sich Hasenkrug zu Wort, »dann müssen Sie ja ziemlich verärgert darüber gewesen sein, dass Lübbo Fenna ständig den Hof machte.«

»Natürlich hat mich das geärgert. Aber ich hab nicht gedacht, dass er es so ernst meint. Ich dachte, er will nur ... na, Sie wissen schon. Außerdem drohte ja keine Gefahr. Wie gesagt, Fenna hatte ja nur Augen für Tammo.«

»Dann aber war Tammo tot und Lübbo hat seine Chance gewittert. Und er hatte Erfolg. Fenna hat ihn geheiratet.«

»Ja, sie hat ihn geheiratet«, sagte Hermine Sanders kaum hörbar.

»Aber sie ist nicht glücklich mit ihm geworden«, stellte Hasenkrug fest.

»Nein.«

»Das muss für Sie doch eine wahre Genugtuung gewesen sein.«

»Für mich? Pah!« Plötzlich kehrte Hermine Sanders wieder zu ihrem altbekannten Temperament zurück und richtete sich kerzengerade auf. »Was wissen denn Sie, Herr Kommissar!«, plärrte sie Büttner an, fiel aber dann so plötzlich wieder in sich zusammen, als hätte jemand die Luft aus ihr herausgelassen. »Der Tod von Tammo und Siebo hat uns alle unglücklich gemacht«, sagte sie kläglich. »Ja, er hat uns alle unglücklich gemacht.«

»Was meinen Sie damit?«, hakte Büttner nach.

Hermine Sanders schien zunächst nicht antworten zu wollen, sondern starrte minutenlang nur auf ihre Füße. Gerade als Hasenkrug etwas sagen wollte, begann sie jedoch wieder zu reden. »Fenna hat Lübbo nicht aus Liebe geheiratet. Sie ...«

»... liebte nur ihren Tammo, ja, das wissen wir inzwischen«, sagte Hasenkrug entnervt, zuckte aber gleich darauf zusammen, weil sein Chef eine unmissverständliche Geste in seine Richtung machte, die ihm bedeutete, dass er gerade mit seinem Leben spielte.

Zum Glück hatte sich Hermine Sanders von seinem Zwischenruf nicht beeindrucken lassen, sondern fuhr mit leiser Stimme fort: »Fenna war schwanger, nur deswegen hat sie Lübbo geheiratet.«

»Ach«, rief Büttner aus, »das ist ja interessant! Dann ist die älteste Tochter gar nicht ...«

»Nein. Kirsten ist nicht Lübbos Tochter. Er hat es ziemlich schnell herausbekommen, schließlich konnte er rechnen, und außerdem hat sich das ganze Dorf über die angebliche Frühgeburt das Maul zerrissen.«

»Und damit begann Lübbos Karriere als prügelnder Ehemann.«

»Ja. Er hat Fenna für ihren Betrug bitter büßen lassen. Aber er hat sie nicht nur geprügelt. Er hat sie auch nach Strich und Faden betrogen.« Hermine Sanders schnappte nach Luft, und für einen kurzen Moment dachte Büttner, die alte Frau würde anfangen zu hyperventilieren. Aber sie hatte wohl nur Anlauf für ihren nächsten Satz genommen, den sie dann regelrecht aus sich herausschrie: »Er hat sich durch alle Betten gevögelt, dieses Schwein«, kreischte sie, »und wenn ich sage, durch alle Betten, dann meine ich auch ›durch alle Betten‹!«

»Auch durch Ihres«, stellte Hasenkrug trocken fest und erntete dafür einen hasserfüllten Blick. »Ja«, sagte die alte Frau dann, »fast jeden Abend kam er angekrochen, hat einen auf unverstandenen und gehörnten Ehemann gemacht und hat mir immer wieder erzählt, er würde sich von Fenna scheiden lassen. Er würde zu mir zurückkommen, hat er gesagt, und mit mir eine Familie gründen.«

»Was er dann aber nicht tat.« Büttner bekam plötzlich Mitleid mit der Frau. Sie war auf diesen Kerl hereingefallen, weil sie ihn liebte und ihm geglaubt hatte, als er ihr ein Heiratsversprechen machte.

»Nein. Natürlich nicht. Er hat mir immer weisgemacht, dass er Fenna gar nicht mehr beachten würde, dass sie Luft für ihn sei. Aber dann wurde Fenna wieder schwanger. Deike kam auf die Welt und es bestand kein Zweifel daran, dass sie Lübbos Tochter war. Inzwischen war auch ich schwanger, Hubert wurde nur drei Monate nach Deike geboren. Ich flehte Lübbo an, sein Versprechen zu halten und Fenna zu verlassen, aber er ...« Hermine Sanders ließ den Kopf auf die Brust fallen und flüsterte: »Aber er hat mich nur ausgelacht und gesagt, wie ich nur auf eine so hirnrissige Idee kommen könne. Er wisse ja nicht einmal ...«, sie schluckte, »ob dieser Bastard wirklich von ihm sei.« Sie sah zu Büttner hoch, und in ihrem Blick lag etwas Flehendes. »Aber gucken Sie sich Hubert doch an. Er ist das

Ebenbild von Lübbo und außerdem ... habe ich doch nie einen anderen Mann gehabt.«

Büttner schaute die alte Frau betreten an, und auch Hasenkrugs bis dahin überhebliche Miene wich nun echter Betroffenheit. Für eine ganze Weile sagte keiner ein Wort, schließlich aber fuhr Büttner in ruhigem Tonfall fort: »Gut, so weit ist die Geschichte einleuchtend. Trotzdem aber würde ich gerne noch ein wenig mehr zum Tod von Tammo Freerksen und Siebo Manninga erfahren. Wir wissen, dass die zwei auf einer Schmuggeltour, bei der sie Tee aus dem Ruhrgebiet holten, erschossen worden sind. Angeblich von Zöllnern. An dieser Version haben wir jedoch, angesichts der Ereignisse hier in Canhusen, inzwischen Zweifel.« Mit diesen Worten nahm Büttner das alte, zusammengeklebte Schwarz-Weiß-Foto wieder von der Stellwand und reichte es Hermine Sanders. »Wissen Sie vielleicht Genaueres darüber, Frau Sanders?«

Hermine Sanders sah sich das Bild lange an, und ein Lächeln schlich sich auf ihr Gesicht. »Da ist es diesem Drecksack also doch nicht gelungen, alle Fotos zu vernichten«, sagte sie und zeigte dann auf Tammo. »Ich bin sicher, dass Lübbo ihn auf dem Gewissen hat, ich kann es aber leider nicht beweisen. Er hat immer behauptet, in der Nacht, als es passierte, mit seinen Freunden zusammen gewesen zu sein, und die haben es natürlich bestätigt.«

»Warum natürlich?«, hakte Büttner nach.

»Weil die sich bei jeder Drecksgeschichte gegenseitig ein Alibi gegeben haben.«

»Sie meinen, die haben noch mehr auf dem Kerbholz?«

»Natürlich haben die das. Wenn Sie mich fragen, ist das die reinste Mafia.«

»Klingt so, als hätten damit viele Menschen ein Motiv, sie ins Jenseits zu befördern.«

»Sie werden sie nicht an ihren zwei Händen abzählen können, Herr Kommissar. Dass es aber diese Tierärztin gewesen sein soll ... nee, da haben Sie voll in Scheiße gegriffen, da bin ich sicher.«

»Was wissen Sie über die Geschichte?«

»Nur das, was Deike mir erzählt hat.«

»Sie mögen Deike.«

Hermine Sanders nickte. »Deike war schon immer ein liebes und mutiges Mädchen. Sie kommt ganz nach ihrer Mutter. Deike war die Einzige, die sich schon als Kind um meinen Hubert gekümmert hat. Sie hat sich einen Dreck darum geschert, was ihr Vater dazu zu sagen hatte. Alle anderen haben ihn geschnitten, aus Angst, sie könnten Ärger mit Lübbo bekommen.«

»Auch Deike hat sehr unter ihrem Vater gelitten, wie wir gehört haben.«

»Ja, er hat auch sie verprügelt, genauso, wie er ständig an Fenna dran war. Genauso, wie er ständig an jedem seiner Familie dran war. Aber Deike hat sich zur Wehr gesetzt. Sie hat ihm den Stinkefinger gezeigt, von Anfang an. Ja, sie war ein mutiges Kind.«

»Jetzt kommen wir nochmals auf die anderen Herren zu sprechen. Johann Schepker und Gustav Grensemann sind tot. Was ist mit Rudolf Lampe und Menno Buurmann? Was sind das für Typen?«

Hermine Sanders erhob sich schwerfällig von ihrem Stuhl und ging langsam auf eine der Fotowände zu. Erst jetzt fiel David Büttner auf, dass sie leicht humpelte. Sie schien Probleme mit ihrem rechten Bein zu haben. Beim Gehen verzog sie ab und an schmerzhaft das Gesicht. Nein, dachte er, zumindest für den Mord an Gustav Grensemann konnte sie nicht verantwortlich sein, denn sie wäre wohl kaum in der Lage gewesen, einen Spaten mit Wucht auf dessen Schädel niedersausen zu lassen.

Die alte Frau nahm ein Foto von der Wand, betrachtete es für eine Weile und legte es dann auf den Tisch. Büttner und Hasenkrug beugten sich darüber und schauten es sich an. Sie sahen einen jungen Mann mit einer zierlichen, eher schüchtern wirkenden Frau und zwei kleinen Mädchen an seiner Seite. Der Mann trug eine Nickelbrille und strahlte voller Stolz in die Kamera.

»Ist das Rudolf Lampe?«, fragte Büttner und tippte auf das Bild.

»Ja. Das ist Rudi. Der kleine Rudi. Ein Mitläufer. Wenn Sie mich fragen: eine ganz arme Sau. Er wollte immer dazugehören, deswegen hat er alles gemacht, was die ihm gesagt haben. Hatte es nicht leicht damals, als Flüchtlingskind.«

»Hier auf diesem Bild scheint er ganz glücklich zu sein.«

Hermine Sanders zuckte die Schultern. »Ja, wenn er bei seiner Frau und seinen beiden Mädchen war, dann ging es ihm gut. Sie sind heute noch sein ganzer Stolz. Die Mädchen meine ich. Henriette ist ja schon tot.«

»Henriette war seine Frau?«

»Ja, seine erste. Er hat dann wieder geheiratet. Edeltraud.«

»Woran ist Henriette gestorben?«

»Krebs. Ist noch gar nicht so lange her, sechs Jahre vielleicht.« Sie legte ein weiteres Foto auf den Tisch. Auch dieses zeigte einen jungen Mann, der neben einer jungen Frau stand. Er hatte seine Arme um ihre Hüften geschlungen und strahlte, im Gegensatz zu Rudolf Lampe, nicht stolz, sondern eher siegesbewusst in die Kamera. »Das ist Menno Buurmann«, sagte Hermine Sanders knapp.

»Auch er scheint mächtig stolz auf seine Frau gewesen zu sein«, bemerkte Hasenkrug.

»Pah!«, machte Hermine Sanders nur.

»Sie sehen das anders?«

»Es war anders. Ich will nicht sagen, dass Menno nicht stolz auf seine Marianne war. Aber ... nun ja, anders stolz als Rudolf

Lampe auf Henriette. Menno hat Marianne immer mehr als seine Eroberung, seinen Besitz betrachtet. Er hat sie Mariana genannt, und so hat er sie auch behandelt.«

»Was soll das heißen?«

»Er hat sie zu seiner Nutte gemacht«, sagte die alte Frau knapp.

Büttner schluckte und sah sie irritiert an. »Was genau meinen Sie damit?«

»Das, was ich sage. Mariana war seine Nutte.«

»Er ... hat sie zur Prostitution gezwungen?«, fragte Büttner heiser. Seine Kehle spürte sich plötzlich ganz trocken an. Er sah mit gerunzelter Stirn zu Hasenkrug hinüber, der verlegen vor sich hin hüstelte. Die vermeintliche Idylle des kleinen Dorfes wurde hier nun endgültig ad absurdum geführt.

»Nun, sagen wir mal, sie war sein Preisgeld. Immer wenn einer von den anderen Jungs etwas Besonderes für ihn erledigt hatte oder er sie bei Laune halten wollte, dann hatte er einen Schuss frei.«

»Einen ... Schuss ...« Büttner starrte sie mit offenem Mund an. Er konnte kaum glauben, was er da hörte. Er sah sich die junge Frau mit dem leicht melancholischen Blick nochmals genauer an. Ja, sie war sehr hübsch, hatte einen schlanken Körper mit recht üppiger Oberweite, ausladenden Hüften und wohlgeformten Beinen. Ihr Gesicht und ihre Arme zeigten allerlei Sommersprossen. »Hatte sie rote Haare?«

»Ja. Wunderschöne rote Locken. Sie war eine echte Exotin. Die Männer hatten ... viel Spaß an ihr.« Hermine Sanders verzog bei diesen Worten säuerlich das Gesicht.

»Aber warum haben die anderen Männer das mitgemacht? Ich meine, sie waren doch alle verheiratet und ... und warum hat die junge Frau sich nicht gewehrt?«

»Gegen Menno setzte man sich nicht zur Wehr. Menno konnte dann sehr brutal werden, wenn irgendwas nicht nach seinem Kopf ging. Er hat sich seine Marianne gefügig gemacht, da können Sie sicher sein. Sie hat sich nicht mehr getraut, auch nur ›papp‹ zu sagen. Und die anderen Jungs? Nun, die waren doch alle scharf auf Mariana. Sie war mal mit Handlungsreisenden zu uns ins Dorf gekommen. Menno hat ihr gleich den Kopf verdreht, er hat sie umgarnt, den großen Charmeur gespielt. Ihr Vater hat nicht lange gezögert, als Menno ihm viel Geld geboten hat. Wissen Sie, Mennos Familie war immer sehr wohlhabend. Sie konnte sich alles leisten, sogar Mariana.«

»Er hat sie ihrem Vater einfach abgekauft?«, fragte Hasenkrug ungläubig.

»Ja, letztlich schon. Aber er hat sich vorher noch mit Marianas damaligen Verlobten geprügelt. Früher hätte man gesagt, sie haben sich duelliert. Mariana war das Preisgeld. Menno hat den Kampf gewonnen und sie dann eben noch mit Geld freigekauft.«

»Und Mariana hat sich das widerspruchslos gefallen lassen?«

»Sie stand daneben und hat immer wieder lautstark gelacht, wenn Menno mit der Faust einen Treffer gelandet hatte. Sie war damals total vernarrt in Menno. Das arme Ding, sie wusste ja nicht, dass sie einen Pakt mit der Hölle geschlossen hatte.«

»Aber normalerweise lässt ein Mann seine Frau doch nicht einfach ... ich meine, hat es ihm denn nichts ausgemacht, wenn Mariana mit anderen Männern, mit seinen besten Freunden ...?« Büttner stockte. Ihm fehlten buchstäblich die Worte.

Hermine Sanders schüttelte den Kopf. »Nein, ganz im Gegenteil. Er verspürte dabei einen gewissen ... Lustgewinn. Er genoss es geradezu, wenn er wusste, dass andere Männer mit seiner Frau schliefen.«

»Sie hätten Nein sagen können«, stieß Hasenkrug bitter hervor.

»Ich glaube, Rudolf Lampe hat es auch getan. Ja, ich bin mir fast sicher, dass er Mariana nie angerührt hat. Aber die anderen waren da nicht so zurückhaltend. Ich sagte ja bereits, dass Lübbo sowieso alles vernascht hat, was nicht bei drei auf den Bäumen war. Na, und die anderen zwei ... waren eben Mennos Lakaien, was will man machen?«

»Aber ich hatte bisher angenommen, dass Lübbo Krayenborg hier der Dorftyrann war. Nun scheint mir aber, dass Menno Buurmann ihm in nichts nachstand.«

»Menno hat sein Ding zu Hause durchgezogen, ist regelmäßig zum Boxen gegangen und hat viel Sport gemacht. Damit war er zufrieden. Lübbo aber brauchte Aufmerksamkeit. Er brauchte Respekt. Und das holte er sich in der Öffentlichkeit.«

»Was ist aus Mariana geworden?«, fragte Büttner. »Ich erinnere mich, dass Buurmann sagte, sie sei seit dreißig Jahren tot.«

»Ja, das ist sie. Es heißt, sie habe sich umgebracht.«

»Selbstmord?«

»So war zumindest die offizielle Version.«

»Sie glauben nicht daran?«

»Grund genug hätte sie ja gehabt, ihrem Leben ein Ende zu setzen. Aber ... nein, ich glaube, dass Menno sie umgebracht hat.«

»Hm.« Büttner sah die alte Frau prüfend an. »Wie ist sie denn gestorben?«

»Angeblich hat sie sich erschossen. Auf dem Gewehr waren ihre Fingerabdrücke, alles sah nach Selbstmord aus.«

»Und warum glauben Sie, dass es anders war?«

»Gleich nach der Beerdigung zog eine neue Frau bei Menno ein. Angeblich seine Haushälterin, sie ging schon vor Marianas Tod dauernd ein und aus. Aber«, Hermine Sanders hob ihren Zeigefinger in die Höhe, »seit wann sind Haushälterinnen nur knapp über zwanzig und haben die Maße neunzig-sechzig-neunzig? Wissen Sie, Mariana hatte inzwischen ziemlich zugelegt, gewichtsmäßig, meine ich. Ich glaube ja, dass sie das absichtlich gemacht hat, um für die Kerle nicht mehr attraktiv zu sein. Außerdem hatte sie vier Kinder ausgetragen. Tja, und da hat sich Menno eben geeigneten Ersatz besorgt.«

»Hat er diese Frau geheiratet?«

»Ja.« Auf Hermine Sanders Gesicht zeigte sich ein breites Grinsen. »Aber nach einem halben Jahr hat sie ihn verlassen, ist zum Scheidungsanwalt gegangen und hat ihn um ein Vermögen gebracht. Hatte wohl viel zu erzählen. Menno jedenfalls hat klaglos gezahlt. Gar nicht blöd, die Kleine.«

»Glauben Sie, dass Menno Buurmann seine Finger beim Tod von Siebo Manninga und Tammo Freerksen im Spiel hatte?«, fragte David Büttner unvermittelt.

»Wenn, dann hatten alle fünf ihre Finger im Spiel, da können Sie sicher sein. Und ich gehe fest davon aus, dass es so war.«

»Ich danke Ihnen, dass Sie sich die Zeit genommen haben, Frau Sanders. Wenn Sie möchten, würden wir Sie jetzt gerne wieder nach Hause fahren.«

»Lassen Sie mal«, sagte die alte Frau zu Büttners Überraschung, »ich werde noch ein wenig durchs Dorf laufen und dann zu Fuß zurück in die Pappelallee. Hab mich hier schon lange nicht mehr umgesehen.«

Büttner ging an diesem Abend mit dem guten Gefühl ins Bett, dass sie nicht nur in den Ermittlungen ein gutes Stück vorangekommen waren, sondern dass sie einer alten, verbitterten Frau womöglich zum ersten Schritt zurück ins Leben verholfen hatten.

21

Canhusen. Bis zum gewaltsamen Tod von Lübbo Krayenborg hatte David Büttner kaum von der Existenz dieses kleinen Ortes gewusst. An diesem ruhigen Spätsommertag lag es so ruhig und friedlich da, als sei es unvermittelt in einen Dornröschenschlaf gefallen. Kein Mensch war auf der Straße zu sehen, kein Traktor brummte übers Feld. Natürlich wusste Büttner auch, warum. Alle Einwohner, die nicht bei der Arbeit waren, hatten sich im Gemeindehaus zu Tee und Bienenstich versammelt, nachdem sie Johann Schepker und Gustav Grensemann ihrer letzten Ruhestätte zugeführt hatten. Der weitgehend friedliche Ablauf der Beerdigung hatte Büttner recht zufrieden gestimmt, hatte er doch insgeheim befürchtet, an diesem Tag mit einer weiteren Leiche überrascht zu werden. Er hatte sogar seinem Assistenten Hasenkrug den Auftrag gegeben, vorsichtshalber mal in den ausgehobenen Gräbern nachzusehen, ob sich da irgendjemand tummelte, der da nicht hingehörte. Das war Gott sei Dank nicht der Fall gewesen. Außerdem, so hatte Hasenkrug angemerkt, wäre es gar nicht nötig gewesen, vor der Beisetzung an den Gräbern vorbeizuschauen, denn außer ihm seien sage und schreibe noch acht Personen mehr vor Ort gewesen, die sich neugierig über die ausgehobenen Löcher gebeugt hätten, um sich dann mit einer gewissen Enttäuschung im Gesicht wieder zurückzuziehen. Selbst ein mit einer Kamera bewaffneter Mitarbeiter der regionalen Presse sei dabei gewesen.

Büttner hatte sich gleich nach der Beisetzung mit Menno Buurmann zum Gespräch verabredet, was bei dem auf wenig Begeisterung gestoßen war. Er hatte mit allen möglichen Ausflüchten versucht, diesem Treffen zu entkommen. Als aber Büttner ihm alternativ eine Vorladung ins Emder Polizeipräsidium angeboten hatte, war Buurmann eingeknickt, hatte ihm ein paar unflätige Worte entgegengeschleudert und ihm mitgeteilt, er werde sich mit ihm nach Tee und Kuchen am Hof von Eike Diekhoff treffen, weil er da anschließend sowieso noch zu tun habe.

So hatte Büttner also Sebastian Hasenkrug zu Tee und Kuchen geschickt, damit er sich dort ein Bild von Lage und Stimmung machen konnte. Er selber war auf Geheiß seiner Frau und seines Arztes ein wenig spazieren gegangen, obwohl ihm ein Rollentausch mit Hasenkrug deutlich lieber gewesen wäre. Er mochte Bienenstich für sein Leben gern und konnte der Ostfriesensitte, diesen »Freud und Leid«-Kuchen im Rahmen von Beerdigungen zu reichen, eine ganze Menge abgewinnen. Zumal er als Hauptkommissar der Mordkommission deutlich öfter in den Genuss von Beerdigungen kam als der Normalbürger.

Nun aber saß er, nachdem er das kleine Dorf einmal zu Fuß umrundet hatte, auf einer schattigen Bank vor dem Hof von Eike Diekhoff, wischte sich immer wieder mit einem Taschentuch den Schweiß von der Stirn und knurrte schlecht gelaunt vor sich hin. Er hasste Bewegung. Und er hatte keine Lust mehr auf Mordermittlungen in Canhusen. Nach all dem, was er am vorherigen Tag von Hermine Sanders hatte erfahren müssen, war ihm dieses vermeintliche Idyll deutlich zuwider. Mit welcher Verlogenheit man hier über Jahrzehnte gelebt hatte, war einfach unfassbar. Aber Büttner war klar, dass das Überleben einer solchen Lüge vermutlich nur in einem solchen Dorf möglich war. In einer weniger eingeschworenen Gemeinschaft hätte doch schon viel früher jemand gequatscht. Nein, wären diese Morde nicht passiert, hätten sich in den nächsten Jahren und Jahrzehnten vermutlich zwei ganze Generationen Canhuser still und leise in ihre Gräber verkrümelt, und nicht einer hätte es für angebracht gehalten, der in einzelnen Familien praktizierten Niedertracht ein Ende zu setzen.

Als er Schritte hinter sich hörte, schaute sich Büttner um und sah in das lächelnde Gesicht von Jan Scherrmann. Er bedeutete ihm, neben ihm Platz zu nehmen.

»Na«, sagte Scherrmann, »hatten Sie keine Lust auf »Freud und Leid«-Kuchen? Er war ganz köstlich. Wenn es danach ginge, könnten wir uns gut noch ein paar mehr Leichen zulegen.«

»Gott bewahre«, brummte Büttner, »bitte nicht in diesem Kaff. Natürlich hätte ich Lust auf ein oder zwei Stück Kuchen gehabt«, fügte er dann mit rauer Stimme hinzu, »nur leider hat meine Frau keine Lust auf einen Drei-Zentner-Mann, wie sie mir unmissverständlich mitgeteilt hat. Da ich aber wiederum keine Lust auf ein Leben ohne meine Frau habe, bin ich gerade lieber eine ganze Runde um dieses Dorf gelaufen, statt mich unkontrolliert der Völlerei hinzugeben.«

»Eine ganze Runde! Wow!«, Scherrmann zog einen imaginären Hut und deutete eine Verbeugung an. »Respekt, Herr Hauptkommissar! Dann sehen wir Sie ja sicherlich sehr bald an vorderer Front beim Ironman.«

»Mindestens«, knurrte Büttner missmutig.

»Ich hab gehört, Sie waren gestern mit Hermine Sanders im Gemeindehaus«, wechselte Jan Scherrmann das Thema und winkte einem kleinen Jungen zu, der im Vorbeigehen freundlich »Moin« gesagt hatte. »Hat sie Ihnen weiterhelfen können oder ist es in einem Fiasko geendet?«

Büttner wedelte mit der Hand eine vorwitzige Fliege weg, bevor er antwortete: »Sind ein paar interessante Aspekte dabei herausgekommen. Aber Sie verstehen sicherlich, dass ich Ihnen nichts Näheres sagen darf.«

»Sicher. Hier im Ort war man nur ganz erstaunt, die alte Dame nach Ihrem Termin durchs Dorf schleichen zu sehen, bevor sie sich auf den Weg zurück in die Pappelallee gemacht hat. Man munkelt, sie sei jetzt eine verdeckte Ermittlerin der Kriminalpolizei.«

»Ha«, dröhnte Büttner und schlug sich belustigt auf die Schenkel, »die Fantasie einer Dorfbevölkerung kennt anscheinend keine Grenzen. Frau Sanders als verdeckte Ermittlerin – ein wirklich charmanter Gedanke. Und so unauffällig. Teilen Sie den Menschen bitte mit, dass ich es sehr schade finde, dass sie so schnell darauf gekommen sind. Angesichts von so viel Cleverness müsse ich mir nun leider eine ganz neue Strategie ausdenken. Sie könnten Frau Sanders also wieder ohne Misstrauen begegnen.«

»Ich werd's ausrichten«, lachte Scherrmann.

»Aber mal im Ernst«, sagte Büttner, »würden Sie Frau Sanders mal zum Tee einladen, oder so?«

»Ich? Hermine Sanders? Zum Tee?« Scherrmann war ehrlich perplex.

»Ja. Ich habe den Eindruck, dass sie nach einer Möglichkeit sucht, mit diesem Dorf endlich ihren Frieden zu machen. Deswegen auch gestern der Spaziergang. Unsere Befragung hat bei ihr anscheinend einiges in Gang gesetzt. Jetzt braucht sie ein wenig Hilfestellung. Und ich denke, dass es am besten wäre, wenn sich eine neutrale Person, wie Sie es in Canhusen ja ein Stück weit sind, ein wenig auf sie zubewegen würde.«

»Tja ... ähm ...« Scherrmann wusste nicht so recht, was er von diesem Ansinnen halten sollte.

»Vielleicht nehmen Sie mal Kontakt zu Deike ... ähm ... keine Ahnung, wie sie jetzt mit Nachnamen heißt. Sie ist die Tochter von Krayenborg. Sie scheint einen ganz guten Draht zu Hermine Sanders zu haben und könnte Ihnen vielleicht helfen.«

Aus irgendeinem Grund schien diese Bemerkung Jan Scherrmann zu amüsieren, er lachte leise vor sich hin, sagte dann aber: »Okay, ich sehe, Sie meinen es ernst. Also werde ich mir eine Strategie ausdenken, wie wir die alte Dame wieder in den Schoß der dörflichen Gemeinschaft zurückführen können.«

Büttner nickte, sagte aber nichts. Vielmehr sah er mit aufmerksamem Blick zum Hof von Eike Diekhoff hinüber. Der Bauer verließ gerade sein Grundstück. Er hatte eine große Axt geschultert und sah sehr grimmig aus. Er schien die beiden Männer auf der Bank nicht zu bemerken.

»Was hat der denn mit der Axt vor?«, murmelte der Polizist kaum hörbar vor sich hin. Ihn beschlich plötzlich ein seltsames Gefühl.

»Wie bitte?«, fragte Scherrmann, der ihn nicht verstanden hatte.

Büttner machte eine Kopfbewegung in die Richtung, in der der Bauer verschwunden war. »Ich frage mich, wo der junge Diekhoff mit der Axt hingeht.«

»Bestimmt den nächsten Mordfall für Sie beschaffen«, flachste Scherrmann.

»Sah fast so aus.«

»Na, Herr Hauptkommissar, jetzt entwickeln Sie aber eine Paranoia«, lachte Scherrmann. »Sie glauben doch nicht wirklich, dass jeder, der hier mit einem potenziellen Mordinstrument durch die Straßen läuft, bereits das nächste Tötungsdelikt im Auge hat?«

»Ich hab da so ein Gefühl.«

»Hm. Dann kann ich Sie vielleicht ein Stück weit beruhigen. Ich hörte, dass sich Eike Diekhoff und Immo Krayenborg nach der Beerdigung zum Holzschlagen verabredet haben. Anscheinend hat sich Immo ein paar Festmeter anliefern lassen, und denen rücken die beiden jetzt zu Leibe. Wenn ihnen dabei natürlich jemand tappigerweise vor die Axt läuft – nun, dann könnte das Ganze allerdings tatsächlich in einem Tötungsdelikt enden.«

»Ich bin mir nur nicht sicher ...«, setzte Büttner an, wurde aber von einer unfreundlichen Stimme unterbrochen.

»Sie wollten mich sprechen?«, knurrte Menno Buurmann und warf einen abschätzigen Blick auf Jan Scherrmann.

»Ich geh dann mal wieder«, sagte der schnell, stand auf und hob die Hand zum Gruß. »Auf bald, Herr Kommissar.«

»Moin, Herr Buurmann«, sagte Büttner und wies den alten Mann an, sich zu setzen. »Schön, dass Sie sich die Zeit nehmen.«

»Mir blieb ja keine Wahl. Wann sind Sie denn endlich fertig mit der Schnüffelei hier?«

»Wenn Sie endlich ein Geständnis ablegen«, erwiderte Büttner trocken.

»Kann ich sonst noch was für Sie tun?«

»Sie könnten mir erklären, warum Sie Ihre Frau Marianne zur Prostitution gezwungen haben.«

Menno Buurmann schnappte hörbar nach Luft, und sein hochroter Kopf sah plötzlich aus, als wollte er platzen. Er sprang von der Bank auf und hielt David Büttner drohend die Faust entgegen. »Was erlauben Sie sich?«, schrie er ihm aufgebracht entgegen. »Woher nehmen Sie diese ungeheure Unterstellung?!«

Büttner ließ sich von der Drohgebärde nicht beeindrucken, wunderte sich jedoch, wie viel Kraft und Energie anscheinend noch in dem alten Mann steckte. »Zeugenaussage«, sagte er knapp.

»Wer? Ich will wissen, wer Ihnen das erzählt hat! Den mache ich fertig, das schwöre ich!« Ein heftiges Zittern durchfuhr plötzlich Buurmanns Körper, und er musste sich am nahe stehenden Baum abstützen. Büttner beobachte ihn aufmerksam, empfand aber keinerlei Mitleid. Der alte Mann war ihm einfach nur zuwider.

»So, wie Sie Ihre drei Freunde fertiggemacht haben? Wollten die auch reden? Man munkelt, Sie hätten Ihre arme Frau nicht nur über Jahre hinweg zur Hure Ihrer Freunde und Bekannten gemacht, sondern sie darüber hinaus auch noch umgebracht. Und wer einmal mordet ...« Büttner sprang auf, da Menno Buurmann in diesem Moment in Ohnmacht zu fallen drohte. Die Knie gaben bereits unter ihm nach, und er sackte langsam zu Boden. Schnell schob und zog Büttner ihn mit aller Kraft auf die Bank und rief dann per Handy einen Rettungswagen.

»Was ist denn hier los?«, sagte kurz darauf eine Stimme neben ihm. »Haben wir jetzt etwa unser viertes Mordopfer zu beklagen?«

Büttner hob seinen Blick, der konzentriert auf Menno Buurmann geruht hatte, und sah in die Augen von Eike Diekhoff. »Ich dachte, Sie sind beim Holzschlagen«, erwiderte er nur knapp.

»Muss jetzt erst mal Kühe melken. Mit dem Holz machen wir nachher weiter. Was ist denn jetzt mit Buurmann? Kann ich helfen?«

»Dem ist nicht mehr zu helfen«, knurrte Büttner kaum hörbar, sagte dann aber laut: »Hab den Rettungswagen schon gerufen. Hat einen Schwächanfall, der alte Kerl.«

»Was haben Sie ihm denn erzählt, was ihn so umgehauen hat?«

»Er hat seine Frau prostituiert, wussten Sie das?«

»Ich hab so was gehört«, sagte Eike Diekhoff zögernd. »Hab Marianne ja nicht gekannt, kam ja erst später nach Canhusen. Und damit haben Sie ihn konfrontiert?«

»Ja. Sonst tut es hier ja keiner«, bemerkte Büttner fast schmollend.

»Er wird Sie anzeigen wegen Körperverletzung oder so.«

»Das soll er mal versuchen. Ich habe ihm nur ein paar Fragen gestellt, die für meine Ermittlungen wichtig sind. Kann ja nicht ahnen, dass er so überreagiert.«

Eike Diekhoff sah auf den röchelnden Buurmann hinab und schüttelte den Kopf. »Tja, Buurmann«, sagte er dann spöttisch, »Gott sei Dank entgeht letztlich keiner seiner gerechten Strafe. Irgendwann erwischt es jeden, sei es in dieser oder in der nächsten Welt.«

»Das haben Sie jetzt aber schön gesagt, Diekhoff«, nickte Büttner. »Frage mich nur, welcher Welt unser Kollege hier gerade näher ist. Ach, Hasenkrug«, wandte er sich dann seinem Assistenten zu, der gerade neben ihn getreten war und einen ziemlich erstaunten Gesichtsausdruck machte. »Schön, dass Sie kommen.« Er zeigte auf Buurmann. »Gleich kommt der Rettungswagen. Sorgen Sie doch bitte dafür, dass der alte Herr hier das bekommt, was ihm zusteht. Ich kümmere mich derweil mal um seine Verwandtschaft.«

22

In der großen Wohnstube von Hinnerk und Eeske Janssen herrschte verlegenes Schweigen. Lediglich die große antike Standuhr tickte unablässig mit einem monotonen, metallischen Geräusch vor sich hin und trug dazu bei, dass die scheinbar endlosen Minuten, die nach Hauptkommissar Büttners Frage verstrichen, fast unerträglich auf der kleinen in diesem Raum versammelten Gesellschaft lasteten. »Scheißteil«, brummte Alrich Buurmann und warf der Uhr einen so vernichtenden Blick zu, als sei diese Schuld an dem Schlamassel, mit dem er und seine Geschwister hier konfrontiert wurden. Alrich Buurmann, ein gestandener Maurermeister, war der älteste Sohn von Menno Buurmann und damit der Bruder von Eeske Janssen, die, nervös mit den Füßen scharrend, vor sich auf den Boden starrte. Im Sessel ihr gegenüber saß Engelke Buurmann, der zweitälteste der Geschwister, hielt die Hände gefaltet im Schoß und schien irgendetwas still vor sich hin zu brabbeln. David Büttner vermutete, dass er betete, denn Engelke Buurmann war bezeichnenderweise Pastor. Aber was hätte er mit solch einem Vornamen auch anderes werden sollen?, fragte sich Büttner belustigt, als er den schmalen, blassen Mann da so in sich gekehrt sitzen sah. Und dann gab es noch den Vierten im Bunde mit Namen Hilko Buurmann. Er war das Nesthäkchen und um einige Jahre jünger als seine Geschwister. Hilko tat so, als ginge ihn das Zusammentreffen hier im Hause seiner Schwester nichts an und sah, um diese Ansicht zu unterstreichen, immer wieder nervös auf seine Armbanduhr. Hilko war Künstler und hatte in der Kunsthalle Emden eine Vernissage vorzubereiten und daher keine Zeit, sich mit so Nebensächlichkeiten wie dem Leben seines Vaters zu befassen, wie er gleich bei seiner Ankunft verkündet hatte.

So unterschiedlich die Geschwister auf den ersten Blick auch zu sein schienen, teilten sie doch alle ein bezeichnendes Merkmal: Jeder von ihnen verfügte über eine rötliche Haarpracht. Damit stand zweifelsfrei fest, dass sie alle die Kinder ihrer Mutter Marianne waren. Doch hegte David Büttner nach allem, was er über das Schicksal der armen Marianne erfahren hatte, Zweifel daran, dass der alte Menno Buurmann auch tatsächlich ihr Vater war. Und ebendiese Frage hatte er ihnen soeben gestellt.

»Wissen Sie«, durchbrach Alrich Buurmann als Erster die Stille, »ich verstehe nicht ganz, was die Aufklärung der Morde damit zu tun hat, ob Menno unser leiblicher Vater ist oder nicht. Ich jedenfalls habe Besseres zu tun, als mich hier mit Nebensächlichkeiten aufzuhalten.« Er fuhr sich mit der rechten Hand durch seine roten Locken und fügte dann bitter hinzu: »Ganz egal, was gewesen ist, wir werden es doch sowieso nicht mehr ändern.«

»Haben Sie denn jemals versucht, an der unwürdigen Situation Ihrer Mutter etwas zu verändern?«, fragte Sebastian Hasenkrug, der bisher nur schweigend in seinem Sessel gesessen und die Anwesenden abwechselnd gemustert hatte.

»Wir waren Kinder ...«, setzte Engelke Buurmann an, wurde aber durch eine unwirsche Handbewegung von Büttner sofort unterbrochen.

»Papperlapapp, auf diese Ausrede habe ich nur gewartet!«, fuhr ihn der Hauptkommissar an. »Ihre Mutter ist vor rund dreißig Jahren gestorben, da waren Sie alle«, er machte zur Unterstreichung seiner Worte eine ausladende Bewegung mit dem Arm, »doch längst erwachsen. Wie ich hörte, hat Ihr Vater Ihre Mutter da aber immer noch an seine Freunde und Verwandten verschachert ...«

»Reden Sie nicht so über meine Mutter! ›Verschachert‹! Wie hört sich das denn ...«

»Und wie würden Sie das nennen, was Ihr werter Herr Vater mit seiner Frau gemacht hat, Herr Buurmann?«, fuhr Büttner erregt dazwischen. »Er hat sie zur Nutte gemacht, Buurmann, zur *Nutte*. Und genau so wenig wie alle anderen ehrenwerten Bürger dieses Dorfes sind auch Sie Ihrer Mutter nicht zu Hilfe gekommen. Nein«, spuckte er förmlich hervor, »Sie haben alle heile Welt gespielt und Ihre Mutter dabei durch die Hölle gehen lassen.« Er blickte von einem zum anderen und schüttelte den Kopf. »Sie glauben gar nicht, wie mich die Heuchelei in diesem Kaff ankotzt.«

»Aber wir können doch nichts dafür«, sagte Eeske Janssen weinerlich. »Ich meine, er ist doch unser Vater, was hätten wir denn ...«

»Und eben das bezweifle ich«, zischte Büttner kaum hörbar, »ja, genau das bezweifle ich. Gucken Sie sich doch an. Keiner von Ihnen hat tatsächlich Ähnlichkeit mit Buurmann. Sie«, er deutete mit einem Kopfnicken auf Alrich und wurde plötzlich laut, »sind doch ein Ableger von Lübbo Krayenborg. Und Sie«, er deutete auf Engelke, den Pastor, »haben den gleichen erschrockenen Gesichtsausdruck wir Johann Schepker, als ich ihn zum ersten Mal getroffen habe. Und Sie ...«

»Hören Sie auf!«, fuhr Alrich Buurmann ihn an und sprang aus seinem Sessel hoch. »Was wollen Sie eigentlich damit erreichen, dass Sie uns hier so vorführen?«

»Was ich erreichen will?«, zischte Büttner. »Ich will endlich wissen, warum drei alte Männer auf brutale Art haben sterben müssen. Und vor allem will ich wissen, wer sie auf dem Gewissen hat. Und wenn Sie mich fragen, dann sitzt Ihr lieber Herr Vater, der sich vermutlich bei jedem Einzelnen von Ihnen zu Unrecht so nennt, bis zum Hals in der Scheiße. Denn ich bin mir inzwischen fast sicher, dass er da seine Finger im Spiel hat. Derzeit deutet zumindest eine ganze Menge darauf hin. Gut möglich, dass es auch er war, der damals Tammo Freerksen und Siebo Manninga erschossen hat.«

»Na, wenn es so ist, dann verhaften Sie ihn doch einfach, sobald er sich von seinem Schwächeanfall wieder erholt hat«, meldete sich Hilko Buurmann, der Künstler, emotionslos zu Wort und warf wieder einen Blick auf seine Uhr. »Ich für meinen Teil muss jetzt gehen.« Damit stand er auf, warf lässig das eine Ende seines knallroten Seidenschals, der einen interessanten Kontrast zu seinen karottenroten Haaren bildete, über die rechte Schulter, nickte allen nochmals zu und verschwand dann zur Tür hinaus.

»Also«, stammelte Pastor Engelke Buurmann an Büttner gewandt, als sein Bruder gegangen war, »ich finde es nicht richtig, wie Sie hier mit uns und vor allem mit unserem Vater umgehen. Er ... war immer ein rechtschaffener Familienvater und treuer Kirchgänger. Es gab kaum einen Sonntag, an dem er nicht mit unserer Mutter am Gottesdienst teilnahm, und auch uns hat er zu anständigen und verantwortungsvollen Christenmenschen ...«

»Ach, halten Sie doch einfach nur die Klappe!«, ging es mit Büttner durch, und er schnitt dem Pastor mit einer unmissverständlichen Geste das Wort ab. »Verantwortungsvolle Christenmenschen, pah!! Elendige Heuchler seid ihr, alle miteinander, so wie ihr hier sitzt! Das sind mir die Liebsten, die nach außen hin die gottesfürchtigen Ehrenbürger geben, während sie ihr eigenes zu Hause zu einer ständigen Vertretung des Teufels auf Erden machen! Was sind Sie nur für widerwärtige ... ach, bei Ihnen ist doch jedes Wort zu viel«, unterbrach sich Büttner selber. »Kommen Sie, Hasenkrug, wir gehen jetzt besser, sonst könnte es passieren, dass ich den ach so ehrenwerten und gottesfürchtigen Menschen hier ein Stück der Hölle vor Augen führe, durch die sie ihre arme Mutter all die Jahrzehnte in demütiger Gottesfurcht haben gehen lassen.«

Bevor Büttner den Raum verließ, wandte er sich dennoch ein weiteres Mal an den Pastor und sah ihm dabei direkt in die Augen. »Sie sind einer der widerwärtigsten Menschen, die mir jemals über den Weg gelaufen sind, Herr Pastor«, spuckte er ihm angewidert entgegen, »und glauben Sie mir, mir ist in meiner Laufbahn schon einiges an widerwärtigem Gesocks untergekommen. Bei Leuten wie Ihnen wünsche ich mir, dass es Himmel und Hölle wirklich gibt. Und wenn es so ist, dann genießen Sie Ihr armseliges Leben auf Erden, Herr Pastor, denn wenn der liebe Gott auch nur eine Spur Gerechtigkeitssinn hat, dann hat er seinem Untermieter im Souterrain bereits die Empfehlung gegeben, gerade für Sie und Ihren lieben Herrn Vater ein besonders lauschiges Plätzchen einzuheizen.«

»Puh, dem haben Sie es aber gegeben«, keuchte Hasenkrug, als sie wieder auf der schmalen Lohne vor dem Haus der Janssens standen.

»Ach was«, winkte David Büttner ab, »der hat das schon bald wieder vergessen, das können Sie mir glauben. Engelke Buurmann ist der Prototyp eines Verdrängers, der sich am Abend bei etlichen Schoppen roten Rebensaftes die Welt schönsäuft. Deswegen ist er auch Pfaffe geworden. Da kann er die Verantwortung für alles, was geschieht, auf seinen Boss im Himmel abwälzen. Ist doch super. Nach dem Nachtgebet sich selbst noch schnell die Sünden vergeben, zum Abschluss ein inbrünstiges Amen und ...«, Büttner klatschte zur Unterstreichung seiner Worte laut in die Hände, »Halleluja allerseits.«

Hasenkrug nickte. »Und wie geht's jetzt weiter?«

»Da der Tag in Gesellschaft von lauter netten Menschen so schön angefangen hat, werde ich jetzt erst mal nach Hause fahren, mit meiner Frau ein gutes Mittagessen zubereiten und mich mit ihr über unseren nächsten Urlaub unterhalten.«

»Urlaub?« Sebastian Hasenkrug runzelte die Stirn. »Aber hoffentlich erst, nachdem wir die Mordserie hier aufgeklärt haben.«

Büttner hob beide Arme und ließ sie dann schwungvoll wieder fallen. »Ich hatte mir das vielmehr so gedacht: Wir überlassen dieses Canhusen mit seinen charmanten Einwohnern mal für ein paar Wochen sich selbst und fahren in Urlaub. Wenn wir zurückkommen, haben sich in der Zwischenzeit alle Dorfbewohner gegenseitig umgebracht. Dann brauchen wir nur noch das Licht auszumachen, und alles ist gut.«

»Ich hätte da einen Gegenvorschlag, der vielleicht nicht ganz so kreativ, dafür aber womöglich mehr im Sinne des Polizeipräsidenten ist.«

»Ich höre.«

»Wir fahren jetzt ins Krankenhaus und knöpfen uns den alten Menno Buurmann noch mal vor. Vielleicht ist er ja von seinem Zusammenbruch so geschwächt, dass er vor seinem nahen Ende reinen Tisch machen möchte und alle Morde gesteht.«

»Hm«, knurrte Büttner, »womöglich ist Buurmann ja auch schon als das nächste Opfer eingeplant. Dann wäre es schlau von uns, dafür zu sorgen, dass er möglichst schnell wieder aus der Klinik entlassen wird. Wollen doch schließlich nicht irgendwem bei seinen guten Taten ins Handwerk pfuschen.«

»Sind Sie sicher, dass Sie bei Ihrer Berufswahl die richtige Entscheidung getroffen haben?«, hörte Hauptkommissar Büttner im nächsten Augenblick eine Frauenstimme hinter sich. »Vielleicht hätte ja der Job eines Henkers eher Ihrem morbiden Naturell entsprochen?«

Er drehte sich mit einem mürrischen Gesichtsausdruck um und entdeckte Deike, die hinter ihm schnellen Schrittes und mit wehenden Locken die Lohne hinunterlief.

»Sie sollen nicht lauschen«, entgegnete er mit erhobenem Zeigefinger. »Haben Ihre Eltern Ihnen das nicht beigebracht?«

»Oh, das müssen sie leider versäumt haben«, grinste Deike und reichte ihm und seinem Assistenten die Hand.

»Mir scheint, Sie haben es sehr eilig.« Hasenkrug musterte eingehend und mit glänzenden Augen die großen Schweißflecken, die sich auf ihrer eng anliegenden weißen Bluse abzeichneten und nun mehr von ihrem wohlgeformten Oberkörper preisgaben, als ihr womöglich bewusst und lieb war.

»Ja, ich möchte den großen Auftritt des neuen Dorfbewohners auf keinen Fall ...«, setzte Deike zur Antwort an, wurde aber von Büttner jäh unterbrochen.

»Eilig, ja, genau wie Sie«, sagte Büttner unwirsch an seinen Assistenten gewandt. Er konnte es nicht leiden, wenn Männer beim Anblick einer schönen Frau zu sabbern anfingen.

»I-ich?«, stammelte Hasenkrug und wandte seinen Blick nur widerwillig von Deikes weiblichen Rundungen ab.

»Ja. Sie wollten zu Buurmann fahren, schon vergessen?«

»Und Sie? Kommen Sie nicht mit?«

»Nein, ich bleibe hier. Den neuen Dorfbewohner bewundern.«

»Was ist das denn für einer, von dem weiß ich ja noch gar nichts?«, fragte Hasenkrug irritiert.

»Erfahren Sie dann schon früh genug«, entgegnete Büttner knapp. »Jetzt fahren Sie schon zum Krankenhaus, bevor uns der alte Buurmann auf welche Art auch immer abhandenkommt.« Damit drückte er seinem Assistenten die Autoschlüssel in die Hand, und der machte sich sichtlich widerwillig auf den Weg.

»So, und nun will ich den bedauernswerten neuen Dorfbewohner sehen«, sagte Büttner, als Hasenkrug außer Sicht war. »Wusste gar nicht, dass hier ein größeres Ereignis bevorsteht.«

»Ich habe es auch gerade erst erfahren«, erwiderte Deike, »ging alles ziemlich schnell.«

»Nanu, Sturzgeburt?«

»So ähnlich«, lachte Deike, »kommen Sie einfach mit, dann werden Sie es ja sehen.«

»Wo kommen Sie denn gerade her, so am helllichten Tag, wenn ich fragen darf? Sagten Sie nicht, Sie wohnen derzeit bei Luise Alberts?«

»Ja, das ist richtig. Luise musste zu Heino Franzen, dem Bauern neben Schepkers. Und da bin ich mitgefahren. War kurz bei meiner Mutter. Und jetzt habe ich meinem Bruder Bescheid gesagt, dass er dringend nach Hause kommen soll. Er war mit Eike Diekhoff beim Holzmachen.«

»Und warum soll er so dringend nach Hause kommen?«

»Na, weil doch jetzt der neue Dorfbewohner kommt.«

»Ach so. Und er wusste nicht, dass seine Frau schwanger ist?«

»Verena? Schwanger?«, fragte Deike, nun ihrerseits sichtlich verwirrt.

»Der neue Dorfbewohner ...«

»Ach, Herr Kommissar«, lachte Deike und schlug ihm freundschaftlich auf die Schulter. »Ich glaube, Sie verstehen gerade alles falsch. Kommen Sie, dann werden Sie schon sehen.« Sie warf einen Blick auf die Armbanduhr. »Wir haben nur noch fünf Minuten, wenn es pünktlich losgeht. Wir müssen einen Schritt schneller gehen, sonst verpassen wir das Beste.«

»Na prima«, knurrte Büttner, »da wäre ich wohl doch besser mit ins Krankenhaus gefahren.« Leise vor sich hin fluchend beugte er sich seinem Schicksal und kam wenige Minuten später laut keuchend auf dem Hof von Immo Krayenborg an. Mit gerunzelter Stirn spürte er den Schweiß seinen Rücken hinunterlaufen. Der Sommer war eindeutig eine blöde Zeit für Mordermittlungen, befand er. Vor der großen Scheune von Immo Krayenborg hatten sich bereits seine Frau und seine beiden Töchter sowie die Familie von Eike Diekhoff versammelt. Und nun kam auch der Bauer selbst mit einer geschulterten Axt um die Ecke und sah sich suchend um. Als er seine Schwester Deike entdeckte, die nach wie vor neben Hauptkommissar Büttner stand, kam er mit ausladenden Schritten auf sie zu.

»Und jetzt?«, fragte er. »Kannst du mir jetzt sagen, was hier los ist?«

Deike klopfte auf ihre Armbanduhr. »Einen kleinen Moment noch. Ich höre ihn schon kommen«, sagte sie grinsend.

»Papa, Papa«, kam im nächsten Augenblick Immos dreijährige Tochter Rebekka auf ihn zugeschossen, »unser Hund kommt, der Hund kommt!«

»Der Hund?«, fragte Immo und nahm seine aufgeregte Tochter auf den Arm. »Und deswegen holst du mich hierher?«, fragte er an Deike gewandt. »Als hätte ich nichts anderes zu tun, als ...«

Der Rest seiner Worte ging im durchdringenden Geräusch eines knatternden Dieselmotors unter. Es war ein Traktor, der in diesem Moment auf den Hof fuhr und einen großen Viehanhänger hinter sich herzog.

»Ist da der Hund drin?«, rief die kleine Rebekka und klatschte aufgeregt in die Hände.

»Quatsch!«, entgegnete ihr Vater und stellte das nun strampelnde Kind auf den Boden, »so ein kleiner Hund kommt doch nicht ...«

Aber da hatte er sich getäuscht. Denn schon im nächsten Moment wurde die Klappe des Viehanhängers einen Spalt breit heruntergelassen und es erschien eine Hand, die ein kleines, zappelndes Wollknäuel auf das Pflaster setzte.

Laut quietschend rannten Rebecca und ihre ältere Schwester Evelyn auf den kläglich vor sich hin zirpenden Welpen zu und nahmen ihn auf den Arm. »Ist der aber süß!«, rief Evelyn verzückt aus und verschwand mit Schwester und Hund im angrenzenden Garten.

»Jetzt sagen Sie nicht, dass *das* der neue Dorfbewohner ist«, knurrte Büttner und sah Deike ungehalten an. »Und dafür der ganze Aufriss?«

»Nun seien Sie doch nicht so ungeduldig«, grinste Deike und deutete auf den Traktor, »das Beste kommt noch.«

Tatsächlich öffnete sich die Klappe des Viehanhängers nun vollständig, und Büttner traute seinen Augen nicht. Er schaute Immo Krayenborg verdutzt an, und auch der sah nun reichlich belämmert aus der Wäsche. Denn in dem Anhänger war nicht nur der kleine graubraune Hund transportiert worden, sondern darüber hinaus noch rund zwanzig Personen, die nun eine nach der anderen laut lachend und grölend auf das Pflaster sprangen.

»Alles Gute zum Nachwuchs, Immo!«, rief ein Mann mittleren Alters und schwenkte eine Flasche Doornkaat. Doch damit nicht genug. Eine Bierkiste nach der anderen fand neben diversen Flaschen Schnaps ihren Weg vom Anhänger in den Garten der Krayenborgs, immer begleitet vom fröhlichen Gejohle der ausgelassenen Gästeschar.

»Na, ist das eine Überraschung?«, strahlte Eike Diekhoff, der hinter seinen Freund Immo getreten war und ihm heftig auf die Schulter schlug.

»Ihr habt 'nen Knall«, sagte Immo trocken und wusste anscheinend nicht, was er von der ganzen Geschichte halten sollte. Als er aber sah, dass seine Frau Verena über das ganze Gesicht strahlte und ihre mit dem Traktor angereisten Freundinnen eine nach der anderen in den Arm nahm, zuckte er ergeben mit den Schultern und fragte, ob er mit anfassen könne.

23

Es war schon erstaunlich, dachte David Büttner und schaute auf die ausgelassene, zu guten Teilen inzwischen recht angetrunkene Gästeschar im naturbelassenen Garten der Krayenborgs. Da wurden mir nichts, dir nichts in dem kleinen Dorf drei Menschen umgebracht, und man hatte dennoch nichts Besseres zu tun, als die Ankunft eines kleinen Hundes zu feiern, als handele es sich um die Rückkehr des Messias.

Büttner hatte sich den Besuchern einfach angeschlossen, das eine oder andere Bier gegen den Durst hinuntergeschüttet und darauf gehofft, dass ihm bei diesem Fest vielleicht Informationen zuteilwürden, die ihn in seinen Mordermittlungen weiterbrächten. Seine Anwesenheit schien niemanden zu stören. Ganz im Gegenteil schien man ihn in dieser Generation der Canhuser Einheimischen inzwischen als dazugehörig zu akzeptieren. Seine ständige Anwesenheit in dem kleinen Dorf wurde genau so hingenommen wie das tägliche Melken der Kühe.

»Na, Herr Kommissar«, sagte gerade ein gut gelaunter Mittvierziger zu ihm, »wer von uns hat denn nun die ollen Stammtischler ins Jenseits befördert?«

»Ja, genau«, lallte ein anderer, »jetzt, wo wir hier alle zusammen sind, könnten Sie doch endlich mal die Lösung präsentieren. Dieser Franzose, Hercule Poirot, der hat das auch immer so gemacht. Hat alle im Saal versammelt und ihnen dann ihre Niederträchtigkeit um die Ohren gehauen, bis einer geheult hat.«

»Belgier«, knurrte Büttner.

»Wat?«

»Hercule Poirot war Belgier, kein Franzose.«

»Und, wat is nu?«, fuhr der Mittvierziger unbeeindruckt fort.

»Nix is«, erwiderte Büttner knapp.

»Na, wenn wir alle so viel Erfolg im Job hätten wie Sie, Herr Kommissar«, grölte sein Gegenüber, »dann könnten jetzt wir Deutschen und nicht die Griechen betteln gehen!«

Allgemeines Gelächter war die Folge und ein mehrfaches Anstoßen auf diesen in den Augen der Dorfbewohner sehr gelungenen Scherz.

Büttner sah sich suchend nach Immo Krayenborg um, konnte ihn aber nirgends entdecken. Und auch Eike Diekhoff schien seit geraumer Zeit wie vom Erdboden verschluckt zu sein. Dabei hätte er, Büttner, nun eine gute Gelegenheit gehabt, die beiden nochmals eingehender zu den Vorwürfen von Hermine Sanders gegen Menno Buurmann zu befragen. Auch wenn er dann zwangsläufig als Spaßbremse dagestanden hätte. Aber das war schließlich immer noch besser, als sich den Vorwurf gefallen lassen zu müssen, er würde sich hier mit Bier zulaufen lassen und sich bei der Aufklärung der Morde keine allzu große Mühe geben.

Gerade wollte er zu Immos Frau Verena hinübergehen, um sie nach dem Verbleib ihres Mannes zu fragen, als dieser mit schweren Kisten beladen um die Ecke bog, gleich gefolgt von Eike Diekhoff, der mehrere Säcke Holzkohle in den Händen hielt. »Jungs, seht zu, dass ihr den Grill anschmeißt«, rief Letzterer der grölenden Meute zu, »heute wird gefeiert, dass die Schwarte kracht! So jung kommen wir schließlich nie wieder zusammen! Ich geh dann mal zwischendurch die Kühe melken.« Sprach's und warf die Holzkohle vor den großen Schwenkgrill, der in der Mitte des Rasens aufgebaut war.

Auch Immo Krayenborg lud seine Kisten ab, in denen sich, so vermutete Büttner, mindestens das Fleisch eines ganzen Schweins befinden musste. »Na, der lässt sich seinen Nachwuchs ja echt was kosten«, murmelte er vor sich hin.

»Das tut ihm nicht weh«, hörte er die Stimme von Jan Scherrmann, der ihm nun zur Begrüßung die Hand reichte.

»Die Krayenborgs haben Geld wie Heu. Und das ist, wie Sie wissen, eine ganze Menge. Die ostfriesischen Bauern leiden selten Not. Sie sind in der Regel sogar ungemein geschickte Geschäftsleute.«

»Und sehr großzügig noch dazu«, stellte Büttner fest und nahm das Bier entgegen, das ihm jemand reichte, den er nicht kannte.

»Ja, Lübbo hat solche Feste nur veranstaltet, um den Großkotz heraushängen zu lassen. Immo aber hat so gar nichts Großspuriges. Er gibt wirklich gerne. Er ist da mehr wie seine Mutter. Und seine Schwestern sind genauso.« Damit nickte Jan Scherrmann Deike zu, die, zur großen Verwunderung von David Büttner, soeben mit Hermine und Hubert Sanders im Schlepptau durch das Gartentor trat.

Augenblicklich herrschte eine so gespenstige Stille im Garten, als hätte irgendjemand den Aus-Schalter gedrückt. Alle starrten auf die alte Frau und ihren Sohn, die sich, sichtlich verunsichert, gleich wieder in Richtung Ausgang bewegten. Deike aber schob sie mit sanftem Druck nach vorne und wies ihnen an einem der Biertische einen Platz zu. Kaum, dass sie sich mit hängenden und hochroten Köpfen gesetzt hatten, stand einer der anwesenden Männer schweigend auf, öffnete zwei Flaschen Bier und stellte sie mit einem lauten »Prost!« vor den beiden auf den Tisch. Dann ließ er seine eigene Flasche gegen die der beiden scheppern. Der Bann war gebrochen. Bereits im nächsten Moment war es, als wäre nie etwas vorgefallen, und lautes Gelächter und Gemurmel schallte wieder durch das kleine Dorf.

Als Eike Diekhoff und mehrere andere Bauern vom Melken zurückkamen, hatten sich im Garten bereits rund sechzig Menschen versammelt, und minütlich schienen es mehr zu werden. Von allen Seiten wurde ständig Nachschub herangeschafft. Büttner vermutete, dass es am Ende dieses Abends in keinem der Canhuser Kühlschränke auch nur noch eine Flasche Bier oder ein Stück Fleisch geben würde. Selbst Hermine Sanders hatte Hubert einen Fünfzig-Euro-Schein in die Hand gedrückt, ihn mit einem Fingerzeig in Richtung Hinte losgeschickt, und er war kurz darauf mit mehreren großen Dosen Speiseeis wieder zurückgekehrt, das vor allem bei der Kinderschar großen Anklang fand.

Gerade als Hauptkommissar Büttner sich an Eeske Janssen, die Tochter von Menno Buurmann, wenden wollte, die inzwischen auch eingetroffen war, sah er seinen Assistenten Sebastian Hasenkrug sichtlich verwirrt den Garten betreten. Als er seinen Chef entdeckte, schlug er sich mit der Hand an die Stirn und kam dann geradewegs auf ihn zu. »Ich dachte schon, Sie wären womöglich in den Canhuser Katakomben verschwunden, ich habe Sie überall gesucht«, sagte Hasenkrug in beleidigtem Tonfall.

»Sie hätten nur anzurufen brauchen, meine Handynummer dürfte Ihnen ja bekannt sein«, gab Büttner trocken zurück.

»Sehr witzig!«, bellte Hasenkrug und schien nun wirklich sauer zu sein, »was meinen Sie, was ich die ganze Zeit über getan habe!«

»Ach, tatsächlich?« David Büttner kramte umständlich sein Handy aus der Hosentasche. Zweiundzwanzig Anrufe in Abwesenheit vermeldete sein Display. »Hm, muss ich wohl überhört haben. Ist so laut hier.«

»Na prima«, schnauzte Hasenkrug und ließ seinen Blick über die Menge schweifen, »und was wird hier so ausgiebig gefeiert?«

»Nachwuchs«, antwortete sein Chef knapp und nahm einen Schluck Bier.

»Finden Sie es vielleicht richtig ...«, setzte Hasenkrug empört an, wurde aber von seinem Chef mit einer abrupten Geste am Weiterreden gehindert.

»Nun entspannen Sie sich mal, Hasenkrug. Haben Sie schon was gegessen? Mögen Sie ein Bier?«

»Nein danke, ich bin bedient«, erwiderte der schroff.

»Nun, ich werde mir den Spaß durch Sie jedenfalls nicht verderben lassen und gönne mir noch ein Steak.« Büttner leckte sich über die Lippen. »Wirklich, Hasenkrug, Sie verpassen was, wenn Sie nichts essen. Das Fleisch – übrigens alles bio, wie mir Immo Krayenborg versicherte – ist ganz köstlich. Also vom Grillen verstehen sie was, die Canhuser. Ich muss schon sagen ...« In diesem Moment stutzte er. Was hatte Hasenkrug gerade gesagt? Er war so im Redefluss und voller Vorfreude auf das nächste Stück Fleisch gewesen, dass er zunächst gar nicht registriert hatte, dass sein Assistent versuchte, ihn auf dem Weg zum Grill zu stoppen und ihm irgendetwas zu erklären. Nun meinte er aber das Wort *Leiche* vernommen zu haben. »Was sagten Sie da eben?«, fragte er lauernd und hielt in der Bewegung inne.

»Ach, ist sicherlich nicht so wichtig wie Ihr Steak«, meinte Hasenkrug gallig. »Aber wenn Sie es ausreichend gewürdigt und genossen haben, könnten wir uns vielleicht einem weiteren Stück toten Fleisches widmen.«

»Wie meinen Sie das?«, fragte der Hauptkommissar mit rauer Stimme. Doch noch bevor Hasenkrug es ausgesprochen hatte, wusste Büttner schon, was ihm sein Assistent versucht hatte mitzuteilen: Es gab eine weitere Leiche.

24

Sebastian Hasenkrug hatte Menno Buurmann im Krankenhaus nicht mehr angetroffen. Er habe sich eine gute Stunde zuvor entgegen dem ausdrücklichen Rat der Ärzte selbst entlassen, hatte es im Emder Hans-Susemihl-Krankenhaus geheißen. Buurmann habe einer Krankenschwester gegenüber angegeben, er werde sich zur Erholung bei seiner Schwester in Oldenburg einquartieren, die ihn schon mit Freude erwarte. Er hatte auf der Station sogar deren Anschrift und Telefonnummer hinterlassen, falls ihn jemand suchen sollte.

Also hatte sich Hasenkrug auf den Weg nach Oldenburg gemacht. Zum einen, weil er dann für rund eine Stunde Autofahrt seine Ruhe haben würde, zum anderen, weil er keine Lust hatte, seinem Chef an diesem Tag noch mal über den Weg zu laufen. Er hatte einzig bei der Polizeizentrale durchgegeben, dass eine dringende Zeugenbefragung in den Canhuser Mordfällen eine Fahrt nach Oldenburg unabdingbar mache.

Bei der Schwester von Menno Buurmann angekommen, hatte er dann allerdings eine völlig ahnungslose und erstaunte ältere Dame angetroffen, die schon seit mehr als vierzig Jahren nichts mehr von ihrem Bruder gehört und damit auch keinerlei Vorstellung hatte, wo sich Menno Buurmann stattdessen aufhalten könnte. »Wissen Sie, Herr Kommissar«, hatte die Dame namens Trientje Müller mit einem Kopfschütteln zu Hasenkrug gesagt, während Sie ihm einen frischen Ostfriesentee aufbrühte, »ich habe erst sehr spät herausbekommen, wie mein Bruder seine arme Frau behandelt hat. Ich habe ihn damals zur Rede gestellt und ihm gesagt, er solle sofort damit aufhören. Aber er hat mich nur ausgelacht und gesagt, davon verstehe ich nichts. Frauen bräuchten eben eine harte Hand, sonst würden sie aus dem Ruder laufen. Tja, ich bin damals sogar zur Polizei gegangen und habe ihn angezeigt. Aber die haben ihn nur einmal befragt und mir dann mitgeteilt, dass an meinen Vorwürfen wohl nichts dran sei. Da hab ich dann den Kontakt zu Menno abgebrochen, auch zum Schutz meiner Kinder. Stellen Sie sich nur mal vor, die hätten von den Machenschaften meines Bruders was mitgekriegt! Nein, das wollte ich auf keinen Fall. Tja, und seither hab ich ihn nie wiedergesehen. Und das ist auch gut so. Ich könnte ihm nie verzeihen, was er mit der armen Marianne gemacht hat.«

Sebastian Hasenkrug hatte die Gelegenheit ergriffen und Trientje Müller nach Siebo Manninga und Tammo Freerksen befragt. Die alte Dame hatte ihn erschrocken angesehen und ihre Hände hatten beim Einschenken der ersten Tasse Tee plötzlich so sehr angefangen zu zittern, dass Hasenkrug ihr Teekanne und Teesieb aus der Hand hatte nehmen müssen. »Siebo und Tammo«, hatte sie immer wieder leise vor sich hin gemurmelt und dabei den Kopf geschüttelt. Schließlich hatte sie Hasenkrug mit verschleiertem Blick und zittriger Stimme gefragt: »Wie kommen Sie ausgerechnet auf Siebo und Tammo, Herr Kommissar?«

»Sie wissen sicherlich von den drei Morden, die sich in den letzten Wochen in Ihrem Heimatdorf Canhusen ereignet haben? Nun, alles deutet darauf hin, dass die Taten in einem direkten Zusammenhang zu dem Tod von Siebo Manninga und Tammo Freerksen stehen.«

»W-was für M-morde?«, hatte Trientje Müller daraufhin gestammelt, und ihre rosige Gesichtsfarbe war plötzlich einer wächsernen Blässe gewichen. Als sie Hasenkrugs ungläubigen Gesichtsaudruck gesehen hatte, hatte sie leise hinzugefügt: »Wissen Sie, ich informiere mich nicht mehr darüber, was in der Welt so passiert. All die furchtbaren Dinge machen mir Angst. Ich bin jetzt so alt, dass ich nur noch meine Ruhe haben will. Ändern kann ich ja sowieso nichts mehr an dem Elend.

Meine Freunde und Verwandten wissen das und verschonen mich mit den schlimmen Dingen.« Sie hatte mehrmals tief geschluckt und dann kaum hörbar gefragt: »Wer ist denn in Canhusen ermordet worden?«

»Lübbo Krayenborg, Johann Schepker und Gustav Grensemann. In der Reihenfolge. Ich nehme an, Sie haben sie gekannt?«, hatte Hasenkrug mit betont ruhiger Stimme geantwortet, denn er hatte unbedingt vermeiden wollen, dass die alte Dame sich mehr aufregte als unbedingt nötig.

Trientje Müller hatte genickt und sich in ihren geblümten Sessel zurücksinken lassen. Sichtlich nervös hatte sie minutenlang nur ihre faltigen Hände im Schoß geknetet oder zwischendurch mit fahrigen Bewegungen über die abgeschabten Armlehnen gestrichen.

»Es ... ist vielleicht nicht richtig, dass ich das jetzt sage«, hatte sie dann unvermittelt wieder zu reden angefangen. »Aber ... sie haben es nicht anders verdient.«

»Wie meinen Sie das?«, hatte Hasenkrug nachgebohrt.

»Sie ... waren schlechte Menschen, alle drei. Genau wie mein Bruder Menno. Ja, sie waren wirklich schlechte Menschen. Sie haben viel Lebensglück zerstört. Das von Fenna, von Hermine, ach, von so vielen.«

»Sie glauben also auch, dass diese Männer etwas mit dem Tod von Siebo Manninga und Tammo Freerksen zu tun hatten?«

»Ja, natürlich hatten sie das. Man konnte es ihnen nie beweisen, aber gewusst haben es alle. Der eine früher, der andere später. Fenna hat es damals nicht wissen wollen. Sie brauchte nach dem Tod von Tammo unbedingt einen Vater für ihr Kind. Sie hat es verdrängt. Sie wollte nicht wissen, dass Lübbo der Mörder ihres geliebten Tammo war. Die Arme, sie hat bitter dafür bezahlt. Aber«, fügte sie nach ein paar Augenblicken mit einem schwachen Lächeln hinzu, »nun ist sie ihn ja endlich los und kann sich noch ein paar schöne Jahre machen.« Trientje Müller hatte kurz gestutzt. »Sie lebt doch noch, unsere Fenna, Herr Kommissar?«, hatte sie dann leise gefragt.

»Ja, sie lebt noch. Es geht ihr gut ... so weit.«

»Das ist schön.«

Trientje Müller hatte sich aus ihrem Sessel erhoben und war an ihr Bücherregal getreten. Dort hatte sie nach einem alten Fotoalbum gegriffen und es vor Hasenkrug auf den Tisch gelegt. »Das können Sie mitnehmen, Herr Kommissar«, hatte sie gesagt. »Da sind viele Bilder drin von damals. Vielleicht ... können die Ihnen helfen, die Wahrheit herauszufinden.«

»Wie meinen Sie das?«

»Glauben Sie nicht auch, dass mein Bruder Menno die drei auf dem Gewissen hat?«

Hasenkrug hatte sie erstaunt angeschaut. »Ähm ... ja, wenn ich ehrlich bin ... Also, er ist momentan unser Hauptverdächtiger.«

»Das dachte ich mir. Sonst würden Sie ihn ja nicht hier suchen«, nickte die alte Frau. »Ich ... bin zu müde, um Ihnen jetzt lange Geschichten zu erzählen. Aber nehmen Sie das Album mit nach Canhusen. Ich habe damals viel dazugeschrieben, eine Art Tagebuch. Steht alles da drin. Das alles hat mich sehr beschäftigt damals. Aber als ich dann meinen Mann kennengelernt habe, habe ich damit aufgehört. Ich ... wollte mit all dem nichts mehr zu tun haben.«

Hasenkrug war daraufhin aufgestanden, hatte das Album unter den Arm geklemmt und sich mit einem herzlichen Dankeschön verabschiedet.

»Sehen Sie zu, dass Menno seine Strafe kriegt«, hatte ihm Trientje Müller an der Haustür noch mit auf den Weg gegeben.

»Er wird seine gerechte Strafe bekommen, Frau Müller, da können Sie sicher sein«, hatte Hasenkrug geantwortet.

»Nein, das wird er nicht«, hatte die alte Frau kopfschüttelnd gesagt. »Eine gerechte Strafe kann es für das, was er in seinem

Leben getan hat, gar nicht geben. Aber eine Strafe soll er haben, ja, das wäre gut.«

Sebastian Hasenkrug war dann gut gelaunt nach Canhusen zurückgefahren, stolz, seinem Chef mit dem Album von Trientje Müller womöglich entscheidende Informationen zu der Aufklärung der Mordfälle liefern zu können. Er hatte sich schnurstracks zum Haus von Menno Buurmann in der Pappelallee begeben, den alten Mann dort aber nicht angetroffen. Also hatte er sich auf den Weg weiter ins Dorf gemacht, während er laufend versuchte, seinen Chef auf dem Handy zu erreichen, was ihm aber nicht gelungen war.

Das kleine Dorf war ihm bei der Ankunft seltsam leer vorkommen, nur aus der Ferne hatte er lautes Stimmengewirr und Gelächter vernommen. Gerade als er dem Stimmengewirr hatte folgen wollen, waren zwei junge Männer mit wild fuchtelnden Armen auf ihn zugerannt und hatten ihm bedeutet, sofort mit ihnen zu kommen. Sie seien die Söhne von Bauer Franzen, hatten sie ihm vor Aufregung keuchend mitgeteilt, und seien gerade mit dem abendlichen Melken fertig geworden. Eigentlich hätten sie nun auch zur Party bei Immo Krayenborg gehen wollen, dann aber auf ihrem Hofgelände eine schauerliche Entdeckung gemacht.

Hauptkommissar David Büttner spürte seinen Magen heftig rumoren. Vor wenigen Minuten noch hatte er eines der herrlichen Steaks vom Grill verspeisen wollen. Doch in diesem Augenblick konnte er sich nicht vorstellen, jemals wieder etwas zu sich zu nehmen. Und das war für ihn eher außergewöhnlich. Außergewöhnlich waren jedoch auch der Anblick und vor allem der beißende Geruch, der sich ihm beim Betreten des Tatorts geboten hatte. Angewidert schaute er auf die Leiche hinab, die gerade von der Gerichtsmedizinerin untersucht wurde. Dann warf er einen Blick auf zwei junge Kollegen, die, mit deutlich grünlicher Gesichtsfarbe, mit langen Stangen in der Güllegrube von Bauer Franzen herumstocherten. »Tja, wenn wir so nichts finden, muss wohl einer von uns da hinabtauchen«, sagte der eine gerade mit dünner Stimme, was Büttners Magen abermals in wallende Bewegungen versetzte.

»So, wie es aussieht, ist dieser Mann tatsächlich in der Güllegrube ertrunken«, hörte Büttner die Gerichtsmedizinerin sagen. »Auf den ersten Blick kann ich keine äußeren Verletzungen entdecken. Wir nehmen den bedauernswerten Kerl nun mit, und dann sehen wir weiter.«

»Wann kann ich mit dem genauen Ergebnis rechnen?«, fragte Büttner gequält.

»Ich mache mich noch heute Nacht dran«, antwortete Dr. Wilkens und schürzte die Lippen. »Denn wenn wir ihn jetzt einfach liegen lassen, kriege ich den Gestank nie wieder aus den Räumen der Pathologie heraus. Und das möchte ich gerne vermeiden. Also, ab mit ihm ins duftende Vollbad, bitte«, fügte sie in sarkastischem Tonfall an die Fahrer des Leichenwagens gewandt hinzu, die den Toten soeben in die Zinkwanne hoben.

Natürlich hatte sich der Fund einer weiteren Leiche in Windeseile in Canhusen herumgesprochen, was angesichts der versammelten Dorfbevölkerung im Garten von Immo Krayenborg ja auch nicht schwierig gewesen war. Dutzende Menschen hatten sich nun auf dem Hofgelände von Bauer Franzen versammelt und tuschelten mehr oder weniger laut miteinander.

Gerade fuhr ein knallroter Sportwagen vor und bahnte sich eine Gasse durch die Menschenmenge. Ihm entstieg der Künstler Hilko Buurmann. Wieder trug er einen Seidenschal, diesmal allerdings in einem knalligen Grün. Er kam gerade noch rechtzeitig, um einen letzten Blick auf seinen toten Vater zu werfen. Aus der Menschenmenge drängte sich ihm eine wimmernde Eeske Janssen entgegen und ließ sich laut schluchzend in seine Arme fallen. »Wer tut nur so was?«, jammerte sie immer wieder vor sich hin, »er hat doch keinem was getan.«

»Was ja so nicht ganz richtig ist«, entgegnete ihr Bruder und hielt sich angeekelt den Seidenschal vor die Nase.

»Wie kannst du nur!«, fuhr ihn sein Bruder Engelke an. Der Pastor schien ebenfalls gerade angekommen zu sein und gesellte sich nun zu seinen Geschwistern. »Vater ist tot und verdient unseren Respekt. Ich bin sicher, Gott wird ihn von all seinen Sünden …«

»Ich sagte Ihnen ja bereits, dass das vermutlich weder bei Ihrem Vater noch bei Ihnen der Fall sein wird«, unterbrach Hauptkommissar Büttner ihn. »Aber wie auch immer, ich hätte jetzt gerne mal gewusst, wo Sie sich in den letzten Stunden aufgehalten haben.«

»So, das war's dann ja wohl mit unserem Hauptverdächtigen«, sagte Büttner rund eine Stunde später und rieb sich mit Daumen und Zeigefinger müde die Augen. »Wenn er sich nicht angesichts seiner Schandtaten voller Verzweiflung selbst in die Tiefen der Güllegrube gestürzt hat, dann fangen wir jetzt wieder von vorne an.« Er saß mit seinem Assistenten Hasenkrug wieder im Garten von Immo Krayenborg, wo sich auch der Rest der Dorfbevölkerung versammelt hatte. Zwar aß nun keiner mehr ein Steak, und auch das Bier fand deutlich weniger Zuspruch als zuvor. Dafür aber machten die Schnapsflaschen eifrig die Runde, und kaum einer machte sich noch die Mühe, die klare Flüssigkeit vor dem Trinken in eines der Gläser abzufüllen.

»Jetzt is' aber ganz schön Scheiße für Sie, Herr Kommissar«, lallte einer der Gäste gerade an Büttner heran, »da wird sich aber Ihr Chef nicht grad freu'n, dass Sie hier fröhliche Feste feiern, während nur ein paar Hundert Meter von Ihnen entfernt ein alter Mann um die Ecke gebracht wird. Tststs. Böse Sache, das. Möcht nicht in Ihrer Haut stecken.«

»Danke, den Zuspruch habe ich jetzt gebraucht«, erwiderte Büttner düster. Dann stand er auf und wandte sich an die Menschen im Garten.

»Könnten Sie mir bitte alle mal zuhören«, rief er über die Köpfe hinweg, und zu seinem eigenen Erstaunen wurde es sofort ruhig. Alle Anwesenden starrten ihn nun aus mehr oder weniger glasigen Augen neugierig an.

»Gibt es irgendjemanden aus Canhusen, der heute nicht auf der Party war?«, fragte Büttner in die Stille hinein.

»Jo, die Tochter von Buurmann, Eeske, die war nich' da«, rief jemand in die Menge.

»Klar war die da, du Dösbaddel«, kam von irgendwoher die prompte Antwort, »hab doch mit ihr gesprochen.«

»Ich hab sie auch gesehen«, nickte Büttner.

»Ich weiß aber, wer ganz bestimmt nicht da war«, meldete sich Jan Scherrmann zu Wort.

»Ach ja? Und wer?«

»Rudolf Lampe. Oder hat ihn etwa jemand gesehen?«

Als Antwort war für einige Zeit nur allgemeines Getuschel zu hören. Schließlich aber einigte man sich darauf, dass Rudolf Lampe tatsächlich von niemandem auf der Party gesehen worden war.

»Hm. Dann ist er entweder ebenfalls tot oder nun höchst verdächtig«, brummte Büttner vor sich hin. »Wir sollten mal nach ihm sehen, Hasenkrug.«

»Ach Chef«, erwiderte der und stieß einen lauten Seufzer hervor, »es kann doch auch jeder andere gewesen sein. Oder können Sie mit Bestimmtheit sagen, dass keiner die Party zwischendurch mal verlassen hat?«

»Nee, die sind alle ständig hin und her gerannt.«

»Sehen Sie.«

»Wäre jetzt aber praktisch. Vier alte Männer sind tot, einer bleibt übrig, also ist der der Mörder.«

»Wird den Staatsanwalt sicherlich sofort überzeugen.«

»Machen Sie einen besseren Vorschlag.«

»Gerne. Wir fahren jetzt erst mal nach Hause und legen uns ins Bett. Und morgen sehen wir weiter. Dann kann auch Frau Dr. Wilkens Genaueres sagen.«

»Ach Hasenkrug, Sie sind mit Abstand der klügste Mensch, den ich kenne«, seufzte Büttner und ließ sich zu einem herzhaften Gähnen hinreißen. »Also, lassen Sie uns nach Hause fahren und morgen mal vorsichtig gucken, ob der fünfte im Bunde noch lebt. Wenn das der Fall ist, nehmen wir ihn hopps.«

»Ja, und dann kümmern wir uns um das läppische Dutzend weiterer Verdächtiger, die noch übrig bleiben. Ich freu mich schon drauf.« Auf diese Worte hin sah Büttner seinen Assistenten zum ersten Mal, seit er ihn kannte, einen Schnaps in sich hineinschütten.

25

Der Bericht aus der Gerichtsmedizin lag am nächsten Morgen vor. Das Ergebnis war eindeutig: Menno Buurmann war tatsächlich in der Güllegrube auf dem Hof von Bauer Heino Franzen ertrunken.

»Allerdings deutet nichts auf eine vorherige Gewalteinwirkung hin«, bemerkte Dr. Anja Wilkens. »Ich kann also nicht mit Bestimmtheit sagen, ob er gestoßen wurde.«

»An Selbstmord glaube ich nicht«, erwiderte David Büttner. »Ich meine, wer ersäuft sich schon freiwillig in der Jauchegrube? Da gibt es doch wahrlich appetitlichere Arten zu sterben.«

»Möglich ist, dass er nicht hineingestoßen wurde, sondern erneut einen Kreislaufzusammenbruch hatte«, meinte Sebastian Hasenkrug.

»Aber was hat er dann ausgerechnet bei der Güllegrube von Bauer Franzen zu tun? Und außerdem müsste er vorher noch die Abdeckung weggenommen haben. Die Jungen von Franzen beschwören, dass sie noch an ihrem Platz war, als sie zum Melken gekommen sind. Sie müssen auf dem Weg zum Melkstand direkt daran vorbei. Nee, ich glaube, die Theorie können wir fallen lassen.«

»Ist es denn klar, dass er bei vollem Bewusstsein in die Grube gefallen ist?«, fragte Hasenkrug die Medizinerin.

»Ja, es hat einen längeren Überlebenskampf gegeben. Darauf deutet die Gülle sowohl im Magen des Opfers als auch in der Lunge hin.«

Büttner spürte, wie sich bei diesen Worten sein Magen umdrehte. »Na, da hätte er es im Krankenhaus aber gemütlicher gehabt«, presste er hervor und atmete mehrmals tief durch. »Wissen wir, ob er irgendeinen Grund angegeben hat, warum er das Krankenhaus verlassen wollte?«

»Nein. Er hat wohl nur gesagt, dass er wegen solch einer Lappalie nicht gedenke, den Schwerkranken zu spielen, seine Schwester könne genau so gut für ihn sorgen«, sagte Hasenkrug.

»Ich frage mich wirklich, warum er ausgerechnet seine Schwester erwähnt hat. Sie haben laut ihrer Aussage seit mehr als vierzig Jahren kein Wort miteinander gesprochen. Warum also benennt er nicht eines seiner Kinder, Eeske Janssen zum Beispiel, die ja auch in Canhusen lebt? Und was, um Himmels willen, sucht er auf dem Hof von Bauer Franzen?«

»Er hatte ein Handy dabei, das in der Gülle allerdings erheblichen Schaden genommen hat. Ich habe es bereits an die KTU weitergeleitet. Vielleicht können die es ja irgendwie wieder zum Leben erwecken. Ich meine, vielleicht hat Buurmann ja vor seinem Tod noch mit irgendwem telefoniert. Das wäre dann gegebenenfalls ein Hinweis«, gab Dr. Anja Wilkens zu bedenken.

»Ja, das könnte was sein«, nickte Büttner. »Hasenkrug, stehen Sie den Leuten in der KTU von nun an kräftig auf den Füßen rum. Sobald sie eine Telefonliste haben, will ich es wissen. Und es sollte noch am heutigen Tag sein. Und jetzt nehmen wir uns erst mal Buurmanns Wohnung vor. Ich verspreche mir zwar nicht allzu viel davon, aber man kann ja nie wissen.«

»Hat sich eigentlich der alte Rudolf Lampe inzwischen irgendwie zu Wort gemeldet?«, fragte der Hauptkommissar seinen Assistenten, als sie unterwegs in die Pappelallee zu Buurmanns Haus waren.

»Nein, nicht, dass ich wüsste«, antwortete Hasenkrug und spuckte im hohen Bogen einen Kaugummi aus dem Auto, was ihm einen tadelnden Blick seines Chefs einbrachte.

»Dann ist er der Nächste auf unserer Liste.«

»Glauben Sie allen Ernstes, dass dieser kleine, verunsicherte Mann seine vier Freunde auf dem Gewissen hat?« Hasenkrug schüttelte den Kopf. »Also, ich kann ihn mir nicht als einen brutalen Mörder vorstellen, der mit einem Spaten den Schädel eines anderen Menschen spaltet oder eiskalt durch ein Fenster auf seinen Freund schießt. Der könnte dabei doch nicht mal die Hände ruhig halten, so nervös, wie der immer ist. Und denken Sie an diese Vogelscheuche in seinem Garten. Die mit dem blutigen Finger. Das war eine eindeutige Drohung.«

Gerade wollte Büttner etwas erwidern, als sein Handy klingelte. Hasenkrug beobachtete, dass die Furche zwischen den Augen seines Chefs während des kurzen Gesprächs immer tiefer wurde. Er sagte die ganze Zeit kein Wort, sondern beendete das Gespräch nur mit einem knappen »Danke«.

»Alles klar, Chef?«, hakte Hasenkrug nach, als Büttner nach dem Telefonat nur gedankenverloren vor sich auf die Straße starrte.

»Die Spusi hat einen Teebeutel gefunden«, sagte Büttner schwach.

»Wo?«

»Gleich neben der Güllegrube. Hing an einem Strauch. Scheiße, die Presse wird uns den Arsch aufreißen. Ich sehe schon die Schlagzeile: *Teebeutelmörder ertränkt alten Mann in Gülle, während Kommissare mit Verdächtigen Steaks grillen.*

»Ähem ... ich habe kein Grillfest gefeiert, wenn ich Sie daran erinnern darf, Chef.«

»Das sieht Ihnen ähnlich Hasenkrug. Bestimmt haben Sie im Kindergarten schon immer die Oberpetze gegeben und *Ich war das aber nicht!* geschrien«, maulte Büttner schlecht gelaunt, während er die Auffahrt zu Buurmanns Haus hochfuhr.

Sie fanden keinerlei Hinweise. Auch nachdem David Büttner die Spurensicherung in die Pappelallee bestellt und diese alles auf den Kopf gestellt hatte, waren die Polizisten noch keinen Schritt weiter als zuvor. Jedoch hatten sie zwischenzeitlich die Nachricht aus der KTU erhalten, dass der letzte Anruf Menno

Buurmanns seinem Freund Rudolf Lampe gegolten hatte. Und zwar kurz bevor er das Krankenhaus auf eigenen Wunsch verlassen hatte.

»Ich wusste doch, dass dieser Lampe da mit drinhängt«, brummte Büttner. »Wir fahren jetzt sofort zu ihm. Mal sehen, was ihm zu der ganzen Sache einfällt.«

Auf das Klingeln der Polizisten an Lampes Haustür geschah eine ganze Weile gar nichts. Sebastian Hasenkrug machte sich daher auf den Weg durch den Garten und schaute in jedes Fenster hinein. Am Schlafzimmerfenster wurde er schließlich fündig. Er sah Rudolf Lampe in einem Sessel sitzen, die Arme hingen schlaff herunter. Zunächst dachte Hasenkrug, der Mann sei tot, dann jedoch bewegte er den Kopf.

Hasenkrug ging zu Büttner zurück. »Wir sollten uns Zutritt zum Haus verschaffen. Lampe sitzt im Schlafzimmer in einem Sessel und wirkt apathisch.«

»Na dann«, sagte Büttner knapp und trat im nächsten Moment gegen die Scheibe, die in die Haustür eingelassen war. Er griff durch das entstandene Loch hindurch, drehte den Schlüssel herum und öffnete die Tür. Schnellen Schrittes gingen die beiden Männer zu Lampes Schlafzimmer. Der kleine alte Mann reagierte nicht, als sie auf ihn zukamen.

»Herr Lampe, ich muss Sie bitten, mit uns aufs Präsidium zu kommen«, sagte Büttner in einem möglichst barschen Tonfall, um ihn aus der Reserve zu locken. Ohne Erfolg. Also wandte sich Büttner an seinen Assistenten: »Hasenkrug, rufen Sie einen Arzt, der den Mann wieder ansprechbar macht. Und dann will ich ihn im Vernehmungsraum haben. Irgendwas ist mit ihm vorgefallen, und ich werde nicht eher Ruhe geben, als bis ich weiß, was es ist.«

26

»Nein, nein, neeeeeiiiiin!«, schrie Rudolf Lampe aus Leibeskräften und richtete sich mit irrem Blick im Bett auf, »tu es nicht, Menno, tu es nicht!« Er zuckte kurz zusammen, starrte die Polizisten aus glasigen Augen an und ließ sich dann kraftlos und mit einem lauten Seufzer zurück in die Kissen fallen.

David Büttner schüttelte verärgert den Kopf. »Er könnte doch nun endlich mal sagen, was sein Freund Buurmann nicht tun soll. Immer nur dieser eine Satz! Was nützt uns denn, bitte schön, eine solche Aussage?!« Bereits seit einer halben Stunde saßen er und Sebastian Hasenkrug am Bett des alten Mannes, der auf seine nächste Beruhigungsspritze wartete. Nur war der zuständige Arzt gerade noch anderweitig unterwegs, und die Polizisten hatten die Möglichkeit nutzen wollen, Lampe ein weiteres Mal zu befragen. Der aber war nach wie vor nicht ansprechbar, brabbelte nur wirr vor sich hin oder schrie immer wieder diesen einen Satz.

»Vier tote alte Männer«, brummte Büttner, »und der fünfte reif für die Klapse. Na, das ist ja mal ein tolles Ermittlungsergebnis. Der Staatsanwalt wird uns dafür bestimmt einen Orden verleihen.«

Hasenkrug machte mit seinem Kopf eine knappe Bewegung hin zu Rudolf Lampe. »Wenigstens haben wir jetzt womöglich unseren Mörder.«

»Ach ja?«, erwiderte Büttner ungehalten. »Ist ja schön, dass Sie es so sehen können, Hasenkrug. Da sind Sie ja schon ein ganzes Stück weiter als ich – und als Sie selbst am gestrigen Abend noch.«

»Aber wer soll es denn sonst gewesen sein? Die Sache ist doch eigentlich klar. Ich habe da heute Nacht nochmals drüber nachgedacht und ...«

»Freut mich sehr, dass Sie klar sehen, Hasenkrug. Wenn Sie mir jetzt bitte noch die Beweise für Ihre Theorie liefern würden, dann könnte ich bestimmt auch wieder besser schlafen. Meine Frau war schon kurz davor, mich aus dem Schlafzimmer auszuweisen, weil ich angeblich ständig vor mich hin brabbele. Genau wie unser Patient hier. Hm. Wann kommt denn eigentlich seine Familie? Vielleicht wird er ja dann wieder wacher.«

»Frau Lampe und ihre Stieftöchter sind auf dem Weg, Chef. Sie waren erst heute Morgen in Richtung Osten gereist, weil da irgendeine Tante im Sterben liegt. Nun stecken sie irgendwo zwischen Dresden und Bremen fest. Irgendein technischer Defekt bei der Bahn.«

»Na prima. Wissen Sie was, Hasenkrug …«

»So, dann wollen wir doch mal schauen, ob wir unserem Patienten nicht zu ein wenig angenehmeren Träumen verhelfen können«, sagte in diesem Moment eine dunkle Stimme von der Tür her. Lampes Hausarzt, Dr. Frank Gerber, war eingetroffen. »Und Sie möchte ich bitten, ihn jetzt in Ruhe zu lassen«, sagte er an Büttner gewandt. »Er wird Ihnen in diesem Zustand sowieso keine befriedigende Auskunft erteilen können.«

»Ach was«, erwiderte Büttner, »war mir noch gar nicht aufgefallen. Eigentlich hat er uns alles druckreif in die Feder diktiert. Ein astreines Geständnis. Könnte schöner nicht sein.«

Dr. Gerber lachte, während er eine Spritze aufzog. »Ich weiß ja nicht viel über die Morde, eigentlich nur das, was in der Zeitung stand. Aber das alleine reicht schon, Lampe als Verdächtigen auszuschließen. Niemals hätte er die Morde ausführen können, schon gar nicht den an diesem Grensemann.«

»Er ist zwar klein, aber womöglich sehr kräftig«, gab Hasenkrug zu bedenken. »Ich meine, nur, weil er nicht die Körpergröße hat …«

»Er hat auch nicht die Muskelkraft«, schnitt ihm der Arzt das Wort ab. »Ich unterliege zwar der Schweigepflicht, aber es ist doch im ganzen Dorf bekannt, dass Lampe unter einer erheblichen Muskelschwäche leidet. Ist Ihnen denn nicht aufgefallen, mit welcher Mühe er sich manchmal bewegt?«

Hasenkrug sah ihn finster an. »Und wieso erfahren wir das erst jetzt? Wir hätten unsere Ermittlungen doch ganz anders aufgebaut, wenn …«

»Selbst wenn Sie es gewusst hätten, wären Sie jetzt noch keinen Schritt weiter. Oder wollen Sie mir wirklich erzählen, dass dieser kleine, kranke Mann die ganze Zeit über Ihr Hauptverdächtiger war?«

»Wohl kaum«, brummte Büttner. »Kommen Sie, Hasenkrug, wir gehen.« Beim Hinausgehen wies er den Polizisten, der vor Lampes Haus Wache hielt, an, weiterhin auf der Hut zu sein, dann trat er in den warmen Spätsommertag hinaus.

In Canhusen deutete nichts mehr darauf hin, dass es am Abend zuvor eine fröhliche und ausgelassene Party im Garten von Bauer Immo Krayenborg gegeben hatte. Das Dorf lag ruhig und friedlich in der Sommerhitze, und außer lautstarkem Vogelgezwitscher war kein Laut zu hören. Büttner und Hasenkrug liefen schweigend an der Kirche vorbei die Lohne hinunter, ein jeder von ihnen in Gedanken versunken. Wie sollte es jetzt weitergehen? Wo sollten sie ansetzen, um den Mörder zu finden, der hier auf so brutale Weise sein Unwesen trieb? Am liebsten hätte Büttner jeden einzelnen Bewohner dieses Dorfes aufs Polizeirevier geladen und durch die Mangel gedreht. Irgendwer würde dann schon die Klappe aufmachen.

»Moin, Herr Kommissar«, hörten die Polizisten jemanden sagen, als sie am Haus der Familie Koopmann vorbeikamen. Sie schauten auf. Da stand dieser junge Mann, Kevin hieß er ja wohl, und sah sie gelangweilt an. Am anderen Ende des Gartens stand Amelie leicht bekleidet hinter dem Gartenzaun und zog an einer Zigarette. »Moin, Herr Kommissar«, sagte auch sie und stieß den Rauch aus.

»Ist das wahr, dass der olle Buurmann in der Güllegrube ersoffen ist?«, fragte Kevin in einem Tonfall, als würde er nach der Uhrzeit fragen.

»He, du Arsch«, keifte im nächsten Moment Amelie los, »vergiss nicht, dass du von meinem Urgroßvater sprichst!«

»Sei froh, dass er hinüber ist, das Arschloch«, erwiderte Kevin grinsend. »Würde mich schämen, wenn ich von so was abstammen würde.«

Mit einem hohen Satz, der Büttner einiges an Bewunderung abverlangte, schoss Amelie über den Zaun und stürzte sich wie eine wild gewordene Katze auf Kevin. Noch ehe der sich's versah, fuhr ihm ein Satz langer, rot lackierter Fingernägel durchs Gesicht. Er heulte vor Schmerzen auf und rammte Amelie reflexartig seine Faust in den Magen, sodass sie keuchend in die Knie ging. Noch bevor sie sich wieder erholt hatte und einen neuen Angriff starten konnte, fuhr Hasenkrug dazwischen. Was er allerdings nicht bedacht hatte, war, dass Kevin mit seiner Parade noch nicht fertig gewesen war, sondern genau in dem Moment, als Hasenkrug in seine Reichweite kam, das rechte Bein ausfuhr und – den Polizisten schwungvoll am Allerwertesten traf. Hasenkrug taumelte und versuchte sich am Gartenzaun abzustützen, aber es war zu spät. Er landete kopfüber auf Amelie, die einen empörten Aufschrei tat und ihn dann wie ein lästiges Insekt von sich stieß.

»Wenn ihr dann alle mit eurem bühnenreifen Auftritt fertig seid, würde ich mich gerne mal ein wenig mit euch unterhalten«, ließ Büttner betont ruhig seine Stimme vernehmen. »Habt ihr vielleicht ein ruhiges Schattenplätzchen, an das man sich mal zurückziehen könnte, Kevin?«

Kevin warf einen wütenden Blick auf Amelie, während er die Kratzer auf seinen Wangen befingerte. »Ich geh mal kurz rein und schmier was drauf«, sagte er gedehnt. »Sie können sich da unter den Baum setzen«, fügte er mit einem Fingerzeig auf eine gusseiserne Gartenbank hinzu. »Und du, blöde Schlampe«, fuhr er Amelie an, »sieh zu, dass du Land gewinnst. Sonst mach ich Blutwurst aus dir.«

Amelie, ihre Hände auf den schmerzenden Bauch gepresst, setzte zu einer Erwiderung an, verkniff sie sich mit einem Blick auf Büttner dann aber und trat mit einer wegwerfenden Handbewegung den Rückzug an. Sie überquerte den Gartenzaun genau so, wie sie gekommen war, nämlich mit einem olympiareifen Sprung – was Büttner zu der Annahme veranlasste, dass ihre Verletzungen nicht allzu schlimm sein konnten.

»Verdächtigen Sie mich nun auch noch, den alten Buurmann um die Ecke gebracht zu haben?«, fragte Kevin, nachdem er aus dem Haus wieder zurück war und sich vor Büttner und Hasenkrug im Schneidersitz auf den Rasen gesetzt hatte. Statt blutroter hatte er nun gelblich-bräunliche Streifen auf der Wange und Büttner fragte sich, was für eine Wundsalbe wohl eine so wenig ansehnliche Farbe auf den Kratzern hinterließ. Kevin deutete seinen fragenden Blick richtig, denn er fuhr sich kurz mit den Fingern über die Striemen und sagte dann: »Schwedenbitter. Meine Mutter schwört drauf. Hilft gegen alles. Ist ein absolut krasses Zeug.«

»Muss ich mal meiner Frau sagen«, murmelte Büttner, »die hat's mit solchen Wundermitteln. Hier im Dorf ist nach wie vor jeder verdächtig, Kevin«, beantwortete er dann dessen Frage. »Ich denke aber, dass du genügend Unabhängigkeit hast, um mir über den einen oder anderen dörflichen Mitbewohner etwas erzählen zu können. Ich werde nämlich das Gefühl nicht los, dass hier jeder mehr weiß, als er uns sagen will. Also, was war das deiner Meinung für ein Typ, dieser Menno Buurmann?«

»Der olle Buurmann? Das war ein Arschloch, hab ich doch gerade schon gesagt.«

»Woraus schließt du das?«

»Aus allem, Mann. Der war einfach scheiße. Der hat sein Ende echt verdient.«

»Nun ja, in einer Güllegrube ersäuft zu werden, also – da gehört schon jede Menge Hass dazu, findest du nicht?«

»Ja, sicher, das ist schon echt krass. Aber, eh, der war ja auch nicht besser.«

»Was meinst du damit?«

»Da ist diese Geschichte, die man sich im Dorf erzählt. Ich weiß aber nicht, ob sie stimmt. Ist wohl schon lange her.«

»Was für eine Geschichte?«

»Man erzählt sich, dass der olle Buurmann mal einen Hund in der Güllegrube versenkt hat. Einfach drin ersäuft, dieser Bastard. Also, wenn ich das gesehen hätte, ich kann Ihnen sagen, der hätte sich gewünscht, nie geboren worden zu sein.«

»Einen Hund?«, fragte Hasenkrug, der sich langsam wieder von seinem peinlichen Sturz erholt hatte. »Und was soll das für ein Hund gewesen sein?«

»Man sagt, das war der Hund vom alten Lampe. So'n Mischling. Adenauer hat der geheißen, glaube ich.«

Bei diesen Worten fingen in Büttners Kopf alle Alarmglocken an zu schrillen. Buurmann hatte Lampes Hund auf dem Gewissen? Wenn das wahr war, dann ... »Und wann soll das gewesen sein?«, hakte er nach.

»Keine Ahnung. Da waren die, glaube ich, noch Kinder.«

»Ach, so lange ist das schon her?« Büttner war enttäuscht. Er konnte sich kaum vorstellen, dass einer Rache nahm für eine Tat, die vor rund siebzig Jahren geschehen war. Mochte sie auch noch so gemein und ekelerregend gewesen sein.

»Sagen dir die Namen Tammo Freerksen und Siebo Manninga irgendwas?«, fragte Hasenkrug.

»Nee, wer soll das sein? Obwohl«, Kevin warf einen Blick hinüber zum Friedhof, »liegen die nicht hier begraben? Schon ewig, oder? 1949 steht auf den Grabsteinen, glaube ich. Sind beide am gleichen Tag gestorben. Man, das ist ja über sechzig Jahre her. Was haben die denn mit dem ollen Buurmann zu tun?«

»Das wüssten wir auch gerne«, knurrte Büttner, »nur leider will uns das hier niemand verraten. Falls du irgendwas darüber erfährst, teile es uns doch bitte mit. Ich wäre dir wirklich ...« Der letzte Teil seiner Worte ging in lautem Gejohle und Babygeschrei unter, als der Rest der Familie Koopmann unvermittelt in den Garten stürmte. Sie hatten offensichtlich einen Spaziergang gemacht. Büttner lächelte der jungen Mutter entgegen, die das Geschrei ihrer Kinderschar, die nun das im Garten aufgestellte Klettergerüst eroberte, stoisch über sich ergehen ließ.

»Ist noch irgendwas mit Kevin?«, fragte sie mit einem besorgten Blick auf ihren ältesten Sohn, als sie Hauptkommissar Büttner und seinem Assistenten die Hand gab.

»Nein, wir kamen nur zufällig vorbei und haben ihm noch ein paar Fragen gestellt. Er hat uns sehr geholfen.«

»Das ist schön. Ich hoffe aber, dass Sie ihn nicht mehr verdächtigen, etwas mit diesen furchtbaren Morden zu tun zu haben?«

»Momentan sind alle verdächtig«, sagte Büttner schleppend, »einfach alle, Frau Koopmann. Falls Sie irgendeinen Hinweis haben, und sei er auch noch so klein und scheinbar unbedeutend, bitte rufen Sie uns an.«

»Das mache ich«, sagte sie, während sie Baby Sidney aus dem Kinderwagen nahm, der vor lauter Empörung über sein nicht beachtetes Gebrüll schon puterrot im Gesicht war. »Der Kleine hat Hunger«, zuckte sie entschuldigend mit den Schultern, »ich geh dann mal rein.«

»Puh, dieser Buurmann wird mir ja auch im Tod nicht sympathischer, genau wie dieser Krayenborg«, bemerkte Büttner, als er und Hasenkrug wieder an ihrem Schreibtisch im Polizeirevier saßen. »Der ersäuft einfach so einen Hund in der Güllegrube. Meinen Sie, das kann stimmen?«

»Keine Ahnung«, antwortete Sebastian Hasenkrug. »Aber wer sollte sich so etwas ausdenken? Ich meine, wer kommt denn auf so was, wenn nichts dran ist?«

Büttner strich mit der Hand über seinen umfangreichen Bauch. »Hasenkrug, sagten Sie nicht, Sie seien bei Menno Buurmanns Schwester in Oldenburg gewesen?«

Hasenkrug sah ihn erstaunt an. »Ja, jetzt, wo Sie es sagen, Chef. Das hatte ich ja vollkommen vergessen. Also, ich hatte ja erwähnt, dass sie schon seit vierzig Jahren nichts mehr von ihrem Bruder wissen will. Sie ist übrigens der Meinung, dass ihr Bruder und seine Kumpanen etwas mit dem Mord an Siebo Manninga und Tammo Freerksen zu tun haben. Sie meint, das wisse auch jeder hier im Dorf. Ach ja, und dann hat sie mir noch ...«, Hasenkrug machte eine Pause und nestelte in einer Tasche unter seinem Schreibtisch herum. Als er wieder auftauchte, hatte er ein dickes, wenn auch sehr abgegriffenes Album in der Hand. »Sie hat mir dieses Fotoalbum mitgegeben. Sie sagt, das hat sie als eine Art Tagebuch geführt, damals, als sie noch Kontakt nach Canhusen hatte.« Er schob seinem Chef den dicken Wälzer über den Tisch.

»Mensch, Hasenkrug, und das sagen Sie erst jetzt?«, rief Büttner verärgert und machte sich sogleich daran, das Album durchzublättern.

»Mir kam eine Leiche dazwischen, das schien mir wichtiger zu sein«, maulte Hasenkrug beleidigt, zog dann aber seinen Stuhl auf die gegenüberliegende Schreibtischseite und setzte sich neben seinen Chef.

»Schauen Sie mal, Hasenkrug«, rief Büttner, nachdem er einige Minuten schweigsam die vergilbten Schwarz-Weiß-Aufnahmen betrachtet und sich die danebengekritzelten und schwer zu entziffernden Anmerkungen durchgelesen hatte. »Hier haben wir sie ja alle, die ganze Saubande!« Er klopfte auf ein Foto, das die Mitglieder des Altherrenstammtisches als stramme junge

Männer zeigte. »Lübbo Krayenborg, Johann Schepker, Gustav Grensemann, Menno Buurmann und Rudolf Lampe. Letzterer mit Hund auf dem Arm. Und wissen Sie, wie dieser Hund heißt, Hasenkrug?« Büttner schlug vor Begeisterung mit der flachen Hand auf den Schreibtisch.

»Ähm ... Wie war das noch gleich? Churchill?«

»Churchill?« Büttner lachte laut auf. »Sie sind ein Spalter, Hasenkrug, ja, in der Tat, das sind Sie! Ein echter Brüller, Hasenkrug! Churchill! Da hört sich doch alles auf! Stellen Sie sich nur mal vor, irgendjemand hätte seinen Hund 1949 Churchill genannt! Nicht auszudenken, was sie mit diesem Vaterlandsverräter gemacht hätten! Der Hund hieß Adenauer, Hasenkrug, und nicht Churchill!«

»Klar, Chef, Adenauer«, sagte Hasenkrug und sah Büttner mit hochrotem Kopf beleidigt an. »Kann doch mal passieren ...«

»Egal«, unterbrach Büttner ihn mit einem Fingerzeig auf das Album, »auf jeden Fall ist das Foto aufschlussreich, denn Kinder waren die jungen Männer da ja nun eindeutig nicht mehr. Fällt Ihnen was auf, Hasenkrug? Der Hund kam im gleichen Jahr ums Leben wie Tammo Freerksen und Siebo Manninga.«

»Wo steht das denn? Da steht doch nur, dass das Foto von 1949 ist.«

»Nein, da, ganz unten, im letzten Satz steht eindeutig, dass Adenauer im Herbst 1949 von Buurmann in der Jauche von Bauer Franzen ersäuft wurde.«

»Bauer Franzen? Aber so alt ist der doch noch gar nicht«, gab Hasenkrug zu bedenken.

»Hier steht's: Jauche von Bauer Franzen. Wird wohl der Vater gewesen sein. Ist ja auch egal. Ersäuft ist ersäuft.«

»Gab es denn damals eigentlich schon Güllegruben?«, hakte Hasenkrug ein. »Kamen die nicht erst mit der automatischen Entmistung?«

»Das ist doch völlig egal, wo Buurmann damals die Jauche gefunden hat. Wichtig ist nur, dass es der Hund von Rudolf Lampe war, der darin versenkt wurde. Und das wird ja wohl so sein, wenn es hier steht.«

»Aber warum hat Buurmann so was gemacht?«

»Eben das gilt es herauszufinden, Hasenkrug. Und mein Bauchgefühl sagt mir, dass das mit dem Jahr 1949 kein Zufall ist. Den Lampe drehe ich so lange durch die Mangel, bis er heult, das kann ich Ihnen sagen. Und der Teufel soll mich holen, wenn wir dann nicht auch alles andere von ihm erfahren. Ja, unser Fall ist so gut wie gelöst, Hasenkrug, da können Sie einen drauf nehmen.«

»Dazu wäre es vielleicht ganz praktisch, wenn Lampe wieder ansprechbar wäre. Noch dürften Sie nicht viel aus ihm herausbekommen, fürchte ich. Wie Sie wissen, war er in einem völlig desolaten geistigen Zustand, als wir ihn vorhin verließen. Kein Gericht der Welt ...«

Büttner schnitt ihm mit einer harschen Geste das Wort ab. »Sag ich doch, Sie sind ein Spalter, Hasenkrug, ein verdammter Spalter.«

27

Hatte er auch am letzten Abend seiner Frau noch euphorisch verkündet, der nächste Tag werde sein Glückstag sein, weil er sich sicher sei, die elenden Canhuser Morde endlich aufklären zu können, so wünschte sich Hauptkommissar David Büttner bereits am kommenden Vormittag, gar nicht erst aufgestanden zu sein. Und das lag nicht nur daran, dass ihm der fette Schweinebraten, den seine Frau so herrlich zubereitete und von dem er nicht genug bekommen konnte, eine ausgewachsene Gallenkolik beschert und ihn die ganze Nacht nicht hatte schlafen lassen. Und auch der Anruf des Staatsanwalts, der ihn am frühen Morgen noch vor dem ersten Kaffee zusammengeplärrt und eine umgehende Klärung der Mordfälle verlangt hatte, war ein Kindergeburtstag gegen das, was ihn zur besten Frühstückspausenzeit in seinem Büro erwartete und ihm erneut vor Augen führte, warum er sich immer häufiger wünschte, niemals Polizist geworden zu sein.

Er starrte sein Gegenüber nach dessen Ausführungen völlig entgeistert an. Was hatte Jan Scherrmann da gerade gesagt? Auch sein Assistent Hasenkrug saß mit offenem Mund da und rettete sich in eine Übersprungshandlung, indem er begann, die vor ihm liegenden Büroklammern zu einer langen Kette zusammenzuhaken.

»Ich würde vorschlagen, Sie gehen jetzt alle wieder nach Hause und überlegen sich nochmals ganz genau, ob Ihr Besuch hier eine gute Idee war«, sagte Büttner schließlich in die bedrückende Stille hinein. »Ich wäre bereit, einfach zu vergessen, was ich soeben gehört habe. Und ich denke, dass es meinem Kollegen genau so geht.«

»Aber … das geht doch nicht«, flüsterte Fenna Krayenborg und schüttelte immer wieder ihren Kopf, während sie ihre faltigen Hände Hilfe suchend ihrer Tochter Deike entgegenstreckte, die blass und übermüdet neben ihr saß.

»Doch, Mama, ich denke, der Kommissar hat recht«, nickte Deike, während sie die eiskalten Hände ihrer Mutter in die ihren nahm. »Ich habe dir schon zu Hause gesagt, dass du es dir noch mal genau überlegen sollst. Jetzt siehst du, dass sogar die Polizei der gleichen Meinung ist. Wäre es denn nicht möglich, dass ... du einfach nur schlecht geträumt hast? Ich meine, die Vorkommnisse haben dich so aufgewühlt, dass du vielleicht gar nicht mehr so genau unterscheiden kannst ...«

»Ich bin doch nicht senil«, antwortete Fenna fast unhörbar, »ich weiß doch, was ich getan habe.«

»Dann erzählen Sie doch noch mal ganz genau, was sich am Abend, als Ihr Mann starb, zugetragen hat, Frau Krayenborg. Sie sagten, Sie hätten wie immer gegen zweiundzwanzig Uhr Tee gemacht, den Sie draußen auf der Terrasse gemeinsam mit Ihrem Mann einnehmen wollten, weil es ein so herrlich lauer Sommerabend war«, mischte sich Jan Scherrmann ein, der am frühen Morgen von Deike gebeten worden war, sofort zu ihrer Mutter zu kommen und mit ihr als anwaltlicher Berater zur Polizei zu fahren, da sie entgegen ihrer Empfehlung eine Aussage machen wolle.

»Ja, genau«, begann Fenna mit zitternder Stimme, »Lübbo ... er war wieder ganz aufgebracht, weil ... ach, es war einfach meine Schuld, ich hatte mich mit meiner Schwester Okka am Telefon verquatscht. Ja, er hatte ja recht, mich zu schlagen, weil ich darüber den Tee vergessen hatte. Es war ja schon zehn Uhr durch, als ich das Wasser aufgesetzt habe. Zehn Minuten zu spät war es, das darf natürlich nicht passieren. Kein Wunder, dass er da böse geworden ist.«

Büttner musste bei der Vorstellung, wie diese arme alte Frau von ihrem Ehemann wegen zehn Minuten Zeitverzugs geprügelt wurde, tief durchatmen. Er musste die Ruhe bewahren und ihr zuhören. Auch wenn er es nicht wollte. Am liebsten hätte er sie unterbrochen und ohne Umschweife nach Hause geschickt. Aber damit hätte er womöglich nur erreicht, dass sie sich jemand anderem anvertraute, und das durfte auf keinen Fall passieren. Er räusperte sich vernehmlich und sagte dann: »Kein Mann dieser Welt hat das Recht, seine Frau zu verprügeln, weil sie den Tee zu spät auf den Tisch stellt, Frau Krayenborg. Kein Mann der Welt hat überhaupt irgendein Recht, seine Frau zu verprügeln, aus welchem Grund auch immer.«

Fenna sah ihn aus ausdruckslosen Augen sekundenlang nur an, dann fuhr sie fort: »Doch, doch, er hatte ja recht, ich hatte ihn so schwer getäuscht, damals, als ich mit Kirsten schwanger war. Das hätte ich nicht tun dürfen, aber ich ...«

»Er hatte kein Recht, Sie zu schlagen, Frau Krayenborg«, wiederholte Büttner. »Aber fahren Sie ruhig fort. Sie hatten an diesem Abend Tee gemacht.«

»Ja, er hat mich geschlagen und dann ... bestimmt war es keine Absicht, er wollte bestimmt nur den Tee aufgießen, weil ich es ja nicht richtig gemacht habe. Und da ist ihm irgendwie die Kanne weggerutscht und ... ich stand da wohl irgendwie im Weg, weil ... das kochende Wasser lief dann über mein Bein, und das tat so schrecklich weh ...«

»Dieses Ungeheuer hat dich mit dem Teewasser verbrüht?«, schrie Deike entsetzt auf. »Er hat dich tatsächlich ...« Sie spürte, wie ihr vor lauter Wut die Tränen in die Augen stiegen. Jan Scherrmann legte ihr besänftigend die Hand auf den Arm.

»Was passierte dann, Frau Krayenborg?«, fragte er leise. Er hatte Büttners Strategie verstanden und nickte ihm fast unmerklich zu. Als er mit Fenna und ihrer Tochter hier aufgetaucht war und gesagt hatte, Fenna wolle den Mord an ihrem Mann gestehen, hatte er gehofft, in Hauptkommissar Büttner einen Verbündeten zu finden, der die alte Frau nicht gleich in die nächste Arrestzelle stecken würde. Zum Glück hatte er sich nicht getäuscht.

»Ich wollte mir dann was aufs Bein schmieren, weil es doch so entsetzlich wehtat«, setzte Fenna wieder zum Reden an, »aber Lübbo hat mich nicht gelassen, er hat gesagt, wenn ich mich so schusselig anstelle, dann brauche ich auch kein Medikament. Er hat dann den Medikamentenschrank abgesperrt und den Schlüssel eingesteckt. Ja ... und ich hab dann den Tee fertig gemacht und ... da stand dann dieses Fläschchen. Ich wusste gar nicht, was darin ist und ... irgendein Beruhigungsmittel, hatte Lübbo mal gesagt, glaube ich ... ich wollte ja auch nichts Böses, nur, dass Lübbo vielleicht schlecht wird oder er einschläft oder so. Ich wollte doch nur ... ich wollte den Schlüssel haben, damit ich an die Medikamente komme, ich hatte doch solche Schmerzen. Dann rief Kirsten an, aber ich hab ihr gesagt, dass ich keine Zeit habe zu sprechen. Dieses Kind, sie weiß doch, dass es um zweiundzwanzig Uhr Tee gibt und Lübbo dann nicht gestört werden will. Dann hab ich was von diesen Tropfen in Lübbos Tasse getan, gar nicht so viel. Und dann, nachdem er drei Tassen Tee getrunken hatte, sagte er, dass er jetzt gehen muss, weil er noch was vorhat. Er hat so komisch gegrinst und gesagt, dass es schließlich noch Frauen gibt, mit denen er Spaß haben kann, und nicht nur solche wie mich, die nicht wissen, wie man sich als anständige Frau verhält und nur Ärger machen. Und dann ist er weg und als er nicht wiederkam, habe ich den Medikamentenschrank einfach aufgebrochen, ich musste doch an die Salbe kommen.« Fenna verstummte und senkte den Blick. »Ja, Herr Kommissar, so war es, ich habe meinen Mann vergiftet«, fügte sie abschließend hinzu.

Im Büro von David Büttner herrschte daraufhin Schweigen. Büttner wusste, dass es jetzt auf ihn ankam. Von seiner Reaktion hing es ab, wie die paar letzten noch verbleibenden Jahre von Fennas Leben verlaufen würden. Er sah Hilfe suchend zu Scherrmann und bemerkte, dass es auch in dessen Kopf arbeitete und er nach einem Ausweg suchte. Hasenkrug hatte seine Kette aus Büroklammern inzwischen beiseitegelegt und kaute nervös auf seiner Unterlippe herum. Als er den Blick seines Chefs spürte, sah er auf und nickte ihm kurz zu, als wisse er, was in Büttners Kopf vor sich ging. Deike hielt immer noch die Hände ihrer Mutter, während ihr stille Tränen über die Wangen liefen.

»Also«, begann Büttner schließlich mit einem Räuspern, das in die angespannte Stille hinein unnatürlich laut wirkte, »ich denke, Frau Krayenborg, dass, was auch immer Sie Ihrem Mann in den Tee gegeben haben, es ihn auf keinen Fall getötet hat. Ich denke vielmehr, dass da mehrere unglückliche Umstände zusammengekommen sind, oder wie sehen Sie das, Herr Scherrmann?«

Scherrmann atmete tief durch und sah Büttner dankbar an. »Tja«, sagte er dann und klang hörbar erleichtert, »wie Sie schon sagen, Herr Hauptkommissar, ist mit dieser Aussage von Frau Krayenborg keineswegs bewiesen, dass es sich bei den Tropfen, die sie ihrem Mann in den Tee tat, um das tödliche Gift handelt, das man in dessen Körper gefunden hat. Um hier ganz sicherzugehen, müsste man die Tropfen erst einmal genau analysieren.« Er wandte sich nun direkt an Deike. »Ich nehme aber an, dass es diese Tropfen im Hause Ihrer Mutter womöglich gar nicht mehr gibt?«

»Aber doch, sie stehen immer noch da ...«, rief Fenna, wurde jedoch sofort von ihrer Tochter unterbrochen. »Nein, Mutter, da versiehst du dich. Die Tropfen, die auf deinem Küchenschrank stehen, sind von mir, ich hab sie dir von Luises Mann mitgebracht, aus der Apotheke. Ist ein Vitaminpräparat, er meint, es würde dir nach all der Aufregung guttun. Andere Tropfen habe ich da nicht gesehen.«

»So, das ist ja komisch, dann muss ich doch noch mal nachschauen ...«, ließ Fenna sich nicht beirren.

»Das wird nicht nötig sein, Frau Krayenborg«, meldete sich Büttner wieder zu Wort. »Wissen Sie, unsere Leute von der Spurensicherung haben sich damals ja schon alles sehr genau angesehen und nichts Verdächtiges gefunden. Und die sind gründlich, da können Sie sicher sein. Also müssen wir davon ausgehen, dass diese ominösen Tropfen, die ja, wie wir annehmen, sowieso nicht für den Tod Ihres Mannes verantwortlich sein können, irgendwie ... verlegt worden sind.«

»Tja, so muss es dann wohl sein«, sagte Deike schnell und wandte sich dann betont fröhlich an Ihre Mutter: »Siehst du, Mama, ich habe dir doch gleich gesagt, dass du dir da was einredest. Wer weiß, was Papa an diesem Tag alles zu sich genommen hat. Deine Tropfen jedenfalls waren harmlos, das steht ja nun fest. Wir können also wieder nach Hause gehen und du vergisst das alles.«

»Und welcher Meinung sind Sie, Hasenkrug?«, fragte Büttner und sah seinen Assistenten beschwörend an.

»Ich? Also ... ähm ... ich sehe das alles ganz genau so wie Sie. War wohl einfach eine Verkettung unglücklicher Umstände. Sie wissen ja gar nicht, wie oft so was vorkommt, Frau Krayenborg«, fügte er an Fenna gewandt hinzu.

»Na, da bin ich aber froh, dass sich das alles hier als Missverständnis herausgestellt hat«, rief Scherrmann sichtlich erleichtert und sprang aus seinem Stuhl hoch. »Herr Hauptkommissar, entschuldigen Sie bitte, dass wir Ihre Zeit so unnötig in Anspruch genommen haben.« Er reichte Büttner die Hand und zwinkerte ihm verschwörerisch zu. »Ich denke, dass ich nicht übertreibe, wenn ich sage, dass Sie ein ganz außergewöhnlicher Polizist sind, Herr Büttner. Meine Hochachtung!«

»Ach was, wir alle machen doch nur unseren Job«, winkte der lächelnd ab. »Und wenn jemand so offensichtlich unschuldig ist wie Frau Krayenborg, dann ist das ja auch nicht wirklich schwer herauszufinden. Ach, Frau Krayenborg«, rief er hinter den dreien her, als sie sein Büro verließen, »Sie können uns nicht vielleicht jetzt doch sagen, wer die Freunde Ihres Mannes auf dem Gewissen hat?«

Fenna schaute ihn verunsichert an. »Nein, Herr Kommissar, ich habe keine Ahnung, das müssen Sie mir glauben.« Sie fuhr sich mit zittrigen Fingern durch die Haare und fügte dann hinzu: »Und ... vielen Dank. Ich dachte wirklich, dass ich Lübbo umgebracht habe, und bin so froh, dass Sie herausbekommen haben, dass es nicht so war. Vielleicht finden Sie ja den richtigen Mörder, das wäre doch ein schöner Erfolg für Sie.«

Büttner verneigte sich lächelnd. »Stets zu Ihren Diensten, gnädige Frau.«

»Das war aber mal ein anstrengendes Gespräch«, stellte Hasenkrug mit gerunzelter Stirn fest, als die Polizisten wieder alleine im Büro saßen.

»Ich weiß von keinem Gespräch, Hasenkrug«, bemerkte Büttner und schob die Akte *Tötungsdelikt Lübbo Krayenborg* ins Regal zurück. Dann schlug er zufrieden die Hände zusammen und sagte: »Also, was bringt der Tag? Ich denke, dass wir noch mal nach unserem Patienten Rudolf Lampe schauen sollten, bevor wir hier weiterhin so tatenlos herumsitzen.«

»Es wird nicht ganz einfach, jetzt noch einen glaubhaften Mörder von Lübbo Krayenborg zu präsentieren«, ließ Hasenkrug nicht locker. Offensichtlich machte er sich Sorgen, dass der Deal, den die Gesprächsbeteiligten vorhin quasi in stiller Übereinkunft miteinander getroffen hatten, der Staatsanwaltschaft irgendwie doch noch zu Ohren kam.

»Nun machen Sie mal kein Politikum aus der Sache«, winkte Büttner mit einem tiefen Seufzer ab. »Irgendwer muss ja auch die anderen Morde begangen haben – und da spielt einer mehr oder weniger, den man ihm versucht, in die Schuhe zu schieben, doch auch keine Rolle. Man wird ihm diesen Mord mangels Beweisen sowieso nicht nachweisen können, und die Anklage wird in diesem Punkt fallen gelassen. Oder der Fall Lübbo Krayenborg verläuft im Sande, weil man einfach zu keinen befriedigenden Ermittlungsergebnissen kommt. Eines aber ist in jedem Fall sicher: Kein Richter dieser Welt würde eine alte und geschundene Frau wie Fenna Krayenborg hinter Gitter bringen. Das Einzige, was sie davon hätte, wenn man sie als Mörderin ihres Mannes auffliegen lassen würde, wären Schimpf und Schande, die ihre ach so gutbürgerlichen und redlichen Mitmenschen über ihr ausschütten würden. Und ich denke doch, dass man keine Sünde begeht, wenn man dies der alten Dame erspart. Oder sehen Sie das anders, Hasenkrug?«

»Nein, wenn man es so betrachtet, Chef, dann haben Sie natürlich recht. Also, dann fahren wir jetzt nach Canhusen und nehmen uns diesen Lampe nochmals vor.«

28

Luise Alberts schaute blinzelnd zum Himmel hinauf und war sich sicher, dass der Sommer in den kommenden Tagen jäh enden würde. Noch lag zwar eine drückende Hitze über dem Land, doch auch der niederländische Wetterbericht, der für das anstehende Wetter in Ostfriesland in der Regel deutlich verlässlichere Angaben machte als der des Deutschen Wetterdienstes, ließ in seiner Prognose für die anstehende zweite Septemberhälfte durchblicken, dass an der Ankunft der stürmischen und regnerischen Jahreszeit nun wohl kein Weg mehr vorbeiführte. Also hatte die Tierärztin sich vorgenommen, in ihren vier freien Tagen, auf die sie sich nach wirklich anstrengenden und arbeitsreichen Wochen schon seit Langem gefreut hatte, ihr Gehöft schon mal in Ansätzen winterfest zu machen. Doch gerade als sie mit einer Aluleiter unter dem Arm aus dem Schuppen trat, fuhr ein roter Kleinwagen auf den Hof. Sie runzelte die Stirn, seufzte aber erleichtert auf, als sie erkannte, dass es sich bei der Besitzerin des Wagens um ihre Freundin Deike und nicht um einen tierärztlichen Notfall handelte.

»Deike, das ist aber eine Überraschung!«, rief sie ihrer Freundin lächelnd zu, während sie die Leiter rasch an der Schuppenwand abstellte. »Ich stelle fest, dass du ein wenig fertig aussiehst«, sagte sie, als sie schließlich voreinander standen und sich umarmten. »Ich nehme an, dass du gerne eine Tasse Tee möchtest?«, fügte sie mit prüfendem Blick hinzu und hielt Deike auf Armeslänge von sich.

»Lieber einen Schnaps«, sagte Deike gepresst, und erneut traten ihr Tränen in die Augen.

»Was ist los?«, fragte Luise besorgt. »Komm, lass uns ins Haus gehen, dann kannst du mir alles erzählen.

»Was hattest du denn gerade vor?«, ging Deike nicht auf das Angebot ein, sondern nickte in Richtung Leiter hinüber. »Ich will dich nicht von der Arbeit abhalten.«

»Ach was, ich wollte nur gerade anfangen, dem Holzschuppen einen wetterfesten Anstrich zu verpassen. In der nächsten Woche soll es vorbei sein mit dem Sommer, sagen die Holländer. Aber da kommt es auf ein paar Stunden früher oder später ja nicht an.«

»Streichen?« Deike schaute sich den besagten Holzschuppen von oben bis unten an und fragte dann einer spontanen Eingebung folgend: »Hast du vielleicht noch einen Pinsel für mich?«

»Du willst mir helfen?«, fragte Luise perplex.

»Ja, ist 'ne prima Sache, um mich abzureagieren. Wenn ich heute schon nicht zur Arbeit gehe, kann ich mich ja hier ein wenig nützlich machen. Zu Hause würde ich wahrscheinlich verrückt werden.«

»Na, da bin ich aber gespannt. Klingt ja alles nicht so gut.«

»Das kannst du laut sagen.«

Nur wenig später stand Luise Alberts auf der Leiter und begann die obere Hälfte des Schuppens zu streichen, während Deike ihr von unten entgegenarbeitete.

»Also, was ist los?«, fragte Luise schließlich, nachdem Deike keine Anstalten machte, von sich aus zu berichten, was ihr auf dem Herzen lag.

»Es ist ...«, Deike stockte. »Ach, Luise, ich weiß gar nicht so recht, wie ich anfangen soll, denn gerade dir gegenüber ist mir die Sache wirklich unangenehm.«

»Mensch, Deike, schieß endlich los, ich werde es schon verkraften.«

»Na gut, also ... meine Mutter hat meinen Vater umgebracht.«

»Wow«, sagte Luise im ersten Moment nur und ließ zuerst den Pinsel in den Eimer und dann sich selber auf den oberen

Tritt der Leiter sinken. »Das ist ja nun wirklich mal ... oh Gott, Deike, wie furchtbar!«

»Ja«, sagte Deike weinerlich, »ich kann dir gar nicht sagen, wie leid es mir tut, dass du tagelang unter Tatverdacht im Gefängnis saßest, während meine Mutter ...«

»Ach was«, winkte Luise ab, »das ist doch nun egal. Hab ich schon längst verdaut. Aber deine arme Mutter ... was passiert denn jetzt mit ihr und ... wie kam es jetzt eigentlich dazu? Hat die Polizei sie etwa verhaftet? Und was ist mit den anderen Morden?« Sie schüttelte fassungslos den Kopf.

»Also, es fing damit an, dass ich in der letzten Nacht so gegen drei Uhr einen Anruf bekam. Als ich die Nummer meiner Mutter sah, dachte ich natürlich zunächst, dass ihr etwas zugestoßen war. Ich war richtig erleichtert, als ich ihre Stimme hörte, auch wenn diese ziemlich fertig klang. Sie hat mir gesagt, dass ich sofort kommen soll, wollte am Telefon aber nicht sagen, worum es geht. Gott sei Dank war ich nicht in Oldenburg, sondern hatte die Nacht hier in der Nähe verbracht ...«

»Hört, hört, doch nicht etwa bei deinem neuen Lover?«, flötete Luise und zwinkerte ihr zu.

»Also, ich bin dann gleich zu ihr gefahren«, ignorierte Deike den Einwand ihrer Freundin. »Und da saß sie dann im Nachthemd, völlig zusammengesunken und in Tränen aufgelöst auf dem Sofa. Auf meine Frage, was denn nun passiert sei, sagte sie leise schluchzend: ›Ich glaube, ich habe deinen Vater umgebracht.‹ Das saß, kann ich dir sagen! Ich habe natürlich versucht, ihr das auszureden, hab gesagt, dass sie wahrscheinlich nur schlecht geträumt habe. Aber sie schüttelte immer wieder den Kopf und rief: ›Nein, nein, ich habe ihm doch die Tropfen in den Tee getan!‹«

»Welche Tropfen?«, fragte Luise stirnrunzelnd, und im nächsten Moment entfuhr ihr ein Ups!, als Deike den Namen nannte.

»Es kann also sein, dass diese Tropfen meinen Vater getötet haben?«, fragte Deike leise nach.

»Dein Vater hatte ein Nierenleiden, oder?«

»Ja.«

»Tja, dann.«

»Echt? Ich hatte gehofft ...«

»Nee, absolut. Da hat er keine Chance gehabt. Ein gesunder Mensch, ja, da kommt es dann auf die Dosierung der Tropfen an. Aber mit einem Nierenleiden ... kaum vorstellbar, dass man da heile herauskommt.«

»Gott, wie furchtbar. Aber meine Mutter sagt, sie wollte ihn nicht töten, sondern ihn nur ein wenig ... krank machen.«

»Woher hatte sie denn die Tropfen?«

»Keine Ahnung, sie sagt, die standen da einfach herum.«

»Die standen da einfach herum?«, rief Luise ungläubig und pfiff durch die Zähne, während sie ihren Pinsel erneut in den Eimer senkte und ihn dann schwungvoll über das Holz gleiten ließ. »Na, das müsste aber schon ein doller Zufall sein.«

»Du meinst ... man kriegt die nicht einfach so?«

»Kaum vorstellbar. Meines Wissens hat mein Gatte Thorsten so was dreifach gesichert im Panzerschrank stehen ... na ja, das ist jetzt vielleicht übertrieben, aber einfach so herausgeben tut die keiner.«

Deike schluckte. Konnte es sein, dass ihre Mutter viel gewiefter war, als sie angenommen hatte? War sie womöglich so berechnend gewesen, dass sie sich das Gift im Vorfeld irgendwo besorgt hatte, um ihren Mann tatsächlich absichtlich ... welch absurde Vorstellung! Doch nicht ihre sanfte Mutter! Andererseits: Wurde bei einem solchen Monster, wie es ihr Vater gewesen war, nicht jeder irgendwann zum Tier?

»Und wie ging es dann weiter?«, brachte Luise sie in die Gegenwart zurück.

»Meine Mutter bestand darauf, sofort zur Polizei zu fahren und ein Geständnis abzulegen. Sie könne mit der Schuld nicht leben und so weiter. Ich habe natürlich versucht, ihr das auszureden, aber da wurde sie ganz zornig und fing an zu weinen und sagte, wenn ich sie nicht fahren würde, würde sie schon einen anderen Weg finden, um ins Präsidium zu kommen, und es außerdem allen Leuten im Dorf erzählen, und dann würde man sie sowieso abholen ... ach, Luise, es war einfach furchtbar.« Deike legte ihren Pinsel beiseite und sank in die Hocke. Sie vergrub die Hände in ihre rotblonden Locken und stieß einen lauten Seufzer aus. »Ich konnte sie dann wenigstens davon überzeugen, dass wir erst aufs Präsidium fahren, wenn dieser Kommissar Büttner da war. Und dann hab ich darauf bestanden, dass sie wenigstens einen Anwalt mitnimmt, und habe gleich morgens um sieben bei Jan ... ähm ... Scherrmann angerufen. Der ist dann auch gleich gekommen und hat ebenfalls auf Mama eingeredet. Aber sie blieb dabei, dass sie zur Polizei wolle. Tja, und da sind wir dann gegen acht Uhr aufs Präsidium gefahren.«

»Und dann? Haben sie deine Mutter verhaftet?«

»Nein. Erstaunlicherweise hat dieser Büttner ganz anders reagiert.« Deike erzählte ihrer Freundin in kurzen Sätzen, was auf dem Polizeirevier vorgefallen war.

»Respekt!«, sagte Luise anerkennend, als ihre Freundin geendet hatte, »da wird mir der Herr Hauptkommissar aber richtig sympathisch.«

»Du findest es also auch richtig, dass meine Mutter einfach so davongekommen ist?«

»Was heißt denn ›einfach so davongekommen‹. Lass das Leben, oder besser gesagt das Leiden deiner Mutter mal Revue passieren und dann sage mir, was an dieser Lösung ungerecht sein soll. Endlich hat mal so ein Beamter Gnade vor Recht ergehen lassen, weil es in diesem Fall nie ein gerechtes Urteil hätte geben können. Dein Vater, Deike, war mit Sicherheit der größte

Drecksack, der mir jemals begegnet ist. Gleich gefolgt von seiner ganzen Altmännerentourage. Selbst wenn deine Mutter ihren Kerl absichtlich um die Ecke gebracht hat: Sei's drum. Wir waren uns doch einig, dass der Täter eigentlich einen Orden verdient hat. Nun weiß ich ja wenigstens, wem ich diesen umhängen kann.« Luise war während dieser kurzen Ansprache die Leiter hinuntergeklettert, streckte ihrer Freundin nun die Hand entgegen und zog sie wieder auf die Füße. »Komm«, sagte sie, »jetzt trinken wir einen schönen Kaffee mit Cognac auf deine Mutter. Sie hat es sich redlich verdient.«

Bevor die beiden Frauen die Stufen zum Haus hinaufgingen, blieb Luise kurz stehen und sah ihrer Freundin in die Augen. »Aber eine Frage hätte ich noch.«

»Ja?«

»Hat sie auch gesagt, wer den Rest der Bagage auf dem Gewissen hat?«

»Nee. Sie sagt, sie wisse es nicht.«

»Schade«, zuckte Luise in gespielter Enttäuschung mit den Schultern, »ich hätte gerne auf jeden von ihnen einen Cognac getrunken.«

Mit einem befreienden Lachen verschwanden die Freundinnen im Haus.

29

Der Herbst war da. Missmutig betrachtete Hauptkommissar David Büttner seine Schuhe, in die soeben, beim unbeabsichtigten Tritt in eine tiefe Pfütze, das Wasser eingedrungen war. Seit mehreren Wochen nun verbrachte er mehr Zeit in dem kleinen Dorf Canhusen als zu Hause oder gar auf dem Polizeirevier. Anfangs hatte er noch gedacht, der Todesfall Lübbo Krayenborg sei in Windeseile aufgeklärt und zu den Akten gelegt. Dass dieser kleine Flecken Erde zum Schauplatz einer brutalen Mordserie werden würde, damit war einfach nicht zu rechnen gewesen. Vier von hundertsiebzig Einwohnern waren innerhalb kürzester Zeit einem Verbrechen zum Opfer gefallen. Und ausgerechnet ihm fielen sie vor die Füße. Vier von hundertsiebzig. Das waren mehr als zwei Prozent der Gesamtbevölkerung. Wenn ein Verbrechen gleichen Ausmaßes, relativ gesehen, in Hamburg geschehen wäre, wären dort jetzt sechsunddreißigtausend Menschen tot. Das hatte sich Büttner in der letzten, mal wieder schlaflosen Nacht ausgerechnet und dann prompt eine Migräne bekommen. »Sechsunddreißigtausend Menschen tot! Man stelle sich das mal vor!« hatte er am Morgen am Frühstückstisch völlig gerädert zu seiner Frau gesagt, aber die hatte nur mit großen Augen gefragt »Wo?« Klar, was hätte sie auch anderes fragen sollen? Und nun stand er hier, mit immer noch brummendem Schädel, und hatte nasse Füße.

Das Schlimmste aber war, dass er es augenscheinlich mit mehr als einem Mörder zu tun hatte – wenn das, was Fenna Krayenborg ausgesagt hatte, stimmte. Und davon war auszugehen. Er hätte es sich ja gleich denken können, Frauen mordeten eigentlich immer mit Gift. Sie mordeten nicht wirklich oft, verglichen mit den Männern. Aber wenn sie dann mal die Schnauze voll von jemandem hatten, dann brachten sie ihn mit Gift um die Ecke, still und leise und ohne viel Dreck. Fenna also hatte ihren Gatten auf dem Gewissen. Und die anderen drei? Im Prinzip hatte Fennas Aussage ihn nicht viel weitergebracht. Im Gegenteil musste er jetzt die Möglichkeit in Betracht ziehen, dass er es mit vier unterschiedlichen Mördern zu tun hatte. Und das war ja nun ein Gedanke, der ihm überhaupt nicht gefiel.

Seit nunmehr einer Woche warteten sie darauf, den einzig Überlebenden der Altherrenriege, Rudolf Lampe, vernehmen zu können. Aber in den ersten drei Tagen nach dem Tod von Menno Buurmann war der noch völlig neben der Spur gewesen und hatte nur wirres Zeug vor sich hin geplappert. In den nächsten Tagen dann war er zwar wieder einigermaßen bei Verstand gewesen, sein Arzt aber hatte ihn nicht zur Vernehmung freigegeben. Er müsse sich erst erholen, hatte es geheißen. Am heutigen Tag aber sollte es endlich so weit sein. Sie hatten grünes Licht für eine erste kurze Befragung.

Als Büttner an der Tür zu Lampes Haus klingelte, öffnete ihm eine ältere Frau und sah ihn aus tief liegenden Augen müde an. »Ja, bitte?«

»Hauptkommissar David Büttner«, stellte er sich vor und zog seine Polizeimarke, »das hier neben mir ist mein Kollege Sebastian Hasenkrug.«

»Ach ja«, sagte die alte Frau mit leiser Stimme, »Dr. Gerber hat schon gesagt, dass Sie kommen. Ich bin Rudolfs Frau.«

»Wie geht es Ihrem Mann?«, fragte Büttner auf dem Weg zu dessen Schlafzimmer.

Anstelle einer Antwort fing Frau Lampe an zu weinen und zog ein kleines, besticktes Stofftaschentuch aus ihrer Strickweste. »Es ... hat ihn alles so mitgenommen«, schluchzte sie, »er sagt dauernd, dass er auch ... tot sein will, genau wie seine armen Freunde.«

»So arm waren seine Freunde gar nicht, nach allem, was man im Dorf so über sie hört«, sagte Büttner mitleidlos. »Eigentlich waren sie sogar eher von der üblen Sorte. Oder sind Sie da anderer Meinung, Frau Lampe?«

Die alte Frau zuckte nur mit den Schultern, erwiderte aber nichts. Vor der Schlafzimmertür angekommen, sagte sie fast flüsternd: »Aber regen Sie ihn bitte nicht auf, Herr Kommissar.«

»Wie ich hörte, haben das schon andere besorgt«, sagte Büttner trocken. Er hatte keine Lust mehr auf alte Frauen und noch weniger auf alte Männer. Eigentlich hatte er keine Lust mehr auf irgendwen hier in Canhusen.

War Rudolf Lampe auch noch nie eine auffällige Erscheinung gewesen, so war er jetzt endgültig zu einem Schatten seiner selbst geworden, befand Büttner, als er ihn unter einem schweren Daunenbett begraben vorfand. Sein fahles Gesicht hob sich kaum vom hellen Kopfkissen ab, über seinen Wangenknochen spannte sich die Haut wie dünnes Pergament und seine jetzt scheinbar viel zu großen, von dunklen Ringen umrandeten Augen boten hinter den dicken Brillengläsern einen geradezu grotesken Anblick.

»Wie geht es Ihnen, Herr Lampe?«, fragte Hasenkrug und rümpfte angesichts des Geruchs, der ihm beim Betreten des Zimmers entgegengeschlagen war, angewidert die Nase. Es war eine Mischung aus abgestandener Kohlsuppe, Urin und – Verwesung. Ja, so roch der Tod, schoss es Hasenkrug unwillkürlich durch den Kopf.

»Ach, wie soll es mir schon gehen«, jammerte Lampe und hob seine Hände, ließ sie aber bereits im nächsten Moment kraftlos wieder auf die Bettdecke fallen.

»Wie ist es Ihnen eigentlich gelungen, Ihre Freunde umzubringen?«, ging Büttner sogleich schlecht gelaunt in die Offensive. Er spürte den nächsten Migräneanfall in sich aufsteigen, und die Aussicht auf weitere Stunden mit höllischen Kopfschmerzen und begleitender Übelkeit machte ihn aggressiv. »Oder wollen Sie jetzt immer noch behaupten, Sie hätten mit der Sache nichts zu tun? Das würde mir schwerfallen zu glauben. Schließlich sind Sie der Einzige, der übrig blieb.«

»Bisher«, rutschte es Hasenkrug heraus.

»Ich wollte es nicht«, sagte Lampe weinerlich, »ich wollte das alles nicht.«

»Was wollten Sie nicht, Herr Lampe? Reden Sie doch jetzt endlich mal Klartext!«, fauchte Büttner ihn so herrisch an, dass der alte Mann sichtlich zusammenzuckte. »Oder denken Sie, ich mache die Heuchelei hier noch länger mit? Wenn Sie mir nicht auf der Stelle alles erzählen, was Sie wissen, dann kann ich Ihnen versprechen, dass ich Sie noch heute in die Haftanstalt überführen lassen werde. Mir reicht's, Herr Lampe, haben Sie mich verstanden! Ich habe ein für alle Mal genug von Ihnen!« Büttners Stimme war mit jedem Satz lauter geworden, bis sie sich am Ende fast überschlug. Hasenkrug sah ihn erschüttert an, so hatte er seinen Chef ja noch nie erlebt! Auch öffnete sich im nächsten Moment die Tür, und Frau Lampe fragte verschüchtert, ob sie behilflich sein könne. Eine Tasse Tee vielleicht für die Herren Kommissare?

»Nein ... nein, nichts, Frau Lampe«, erwiderte Büttner, sichtlich um Beherrschung ringend. »Bitte lassen Sie uns jetzt wieder ...«

»Menno war's«, hörte er da aus den Tiefen des Daunenbettes eine fast piepsende Stimme.

»Was?« Büttner glaubte sich verhört zu haben.

»Menno. Er ist ... er hat ...«

»Menno Buurmann?«, rief Büttner schrill aus, »Sie sagen, Ihr Freund Menno Buurmann habe Lübbo Krayenborg, Johann Schepker und Gustav Grensemann umgebracht? Und womöglich auch noch sich selbst?«

»Ja ... nein, also ... ich ... nein, nein«, stieß Rudolf Lampe mit keuchendem Atem hervor und riss unnatürlich weit die Augen auf. Er schien nahe dran zu hyperventilieren.

»Jetzt mal ganz langsam, Herr Lampe.« Sebastian Hasenkrug war näher an sein Bett getreten und tätschelte ihm nun beschwichtigend die Hand, wobei er seinem Chef einen vernichtenden Blick zuwarf. »Lassen Sie sich ruhig Zeit, es gibt keinen Grund sich aufzuregen. Am besten erzählen Sie alles der Reihe nach.«

Die Atmung des alten Mannes beruhigte sich langsam wieder. Aber gleichzeitig schien ihn auch der Rest seiner Kraft zu verlassen. Lampe schloss mit einem tiefen Seufzer erschöpft die Augen und ließ seinen Kopf auf die Seite fallen, das Gesicht von den Polizisten abgewandt.

»Herr Lampe, Sie wollten doch eine Aussage machen«, beschwor ihn Büttner und fasste ihn an der Schulter, als er sah, dass Lampe ganz offensichtlich dabei war einzuschlafen. »Herr Lampe, nur noch ein paar Minuten, dann lassen wir Sie wieder in Ruhe.« Aber der Angesprochene reagierte nicht.

»So ein Mist, das haben Sie nun davon!«, zischte Hasenkrug seinem Chef empört zu. »Gerade war er so weit, und dann haben Sie mit Ihrem Gebrüll alles wieder kaputt gemacht! Das kann doch wohl nicht wahr sein!« Vor lauter Wut und Enttäuschung ließ Hasenkrug seine Hand auf den neben ihm stehenden Tisch niederfahren. Die Wucht des Aufpralls war so heftig, dass eine Wasserflasche umkippte und mit lautem Getöse vom Tisch auf den Boden fiel.

Nur wenig später öffnete sich wieder die Tür. »Frau Lampe, ich hatte doch gesagt, dass ...«, setzte Büttner aufgebracht zu einer Schimpftirade an, wurde aber sogleich von einer Stimme unterbrochen, die einen mindestens ebenso herrischen Ton aufwies wie die seine. »So, Feierabend. Wenn sich die Herren jetzt bitte verabschieden würden, mein Patient braucht Ruhe.« Mit einem wenig freundlichen Gesichtsausdruck betrat Dr. Gerber das Zimmer. Er schob Büttner, der bei seinen Worten aufgesprungen war, unsanft beiseite, trat an Lampes Bett und fühlte seinen Puls. »Ich weiß nicht, was Sie sich dabei gedacht haben, meinen Patienten derart in Aufregung zu versetzen«, sagte er in galligem Tonfall. »Ihre Befragung jedenfalls können Sie sich für die nächsten drei Tage abschminken; Herr Lampe kann mit seiner Regeneration jetzt wieder ganz von vorne anfangen. Ich hätte Ihnen ein wenig mehr Verstand zugetraut.«

Büttner sog tief die Luft ein, entschloss sich aber, auf die Beschimpfungen des Doktors lieber nicht zu reagieren, auch wenn ihm das ausgesprochen schwerfiel. Was fiel diesem jungen Schnösel ein, ihn hier so von oben herab abzukanzeln? Mit einer ordentlichen Portion Wut im Bauch folgte er seinem Assistenten, der bereits auf dem Weg zur Tür war und ihm durch Handzeichen mit Nachdruck zu verstehen gab, dass er sich beeilen solle. »Ich werde mich bei Ihren Vorgesetzten über Sie beschweren«, hörte er noch, als er die Tür hinter sich ins Schloss zog.

30

Wenigstens gab es keine neue Leiche. Mit diesem Satz tröstete sich Hauptkommissar Büttner an jedem Abend, wenn er ins Bett ging. Inzwischen war schon wieder eine Woche vergangen, und, wie er hörte, Rudolf Lampe war auf dem Wege der Besserung. Nur schaltete sein Arzt nach wie vor auf stur, wenn Büttner ihn bat, den alten Mann erneut vernehmen zu dürfen. »Auf gar keinen Fall!« hatte Dr. Gerber erst gestern abgewinkt, und mit einem energischen Kopfschütteln »Das haben Sie sich nur selber zuzuschreiben, Büttner!« hinzugefügt. Nun ja, da mochte er wohl recht haben. Vielleicht war er, David Büttner, diesen kranken Alten ja tatsächlich ein wenig zu heftig angegangen angesichts dessen labilen Gesundheitszustands. Aber irgendwie, so befand er selbstmitleidig, müsse man ihn ja auch verstehen. Schließlich liege es in seiner Verantwortung, dass mit den Morden in Canhusen endlich Schluss war, dass ein oder mehrere Mörder endlich verhaftet und ihrer gerechten Strafe zugeführt wurden. Und so betete er an jedem Abend vor dem Einschlafen zum lieben Gott – mit dem er unter normalen Umständen nicht allzu viel anzufangen wusste –, dass er ihn, Büttner, doch bitte mit weiteren Morden verschonen solle. Dabei kam ihm immer auch der Gedanke, dem lieben Gott vielleicht einen Tauschhandel vorzuschlagen: Mörder gegen zukünftig feiertags in die Kirche gehen, oder so. Aber dann versetzte er sich in dessen Position und kam zu dem Schluss, dass er sich, anstelle des himmlischen Herrn, mit solch einem Deal vermutlich auch nicht zufriedengegeben hätte, und er ließ es im Gebet mit der Bitte um Verschonung bezüglich weiterer Canhuser Mordfälle bewenden.

Über Ostfriesland tobten inzwischen die ersten Herbststürme, was, da waren sich alle Ostfriesen einig, ein wenig zu früh war für die Jahreszeit. Viele Bäume hatten durch die Stürme schon einen großen Teil ihres Laubs verloren, die Wolken lagen dunkel und schwer über dem flachen Land. Überhaupt schien sich nicht nur der Himmel, sondern auch die Stimmung der Menschen in der letzten Woche deutlich eingetrübt zu haben, war doch der Übergang vom ungewöhnlich heißen Sommer hin zum nasskalten Herbst für ihren Geschmack ein wenig zu hart gewesen. Vor vier Tagen hatten sie in Canhusen den alten Menno Buurmann zu Grabe getragen. Wegen des stürmischen und regnerischen Wetters aber war es eine eher kurze Veranstaltung geworden und man hatte, angesichts der ungewöhnlich knapp gehaltenen Worte des Pastors, den Eindruck gewinnen können, dass selbst der nun fand, dass es genug sei mit dem Sterben in Canhusen und man sich in diesem Dorf, anstatt zu morden, mal wieder auf den Alltag besinnen könne. Und auch die Canhuser selbst hatten – nachdem sie bei der Beerdigung von Lübbo Krayenborg noch in recht ausgelassener Stimmung gewesen waren – dem Pastor nur mit mürrischen Gesichtern gelauscht und waren gleich nach der Beisetzung wieder ihrer Wege gegangen, ohne sich noch groß zu unterhalten. Worüber auch, es war ja alles gesagt. Insgeheim warteten sie wohl darauf, dass es nun auch noch Rudolf Lampe erwischen würde. Jedenfalls hatte Büttner während der Beisetzung Buurmanns bemerkt, dass vereinzelt auf die neben dessen Grab liegende, derzeit noch verwaiste Einfriedung gedeutet wurde und dabei der Name Lampe gefallen war. Aber dann, so hatte einer der Beerdigungsgäste beim Weggehen kundgetan, sei es ja auch mal gut gewesen, schließlich sei vom Altherrenstammtisch dann ja niemand mehr übrig. Die neben ihm Laufenden hatten kurz mit dem Kopf genickt, aber ansonsten hatte keiner von ihnen etwas darauf erwidert.

Also saß nun Hauptkommissar Büttner in seinem Büro und wartete darauf, dass entweder die Nachricht kam, nun sei auch der alte Lampe ermordet worden, oder aber Rudolf Lampe sei nun endlich bereit zu gestehen, dass er der Mörder von Grensemann, Schepker und Buurmann sei. Letzteres wäre Büttner ganz klar lieber, da er dann nicht in Verlegenheit kommen würde, weiterhin nach einem Mörder suchen zu müssen, der es auf alte Männer abgesehen hatte. Neben sich eine dampfende Tasse Kaffee, blätterte Büttner in dem Album, das Trientje Müller, die Schwester von Menno Buurmann, seinem Assistenten Hasenkrug mitgegeben hatte. Viele der vergilbten Schwarz-Weiß-Aufnahmen zeigten einfach nur fröhliche, meist junge Menschen, die ihr Leben trotz der Mühsal der Nachkriegszeit zu genießen schienen. Vielleicht sollte er, so dachte Büttner, dieses Album an Jan Scherrmann weiterreichen, denn es wäre eine echte Bereicherung für seine Fotoausstellung. Immer wieder tauchten auf den Fotos auch Siebo Manninga und Tammo Freerksen auf, sie schienen in die Canhuser Gemeinschaft tatsächlich fest eingebunden gewesen zu sein. Es gelang Büttner weitgehend, den Gesichtern auf den Fotos Namen zuzuordnen. All diese Menschen hatte er, so weit sie noch lebten, im Rahmen seiner Mordermittlungen kennengelernt oder sie bereits auf den Bildern der Fotoausstellung gesehen und von Jan Scherrmann und Hermine Sanders erläutert bekommen, um wen es sich jeweils handelte. Nur ein Gesicht, da war er sich sicher, hatte er noch nie gesehen. Es war das einer jungen Frau, die meist an der Seite des jungen Siebo Manninga zu sehen war. Häufig berührte sie ihn, hatte den Arm um ihn gelegt oder schaute ihn mit strahlenden Augen an. Es war nicht schwer zu erraten, wer diese junge Frau sein musste: Tabea. Und richtig, im Text, den Trientje Müller neben eines der Fotos gekritzelt hatte, stand auch ebendieser Name. Tabea. Die beiden älteren Damen im Emder Café hatten erwähnt, dass die damalige Freundin von Siebo Manninga so hieß, dass sie jedoch nach dem Tod der beiden jungen Männer weggezogen war. Büttner blätterte weiter. Aber irgendwann gab es keine Fotos mehr von Siebo und Tabea. Und auch aus den Texten ging nicht hervor, was aus der jungen Frau geworden war. Dennoch war sich Büttner schon beim ersten Blick auf diese Frau sicher gewesen, das Gesicht irgendwo schon einmal gesehen zu haben. Aber so lange er sich auch den Kopf darüber zerbrach, er kam nicht darauf, wo es gewesen sein könnte. Hm, dachte er, vielleicht sah sie ja auch einfach nur jemandem ähnlich. Er ging in Gedanken die Canhuser Gesichter durch, die er in den vergangenen Wochen kennengelernt hatte. Denn bei all den verschlungenen Verwandtschaftsbeziehungen, all den herumlaufenden Kuckuckskindern und Bastarden, die es in diesem kleinen Dorf gab, war es ja schließlich nicht ausgeschlossen, dass auch diese Tabea ihre Gene irgendwie in die Canhuser Gemeinschaft mit eingeflochten hatte oder von irgendwem aus dem Ort abstammte. Na ja, jedenfalls stand schon mal fest, dass sie keines von den angeblich so zahlreichen nicht ehelichen Kindern Lübbo Krayenborgs sein konnte. Denn schließlich waren die beiden nahezu gleichaltrig gewesen. Wohin also gehörte sie? Und wo war sie jetzt? Büttner beschloss, das Foto in Canhusen herumzuzeigen. Irgendwem würde schon etwas zu der jungen Frau einfallen. Und wer weiß, vielleicht würde diese Person es ihm ja sogar sagen und nicht wieder nur erschrocken gucken und dann so tun, als wisse er oder sie von nichts. Könnte er es zum Beispiel riskieren, Fenna Krayenborg dieses Foto vorzulegen? Oder würde sie dann sofort wieder einen hysterischen Anfall bekommen, weil sie dieses Bild an ihre große Liebe Tammo Freerksen erinnerte? Nun, es nützte ja nichts, er musste es riskieren. Vielleicht war ja genau diese Tabea der Schlüssel zu den Mordfällen.

Einer plötzlichen Eingebung folgend, griff David Büttner zum Telefon. »Hasenkrug«, sagte er, nachdem dieser im Nachbarbüro abgenommen hatte, »geben Sie mir doch bitte mal die Telefonnummer von Trientje Müller, Sie wissen ja, das ist die

Schwester von Menno Buurmann.« Nur wenig später wählte er ihre Nummer in Oldenburg und musste nicht lange warten, bis am anderen Ende der Leitung abgenommen wurde.

»Frau Müller«, begann er, nachdem er sich vorgestellt hatte, »ich habe hier Ihr Fotoalbum vorliegen. Sie hatten es meinem Kollegen Hasenkrug mitgegeben. Nun, ich bin beim Durchsehen der Bilder auf ein Foto gestoßen, auf dem eine junge Frau Namens Tabea abgebildet ist. Es wurde 1949 aufgenommen. Können Sie sich an die Dame erinnern?«

»Ja, sicher«, antwortete sie prompt. »Tabea und ich waren damals eng befreundet, über mich hat sie doch Siebo kennengelernt, der dann ...«

»Ja, einer der jungen Männer, die damals erschossen wurden, ich weiß«, kürzte Büttner ihre Ausführungen ab. »Wie mir berichtet wurde, ist Ihre Freundin Tabea nach dem Tod von Siebo Manninga weggezogen. Wissen Sie, wohin?«

»Sie ist damals ins Ruhrgebiet gegangen, wollte ganz neu anfangen.« Trientje Müller machte eine längere Pause, und fast war es Büttner, als hörte er am anderen Ende ein Schluchzen.

»Frau Müller«, erkundigte er sich, »ist alles in Ordnung?«

»Ja, ja, natürlich. Ich musste nur gerade ...«, schniefte sie stammelnd in den Hörer, »Tabea ist damals sehr unglücklich geworden, wissen Sie. Sie hatte da einen anderen Mann kennengelernt, den sie dann geheiratet hat. Oje, da hatte sie aber einen großen Fehler gemacht. Dieser Mann, er ... war nicht gut zu ihr. Zuerst hat sie mir noch ab und zu Briefe geschrieben, sie muss sehr unglücklich gewesen sein. Aber irgendwann kam nichts mehr. Ich habe auch versucht sie anzurufen, weil ich mir Sorgen gemacht habe. Aber ich habe sie nicht erreicht, immer war nur dieser furchtbare Mensch am Apparat und hat gesagt, Tabea sei für niemanden zu sprechen. Da hab ich es schließlich aufgegeben. Und dann habe ich nie wieder was von ihr gehört.«

»Was heißt ›ihr Mann war nicht gut zu ihr?‹«, hakte Büttner nach. »Hat er sie geschlagen?«

»Ach, ja, es muss ganz furchtbar gewesen sein, immer wieder schrieb sie von Prügelattacken. Aber noch viel mehr Sorgen als um sich selbst machte sie sich um den Lütten.«

»Welcher Lütte?«, fragte Büttner. »Hatte Tabea ein Kind?«

»Ja, sicher, den lütten ... wie hieß er noch gleich?« Sie schien zu überlegen, denn für eine ganze Weile war Ruhe in der Leitung. Büttner wollte sie nicht drängen, denn er hatte das Gefühl, dass die Informationen dieser Frau ihn womöglich ein ganzes Stück weiterbrachten. Also wartete er geduldig ab.

»Johannes«, sagte sie schließlich. »Ja, jetzt weiß ich es wieder. Er hieß Johannes. Aber sie nannte ihn nur Jan. Sie fand, das klang friesischer. Und sie hatte doch immer solches Heimweh.«

»Jan.« Nun war es an Büttner zu schweigen, und plötzlich wusste er auch, an wen ihn Tabea erinnerte. Konnte es sein ...? »Frau Müller«, fuhr er dann fort und spürte, wie sein Herz anfing, schneller zu schlagen, »Frau Müller, können Sie sich noch an den Nachnamen von Tabea erinnern? Ihren Nachnamen nach der Hochzeit, meine ich.«

»Warten Sie mal, das war irgendwas mit ... hm ... nee, das war doch ...«

Büttner klopfte ungeduldig mit seinen Fingern auf das Foto, auf dem die lachende Tabea abgebildet war. Was barg sie für ein Geheimnis? »Lassen Sie sich ruhig Zeit, Frau Müller«, sagte er ruhiger, als ihm zumute war.

»Ja, jetzt weiß ich es«, sagte sie nur wenig später. »Wissen Sie, ich hab schnell mal wo nachgesehen. Scherrmann hieß sie nach der Hochzeit. Tabea Scherrmann. Ja, jetzt weiß ich es wieder.«

Büttner stockte der Atem. Scherrmann! »Sind Sie ganz sicher, Frau Müller?«, hakte er noch mal nach. »Es ist eine Information, die für die Polizei sehr wichtig ist.«

»Ja, ich hab noch ihre Anschrift im Adressbuch. Ich hatte immer das Gefühl, sie nicht wegschmeißen zu dürfen. Es wäre mir wie ... ja, wie ein Verrat an Tabea vorgekommen.«

»Da hatten Sie absolut das richtige Gefühl, Frau Müller«, rief Büttner aufgeregt. »Ich danke Ihnen, ich danke Ihnen vielmals, Sie ahnen nicht, wie sehr Sie mir damit geholfen haben!«

»Das freut mich«, sagte Trientje Müller und fügte leise hinzu: »War es mein Bruder, der die anderen Männer umgebracht hat, Herr Kommissar?«

Büttner räusperte sich. »Bisher hielt ich es für möglich«, sagte er nachdenklich. »Er wird es uns ja jetzt nicht mehr sagen können. Aber jetzt ... ich glaube, dass wir jetzt doch in eine andere Richtung ermitteln müssen.« Dann legte er auf und rief nach Hasenkrug.

31

Jan Scherrmann grinste. Er grinste! Hauptkommissar Büttner konnte es nicht fassen. Da saß dieser Mensch vor ihm und grinste ihm frech ins Gesicht. Und das, obwohl er soeben erfahren hatte, dass er nun in dringendem Verdacht stand, mit den Morden in Canhusen etwas zu tun zu haben. »Es ist doch kein Zufall, dass es Sie nach Ihrer Pensionierung ausgerechnet nach Canhusen verschlagen hat, Herr Scherrmann, das können Sie uns doch nicht erzählen!«, wetterte er zum wiederholten Male.

»Nein. Und ich sagte Ihnen bereits, dass es natürlich kein Zufall war«, erwiderte Scherrmann, »aber das heißt ja noch lange nicht, dass ich die alten Herren ins Jenseits befördert habe.«

»Ich glaube Ihnen aber nicht, dass Sie so unschuldig sind, wie Sie tun, Herr Scherrmann.«

»Nun, das ist Ihr Problem. Ich für meinen Teil bleibe bei dieser Aussage. Wie kommen Sie eigentlich darauf, dass ich mich für irgendwas rächen will?«

Auf diesen Moment hatte Büttner gewartet. Gleich nach dem Telefonat mit Trientje Müller hatte er Jan Scherrmann aufs Präsidium bringen lassen und ihm klargemacht, dass man ihn aufgrund einer neuen Sachlage in Verdacht hatte, in die Canhuser Morde involviert zu sein. Zunächst hatte Scherrmann ihn verdutzt angeschaut, dann aber hatte er laut losgelacht. »Und was, bitte schön, lässt Sie annehmen, ich sei ein Mörder?«, hatte er belustigt gefragt.

»Weil Sie diese Menschen, diese alten Männer abgrundtief hassen«, hatte Büttner geantwortet, »weil Sie sich an Ihnen rächen wollen.« Büttner wühlte in seinen Unterlagen, kramte ein Foto hervor und knallte es mit einem »Darum!« vor seinem Gegenüber auf den Tisch. Scherrmann warf, immer noch grinsend, einen Blick darauf – und erstarrte. Büttner konnte geradezu zusehen, wie ihm Fassung für Fassung aus dem Gesicht glitt und sein gebräuntes Gesicht eine wächserne Färbung annahm.

»W-woher haben Sie dieses Bild?«, stammelte er.

»Das tut nicht zur Sache«, antwortete Büttner, »aber wie ich vermutet hatte, ist Ihnen die Frau auf dem Bild nicht ganz unbekannt, nicht wahr? Tabea Scherrmann. Gehe ich richtig in der Annahme, dass es sich bei ihr um Ihre Mutter handelt, Herr Scherrmann?«

»J-ja, das ist meine Mutter«, nickte Scherrmann und schlug die Arme vor dem Körper zusammen, als würde er frieren. Dann beugte er sich wieder vor und strich mit dem Finger über das Foto.

»Und der Mann neben ihr, Siebo Manninga, ist dann ja wohl ...«

»Er ist mein Vater«, nickte Scherrmann, und genau das hatte Büttner hören wollen. Tabea war also damals tatsächlich von Siebo schwanger gewesen. Bingo! Genau das hatte er nach den Erzählungen von Trientje Müller vermutet. Denn warum sonst hätte Scherrmann ein Interesse daran haben sollen, sich ausgerechnet in Canhusen anzusiedeln? Doch bestimmt nicht aus reinen nostalgischen Anwandlungen heraus.

»Der Mann, den Ihre Mutter nach dem Tod von Siebo Manninga geheiratet hat, dieser ... wie hieß er noch gleich mit Vornamen?«

»Werner.«

»Werner Scherrmann. Er war also nicht Ihr leiblicher Vater«, wollte Büttner es nun noch mal ganz konkret aus Scherrmanns Munde hören.

»Nein.«

»Hat er Sie deswegen immer geschlagen? Konnte er es nicht ertragen, dass er das Kind eines anderen Mannes großziehen sollte?«

Jan Scherrmann zuckte zusammen, und auf sein Gesicht schlich sich ein gequälter Ausdruck. »Das tut nichts zur Sache«, sagte er dann gepresst.

»Hier werden vier Menschen ermordet, die vermutlich Ihren leiblichen Vater auf dem Gewissen haben, weswegen Sie in der Hölle aufwuchsen. Und Sie wollen uns weismachen, das täte nichts zur Sache?« Büttner zog ungläubig die Augenbrauen hoch. »Für wie dumm halten Sie uns eigentlich, Scherrmann?«

»Sie wurden immer entweder unmittelbar vor oder nach den Morden in der Nähe des Tatorts gesehen, Herr Scherrmann. Zufall? Das kann ja wohl nicht sein«, mischte sich nun Sebastian Hasenkrug ins Gespräch, der bis zu diesem Zeitpunkt geschwiegen hatte. Die Verkündung seines Chefs, Scherrmann stehe von jetzt an unter dringendem Tatverdacht, hatte ihn ziemlich mitgenommen. Er hatte die frische und angenehme Art des freundlichen Anwalts immer gemocht. Niemals hätte er ihm ein solches Versteckspiel und schon gar keinen Mord zugetraut. Er war zutiefst erschüttert und hatte sich von dem Schrecken erst mal erholen müssen. Jetzt aber kehrte seine Professionalität langsam zurück, und er fand, dass hier noch eine ganze Menge offene Fragen zu klären waren.

»Ja, Zufall, so wird es wohl gewesen sein«, antwortete Scherrmann, und so langsam schien er seine Selbstsicherheit zurückzugewinnen.

»Was genau hat Sie veranlasst, die vier Männer umzubringen? War es rein aus Rachegelüsten heraus?«, versuchte es Büttner erneut.

»Lübbo Krayenborg wurde von seiner Frau umgebracht, das wissen Sie genau so gut wie ich. Also, wenn überhaupt, dann bleiben noch drei Morde übrig. Oder womöglich doch vier«, fügte er nach kurzem Nachdenken und mit einem Schmunzeln hinzu.

»Vier?«, fragte Büttner. »Wie kommen Sie jetzt doch auf vier Morde?«

»Na, falls der gute Rudolf Lampe umgebracht wird, während Sie hier mit mir Ihre Zeit verplempern, dann sind es wieder vier.«

Büttner schluckte. Das war nun wirklich eine Vorstellung, die ihm so gar nicht behagte. »Nun lenken Sie mal nicht von sich ab, Scherrmann«, knurrte er ungehalten. »Sie glauben doch wohl selbst nicht, dass da ...« Er stutzte. »Oder haben Sie etwa einen Komplizen, der für Sie die Drecksarbeit macht, während Sie zu Hause Ränkepläne schmieden?«

»Klar, ich habe einen Auftragsmörder engagiert, um mir nicht selbst die Finger schmutzig machen zu müssen. Fragen Sie doch mal bei der Russenmafia nach, die werden Ihnen bestimmt gerne den Namen desjenigen nennen, der plündernd und mordend durch Canhusen zieht, weil er gerade nichts Besseres zu tun hat.«

Büttner verzog sein Gesicht zu einer Grimasse. Mist! Jan Scherrmann hatte seinen Schock anscheinend schnell überwunden und war jetzt wieder auf Zack. Das würde ein Geständnis nicht wahrscheinlicher machen.

»Was genau hat Ihr Stiefvater Ihnen eigentlich angetan?«, fragte der Hauptkommissar, um Scherrmann wieder an seinem wunden Punkt zu treffen und ihn dadurch erneut zu verunsichern. Aber der Schuss ging ins Leere.

»Nette Strategie, Herr Hauptkommissar«, antwortete Scherrmann lächelnd, »aber Sie glauben doch nicht ernsthaft, dass ich hier meine, zugegebenermaßen abscheuliche, Kindheit vor Ihnen ausbreite.«

»Was macht Ihre Mutter heute?«, startete Hasenkrug einen weiteren Versuch, und tatsächlich umwölkte sich Scherrmanns Stirn für einen kurzen Augenblick. Aber er hatte sich gleich wieder im Griff. »Sie ist vor rund achtzehn Monaten gestorben«, antwortete er.

»Das tut mir leid«, sagte Büttner, und das meinte er durchaus ernst. »Hatte sie denn wenigstens noch ein paar schöne Jahre?«

»Sie meinen, so wie Fenna Krayenborg, nachdem ihr prügelnder Alter endlich unter der Erde ist?«, fragte Scherrmann, und seine Stimme klang bitter.

»Ja ... ja, so ähnlich«, stammelte Büttner und spürte, wie ihm das Blut in den Kopf schoss. Diesem Scherrmann gelang es, den Spieß einfach umzudrehen, wie er mit einer gewissen Anerkennung feststellen musste.

»Ja, Gott sei Dank ist der werte Gatte meiner Mutter, seines Zeichens übrigens ein hoch angesehener Richter am Arbeitsgericht, tatsächlich schon vor zwanzig Jahren einem Herzinfarkt erlegen. Und ich kann nicht behaupten, dass mir das auch nur eine Sekunde leidgetan hat. Und meiner Mutter im Übrigen auch nicht. Sie hat sich trotzdem nicht mehr von ihrer Tablettensucht erholt. Ihr Leben war also auch nach dem Tod des widerwärtigen Arschlochs kein Picknick, das können Sie mir glauben.«

»Haben Sie deswegen zeitlebens von ihren Ehemännern gequälte und misshandelte Ehefrauen verteidigt?«, fragte Hasenkrug, der sich an ein Gespräch erinnerte, in dem Scherrmann so was erwähnt hatte.

»Nun, was glauben Sie?«, stellte Scherrmann die Gegenfrage und sah den jungen Polizisten herausfordernd an. Dem aber fiel keine passende Erwiderung ein, und er zuckte die Schultern.

Büttner räusperte sich vernehmlich. Die Befragung ging ihm jetzt zu sehr in die falsche Richtung. Schließlich saß Jan Scherrmann als Verdächtiger hier vor ihnen und nicht als Therapiepatient. Er schaute auf die Uhr. Der Nachmittag war bereits weit fortgeschritten. Schon den ganzen Tag freute er sich auf die Speckpfannkuchen, die ihm seine Frau für den heutigen Abend versprochen hatte. Aber wenn es hier so weiterging, dann würden die wohl noch eine Weile auf ihn warten müssen. »Also, Scherrmann, machen wir es kurz«, stieß er hervor. »Sagen Sie uns endlich, dass und warum Sie die Kerle vom Stammtisch umgebracht haben. Dann können wir beide«, er deutete mit der Hand auf sich und seinen Assistenten, »schön nach Hause gehen, und Sie bekommen die bequemste Zelle von mir, die wir haben. Großes Ehrenwort.« Damit hob der Polizist seine Finger zum Schwur.

»Verlockende Aussicht, Herr Hauptkommissar. Aber nein, ich glaube, da müssten Sie Ihr Angebot noch nachbessern, um mich zu überzeugen«, erwiderte Scherrmann und grinste.

Er weiß, dass er für den heutigen Tag gewonnen hat, dachte Büttner, und fast wäre ihm ein anerkennendes Lächeln über das Gesicht gehuscht. »Was also hat Sie bewogen, nach Canhusen zu ziehen, wenn es nicht Ihr Plan war, die vier Alten ins Jenseits zu befördern?«, setzte er die Befragung fort. »Hat Ihre Mutter Ihnen von der Ermordung Ihres Vaters erzählt? Und da dachten Sie, es wäre doch hübsch, die Herren mal kennenzulernen und mit ihnen am Gartenzaun einen kleinen Plausch zu halten?«

»Ja, so ähnlich muss es wohl gewesen sein«, nickte Scherrmann.

»Aha. Und rein zufällig überlegt sich genau zu diesem Zeitpunkt jemand, genau diese Herren, die sich des Mordes an Ihrem Vater schuldig gemacht haben, über den Jordan zu schicken.«

»Ja, wirklich ein komischer Zufall, nicht wahr?«, nickte Scherrmann erneut.

»Dann war es wohl auch Zufall, dass ausgerechnet Sie die Fotoausstellung geplant haben, die ja anscheinend das ganze Unglück erst heraufbeschworen hat? Und es war Zufall, dass ausgerechnet Fenna Krayenborg das Foto ihres verstorbenen Verlobten in die Hände und daraufhin einen hysterischen Anfall bekam?«, fragte Hasenkrug.

»Haben Sie das Foto in die Kiste gesteckt, Scherrmann? Hatten Sie es womöglich von Ihrer Mutter bekommen?«, setzte Büttner noch eins drauf.

Er meinte, bei dieser Frage in Scherrmanns Augen ein leichtes, unsicheres Flackern zu erkennen, ansonsten aber blieb dieser ganz ruhig. »Mit der Fotoausstellung wollte ich den Menschen in Canhusen eine Freude machen«, sagte er, »schließlich passiert da doch sonst nichts.«

»Eine Freude machen, soso«, seufzte Büttner. Er erhob sich, um ein paar Schritte durch den Raum zu laufen. »Ich fürchte, wir können Sie nicht mehr gehen lassen, Scherrmann«, sagte er dann, »Sie werden heute Nacht wohl hier bleiben müssen.«

»Darauf hatte ich gewartet«, lachte Scherrmann und erhob sich aus seinem Stuhl. »Tja, aber Sie wissen ja vermutlich selbst, dass das bisschen, was Sie gegen mich glauben in der Hand zu haben, bei Weitem nicht für eine Übernachtung in Ihrem ... Etablissement ausreicht. Wäre doch schade um die schönen Steuergelder. Also, wenn Sie keine Fragen mehr haben, dann gehe ich jetzt. Ich habe nämlich noch eine Verabredung, zu der ich ungern zu spät kommen würde.«

»Na, na, so einfach ist das nicht«, sagte Büttner und drückte ihn sanft auf den Stuhl zurück. »Auch wenn zu Hause ganz köstliche Speckpfannkuchen auf mich warten, so bin ich mit der Befragung hier doch noch lange nicht durch. Also, noch mal von vorne ...« Kaum dass er das gesagt hatte, klingelte sein Handy. Mit einem entnervten Gesichtsausdruck nahm er den Anruf entgegen. »Ich hatte doch gesagt, dass ich nicht ... aha ... oh mein Gott ... jaja, wir sind schon unterwegs.«

»Was ist denn, Herr Hauptkommissar, Sie sind ja ganz bleich geworden?«, sah ihn Scherrmann fragend an.

»Es ist ... wir müssen«, Büttner schnaufte, als hätte er soeben einen Zehn-Kilometer-Lauf hinter sich gebracht. »Wir müssen nach Canhusen, Rudolf Lampe ist ...«, sagte er mit zitternder Stimme, vollendete den Satz aber nicht. »Kommen Sie, Hasenkrug.« Als er schon fast zur Tür hinaus war, rief er Scherrmann noch zu: »Sie können nach Hause gehen, aber halten Sie sich zu unserer Verfügung!«

»Na prima«, sagte Scherrmann belustigt zu sich selbst, »dann werde auch ich jetzt mal nach Lampe schauen.«

32

Ganz Canhusen schien sich vor dem Haus von Rudolf Lampe ein Stelldichein zu geben, als die beiden Polizisten Büttner und Hasenkrug dort eintrafen. Sie hatten Mühe, mit ihrem Auto bis zum Haus vorzufahren, dicht an dicht drängten sich die Menschen auf der schmalen Straße und reckten ihre Hälse. Anscheinend waren sie ganz erpicht darauf zu sehen, was sich in dem Gebäude abspielte, dachte Büttner. Was ihn anging, so wollte er es lieber gar nicht wissen. Schon wieder machte einer dieser Alten Ärger, er hatte nun wirklich die Schnauze voll.

»Sorgen Sie dafür, dass diese Menschen das Grundstück verlassen, und sperren Sie auch gleich ein ganzes Stück der Straße ab«, wies Büttner einen jungen Polizisten an, der vor ihm am Ort des Geschehens eingetroffen war und angesichts der Menschenmassen etwas hilflos in der Gegend herumstand.

Froh, endlich etwas tun zu können, schnappte sich der Polizist einen Kollegen und tat, wie ihm geheißen. Langsam, aber sicher bildete sich unter den wiederholten Rufen »Polizei! Bitte räumen Sie das Grundstück und machen Sie den Weg frei!« eine größere Lücke in der Menschentraube, und für Büttner und Hasenkrug war es nun möglich, bis zum Hauseingang vorzudringen. Dort erwartete sie die Polizeipsychologin, die ebenfalls von den Kollegen herbeigerufen worden war. »Wie sieht's da drinnen aus?«, fragte Büttner, nachdem er die Psychologin mit Handschlag begrüßt hatte.

»Der alte Mann ist sehr aufgeregt«, antwortete sie. »Ich habe versucht, mit ihm zu reden, aber er hat absolut blockiert. Es ist mir nicht gelungen, an ihn heranzukommen, geschweige denn, mir das Gewehr aushändigen zu lassen. Er sagt, er will nur mit Ihnen sprechen. Ausschließlich mit Ihnen«, fügte sie mit einem abschätzigen Blick auf Hasenkrug hinzu.

»Auch das noch«, knurrte Büttner, der darauf gehofft hatte, dass die Psychologin die Lage schnell in den Begriff bekommen würde. »Was für ein Gewehr hat er?«, erkundigte er sich.

»Ein Jagdgewehr. Ein ganz gewöhnliches.«

»Hat er Sie damit bedroht?«

»Nein, nicht wirklich. Er fuchtelt ab und zu mal damit herum, aber er hat es nicht gezielt auf mich gerichtet. Die meiste Zeit hält er es sich unter sein Kinn und scheint bereit, jeden Moment abzudrücken.«

»Kein Herankommen, sagten Sie?«

»Nein, absolut nicht. Wenn Sie mich fragen, ist dieser Mann absolut entschlossen, seinem Leben ein Ende zu setzen. Der Einzige, der das noch verhindern kann, sind Sie, Herr Büttner. Ich jedenfalls bin mit meinem Latein am Ende.«

»Na prima, das ist genau die Verantwortung, die ich liebe«, brummte Büttner. »Hat er denn schon irgendwas gesagt? Zu den Morden, meine ich.«

»Nein, gar nichts. Wie gesagt, er besteht darauf, nur mit Ihnen zu sprechen. Ob er allerdings was zu den Morden sagen will ... keine Ahnung.«

»Na, dann auf in die gute Stube. Hasenkrug, kommen Sie mit.«

»Aber ...«

»Einen Versuch ist es wert«, fuhr Büttner seinen Assistenten an, »oder wollen Sie etwa schon hier an der Tür aufgeben?«

»Nein. Nein, natürlich nicht«, stammelte Hasenkrug, aber seinem Gesichtsausdruck war anzusehen, dass er eigentlich nichts lieber täte als das.

Langsam gingen die beiden Polizisten auf die Schlafzimmertür zu, vor der Frau Lampe auf dem Boden saß und vor sich hin wimmerte. Als sie Büttner bemerkte, schaute sie mit rot verquollenen Augen zu ihm auf und streckte ihm die rechte Hand entgegen, in der sie ein Spitzentaschentuch hielt.

»Gut, dass Sie da sind, Herr Kommissar«, jammerte sie, »Sie sind der Einzige, der meinen Mann jetzt noch retten kann!«

»Lässt er Sie auch nicht rein?«, fragte Büttner, ohne auf die ihm entgegengestreckte Hand zu achten.

»Nein, er hat mich rausgeschickt. Ich wollte ihm eine Tasse Tee bringen und ... und dann saß er da in seinem Sessel, mit dem Gewehr in der Hand. Als er mich sah, hat er es sich vor das Gesicht gehalten und gesagt, er ...« Frau Lampe schluchzte laut auf und war nicht in der Lage weiterzusprechen.

»Hat er Ihnen gesagt, warum er sich erschießen will?«, fragte Hasenkrug.

Frau Lampe nickte und schnäuzte sich die Nase. »Ja, er sagt, er habe Schuld auf sich geladen, mit der er nicht mehr leben könne.«

»Hat er das wörtlich so gesagt?« Büttner runzelte die Stirn. Sollte hinter dieser Zimmertür wirklich der Mörder der alten Männer sitzen?

»Wieder nickte Frau Lampe. »Ja, genau das hat er gesagt. Edeltraud, sagte er, ich habe Schuld auf mich geladen, mit der ich nicht mehr leben kann. Bitte, Herr Kommissar«, schaute sie Büttner flehend an, »lassen Sie nicht zu, dass Rudolf sich etwas antut. Ich wüsste nicht, wie es dann weitergehen sollte.«

Büttner seufzte und drückte die Türklinke zum Schlafzimmer hinunter. Er nickte Hasenkrug kurz zu, dann betrat er das Zimmer. »Raus!«, hörte er im nächsten Moment die krächzende Stimme des alten Rudolf Lampe, »ich habe gesagt, ich will niemanden ...!«

»Sie haben nach mir gefragt?«, sagte Büttner ruhig und hob beschwichtigend die Hand. Rudolf Lampe saß in einem ausladenden, kaffeebraunen Ohrensessel versunken und mit dem Jagdgewehr in der Hand in der hinteren Ecke des Zimmers.

»Ach ... gut, dass Sie kommen, Herr Kommissar«, sagte Rudolf Lampe sichtlich erleichtert, hielt sich jedoch sofort wieder den Lauf des Gewehres unter sein Kinn. »Der da verschwindet«, krächzte er mit einer Bewegung des Kopfes in Richtung Hasenkrug.

»Aber ...«, setzte Büttner zur Gegenrede an, wurde jedoch sofort wieder von einem erstaunlich heftigen »Raus, hab ich gesagt!« unterbrochen. Büttner bedeutete seinem Assistenten, den Raum zu verlassen, was der umgehend tat.

»So, Herr Lampe, jetzt legen Sie mal das Gewehr zur Seite, damit wir uns in aller Ruhe unterhalten können«, sagte Büttner und trat einen Schritt näher an den alten Mann heran.

»Bleiben Sie stehen!«, rief der sofort, während er mit der Waffe in Richtung des Hauptkommissars fuchtelte.

»Ist ja schon gut«, sagte Büttner beschwichtigend und trat wieder einen Schritt zurück. »Also, Lampe, was wollen Sie von mir?«

»Ich will mein Gewissen erleichtern, bevor ich vor den Herrgott trete«, sagte Lampe leise und ließ sich in den Sessel zurückfallen, nicht jedoch ohne das Gewehr wieder unter sein Kinn gepresst zu haben.

Büttner überlegte kurz, ob es einen Weg gab, dem alten Mann das Gewehr zu entwenden, gab den Gedanken aber schnell wieder auf. Wozu sich unnötig in Gefahr begeben? Lampe würde sagen, was er zu sagen hatte, und dann war es gut. Er glaubte nicht, dass, wenn alles gesagt war, der alte Mann noch das Bedürfnis haben würde, sich umzubringen. Spätestens wenn er alles, was er auf dem Herzen hatte, losgeworden war, würde er sich den Konsequenzen stellen. Ganz egal, was er auch verbrochen hatte, ihm würde vor Gericht nicht viel passieren. Mit einem entsprechenden ärztlichen Gutachten könnte es sogar sein, dass niemals Anklage gegen ihn erhoben würde. Für Büttner war ohnehin längst klar, dass selbst wenn Lampe alle seine Freunde tatsächlich ermordet hatte, er trotzdem mehr Opfer als Täter war. Sein ganzes Leben hatte er sich den dominanten Persönlichkeiten von Lübbo Krayenborg und Menno Buurmann untergeordnet. Sie hatten ihn zum Spielball ihrer Interessen gemacht, und er hatte kaum eine Chance gehabt, sich dagegen zu wehren, weil er ... ja, weil er was genau?

»Bevor Sie mir irgendwas zu den aktuellen Geschehnissen sagen, würde ich gerne wissen, wer für den Tod von Siebo Manninga und Tammo Freerksen im Jahr 1949 verantwortlich war«, begann er in der Hoffnung, dass sich Lampe auf sein Vorgehen einlassen würde. Er hatte Glück.

Lampe kniff kurz die Augen zusammen, dann sagte er: »Lübbo hat damals geschossen. Er ... konnte es nicht ertragen, dass Fenna Tammo heiraten wollte.«

»Das dachte ich mir«, nickte Büttner. »Aber warum dann gleich beide? Warum musste auch Siebo Manninga sterben?«

»Lübbo war nur an Tammo interessiert, Siebo interessierte ihn nicht. Aber Menno ... wir alle waren dabei an diesem Abend, und ... wir haben versucht, ihn davon abzuhalten. Aber es war, als hätte er Blut geleckt, als wollte er Lübbo in nichts nachstehen. Wir haben gesagt, er solle es lassen, aber er hat nicht auf uns gehört. Als Siebo sich über seinen toten Freund beugte, ist Menno hingegangen und hat ihm mehrfach in den Rücken geschossen. Einfach so, als würde er ... einen Hasen erlegen.«

»Und mit diesem Wissen haben Sie mehr als sechzig Jahre gelebt«, stellte Büttner nüchtern fest.

»Ja, es hat mich nie losgelassen«, sagte Lampe.

»Sie hätten zur Polizei gehen können.«

Lampe schaute ihn an, als habe er den Verstand verloren. »Zur Polizei gehen? Wie das denn? Wir waren doch alle dabei gewesen, keiner von uns wäre da heil herausgekommen!«, rief er empört, und Büttner wunderte sich, wie fest seine Stimme auf einmal klang.

»Nun, so schlecht kann das schlechte Gewissen dann ja nicht gewesen sein«, sagte er trocken. »Und mit diesem Wissen waren Sie für immer aneinandergeschweißt«, fuhr er fort. »So hat sich Menno Buurmann auch keiner in den Weg gestellt, als er seine Frau Marianne an seine Freunde und Bekannten verschacherte, sie zum Sexobjekt machte, sie ...«

»Ich schwöre, ich habe Mariana nie angerührt«, rief Lampe aufgebracht, »ich habe ihr nichts getan, das ... konnte ich nicht.«

»Aber Sie haben zugesehen, wie Ihre Freunde sich an ihr vergingen. Damit sind Sie keinen Deut besser als sie!«, fuhr Büttner ihn an. »Sie widern mich an, Lampe, ich kann gar nicht sagen, wie mich Ihr erbärmlicher Charakter ...« Er unterbrach seinen Wortschwall, als Lampe am Abzug seines Gewehrs herumfingerte und »Hören Sie sofort auf!« schrie. »Okay«, sagte er betont ruhig, »das war damals. Wer aber ist für die jüngsten Morde verantwortlich?«

Rudolf Lampe starrte ihn an, als würde er an seinem Verstand zweifeln. »Das wissen Sie nicht?«, fragte er perplex.

»Doch. Für mich ist die Sache klar«, log Büttner. »Da Sie der einzige Überlebende sind, gehe ich davon aus, dass Sie es waren.«

»Ich?«, rief Lampe entsetzt. »Aber nein, das war ich nicht! Ich habe nur ... aber das war irgendwie ein Unfall.«

»Was war ein Unfall?«, fragte Büttner lauernd. Hoffentlich kam jetzt, verdammt noch mal, nichts dazwischen, denn nun hatte er den Alten endlich so weit, dass er auspacken würde! Er merkte, wie ihm vor lauter Aufregung der Schweiß den Rücken herunterlief.

»Die Güllegrube, sie ...« Lampe stutzte.

»Sie haben Buurmann in der Gülle ersäuft«, half Büttner ihm auf die Sprünge.

»Er hatte mich angerufen, da war ich gerade bei Bauer Franzen, weil meine Frau ... sie brauchte Milch. Ich hab gesagt, er soll dahin kommen, ich wollte ihn auf keinen Fall in meinem Haus haben. Ich hatte Angst, weil ich wusste, dass er ... und ich dachte, ich bin der Nächste, und da hab ich ... es war nur eine Vorsichtsmaßnahme, ich dachte, dann kann er mich nicht erreichen, wenn der Güllegang zwischen uns ist.«

»Was genau wollte Buurmann von Ihnen?«, fragte Büttner, nachdem Lampe eine Weile geschwiegen hatte.

»Er sagte, er habe darüber nachgedacht, dass es am besten wäre, wenn ich die Morde an Lübbo, Johann und Gustav gestehen würde.«

»Warum hielt er es für das Beste?«

»Er meinte, dann wäre endlich Ruhe und die Polizei würde ihn nicht immer nerven.«

»Sie hatten die Morde aber nicht begangen.«

»Nein! Nein, natürlich nicht«, rief Lampe entsetzt.

»Und was passierte dann?«

»Ich hab gesagt, dass ich das nicht tun würde. Er hat mich angeschrien und mir gedroht, er würde alles auffliegen lassen, und er wisse doch, dass ich der Mörder sei ... und dann bin ich immer weiter zurückgewichen, weil ich Angst hatte, er würde sich auf mich stürzen ... er kam immer näher und ... auf einmal war er weg.«

»Weg.« Büttner nickte. »Er war über die Sicherheitslinie getreten und ... in die Gülle gefallen.«

»Ja, es war ja inzwischen dunkel, da hat er das Loch wohl nicht gesehen.«

»Haben Sie versucht, ihn da herauszuziehen? Haben Sie versucht, Hilfe zu holen?« Büttner schüttelte es bei der Vorstellung, wie Buurmann in der Güllegrube um sein Leben kämpfte.

»Ich ... wollte es«, stammelte Lampe, und ein sonderbarer Glanz schlich sich in seine Augen, »ich habe eine Forke genommen, er sollte sich daran festhalten. Aber als ich ihn da so in der Gülle schwimmen sah ...«

»Mussten Sie an Ihren Hund Adenauer denken, den Buurmann auf bestialische Weise ...«

»Ja ... Adenauer ... ich sah ihn wieder vor mir, meinen treuen Freund, wie er jaulte und winselte und ... ich konnte nichts tun, er hat ihn einfach ersäuft.«

»Warum hat er damals Ihren Hund ersäuft?«

»Ich hatte ihm gesagt ... ich konnte nicht mehr, ich musste immer an diese furchtbare Nacht denken, als Siebo und Tammo ... ich hab gesagt, dass ich überlege, zur Polizei zu gehen.«

»Und zur Warnung hat er Adenauer ersäuft.«

»Ja.«

»Und dann haben Sie an jenem Abend rot gesehen und das Gleiche mit Buurmann gemacht.«

»Ja. Ich konnte nicht anders. Ich hab mit der Forke immer auf ihn eingestochen und hab ihn angeschrien, er solle mich und Adenauer in Ruhe lassen.«

»Hat er sich nicht gewehrt?«

Auf Lampes Gesicht schlich sich ein irres Grinsen. »Natürlich hat er das, er wollte doch da raus. Aber da habe ich gesagt, er solle erst gestehen, dass er Lübbo und ... er hat es zugegeben. Und dann hat ihn wohl irgendwann die Kraft verlassen.«

»Er hat zugegeben, dass er die drei Männer umgebracht hat?«

»Ja. Er hat gesagt, dass er sie umgebracht hat. Wegen der Zettel.«

»Welche Zettel?«

»Da kamen doch immer so Zettel, auf denen stand, dass einer von uns auspacken will.«

»Wegen der Morde an Siebo und Tammo?«

»Ja. Aber da stand nicht, von wem sie sind.«

Büttner dachte kurz nach, dann fragte er: »Kamen diese Zettel schon vor Lübbos Tod?«

»Vor Lübbos ... ja, ja natürlich. Sie kamen schon vor Lübbos Tod. Und als man ihn umgebracht hatte, dachten wir natürlich, dass er es sein musste, der auspacken wollte. Dass das irgendeiner von uns gemerkt hat und ihn ... ja, aber dann ging es mit Johann weiter und dann mit Gustav ... das war ... irgendwie komisch. Aber mir war ja klar, dass es dann nur Menno gewesen sein konnte. Es blieb ja keiner übrig, außer mir. Und ich war es ja nicht gewesen.«

»Deswegen hatten Sie auch Angst, dass Menno Sie als Nächstes umbringen würde.«

»Ja, natürlich. Ich sagte doch schon, dass ich Angst hatte und dass ich deswegen die Abdeckung von der Güllegrube beiseitegeschoben habe.«

»Hat er wirklich zugegeben, Lübbo Krayenborg umgebracht zu haben?«, wunderte sich Büttner, denn das würde ja das Geständnis von Fenna Krayenborg komplett über den Haufen schmeißen.

»Ja, das hat er ... nein«, Rudolf Lampe zog die Stirn in Falten, »nein, ich glaube, das hat er nicht gesagt. Er sagte, er habe Angst gehabt, dass er der Nächste ist, nachdem Lübbo tot war, und da hat er dann Johann und Gustav ... er meinte, bevor es ihn treffen würde, wäre es doch nötig gewesen, dass ...«

»Aber den Mord an Schepker und Grensemann, den hat er zugegeben.«

»Ja. Ja, das hat er. Aber ...« Lampe schien in diesem Moment ein Licht aufzugehen. »Aber wenn Menno Lübbo nicht umgebracht hat und ich auch nicht, wer war es denn dann?«, sah er Büttner fragend an.

»Was hat es mit den Teebeuteln auf sich, die man am Tatort gefunden hat?«, ignorierte Büttner seine Frage.

»Teebeutel?« Lampe schien zu überlegen. »Ach die. Weiß ich nicht, warum Menno das gemacht hat.«

»An der Güllegrube hing auch einer. Der kann ja wohl kaum von Buurmann sein. Haben Sie ihn dahingehängt?«

»Einen Teebeutel? Nein. Woher sollte ich denn einen Teebeutel haben?«

»Schade.« Büttner schürzte die Lippen. Was, verdammt noch mal, hatte das zu bedeuten? Er würde noch weiter nachforschen müssen. Schließlich waren diese vermaledeiten Beutel ja nicht einfach an die jeweiligen Tatorte geflogen. »Herr Lampe, ich möchte Sie jetzt bitten, mit aufs Präsidium zu kommen und Ihre Aussage zu Protokoll zu geben. Ich bin sicher ...«

»Ich? Aufs Präsidium?«, fragte Lampe, und wieder schlich sich dieser irre Blick in seine Augen. »Präsidium ... nein, Herr Kommissar, ich glaube, das werde ich nicht tun, weil ...«

»Weil?«, fragte Büttner. Doch er konnte seine eigene Frage nicht mehr hören, da in diesem Moment ein ohrenbetäubender Knall das Zimmer durchriss – und Rudolf Lampes Gehirnmasse in alle Richtungen spritzte.

33

Es war ein Schlachtfest gewesen. Zuerst die Staatsanwaltschaft, dann die Medien während der Pressekonferenz. Alle hatten sich auf ihn gestürzt und – zu Recht? – gefragt, ob nicht wenigstens der Tod Rudolf Lampes mit ein wenig mehr psychologischem Geschick hätte verhindert werden können, nachdem die Polizei schon nicht in der Lage gewesen sei, die vorherigen vier Morde zu verhindern. Tja, was konnte er, David Büttner, darauf schon antworten? Im Nachhinein war man immer schlauer. Auch die Geier von der Presse. Aber die taten jetzt so, als sei die Sache doch von Anfang an klar gewesen. *Sie* hätten ja schon immer gesagt, dass der Mörder nur in den Reihen des Altherrenstammtisches zu finden sein könne, darauf hätten schließlich von Anfang an alle Indizien und Beweise hingedeutet. Ach ja, hatte Büttner geantwortet, und warum, bitte schön, habe dann niemand von den hier anwesenden Schlaumeiern seine ach so stichhaltigen Indizien und Beweise an die Polizei weitergegeben, wenn es diese schon immer gegeben habe? Daraufhin war ein empörtes Raunen durch den Saal gegangen, und Büttner freute sich schon auf die morgige Presseberichterstattung. Und auf den erneuten Termin beim Staatsanwalt, der dann zweifelsfrei folgen würde.

Na ja, immerhin wusste er nun endlich, wie all die Toten in Canhusen zustande gekommen waren, sagte sich der Hauptkommissar. Ein gegenseitiges Dahingemetzel war es gewesen, weil angeblich irgendwer irgendwelche Zettel an die Männer verteilt hatte, in denen angekündigt worden sei, dass der Absender zur Polizei gehen und bezüglich der Morde an Siebo Manninga und Tammo Freerksen auspacken wolle. Büttner hatte sofort in den Wohnungen der Opfer nach diesen ominösen Zetteln suchen lassen. Es war aber nicht auch nur der kleinste Fetzen Papier gefunden worden – was natürlich daran liegen konnte, dass die Angehörigen schon sehr viele Unterlagen ihrer Verstorbenen aussortiert und in den Müll geschmissen hatten.

Büttner erinnerte sich an die Drohbriefe, die bei Lübbo Krayenborg und Johann Schepker nach deren Tod gefunden worden waren. Aber aus den Sätzen *Wag es bloß nicht oder du wirst es bereuen!* und *Halt bloß die Klappe, sonst setzt es was!* war kaum herauszuhören, dass jemand vor der Polizei auspacken wollte. Höchstens könnten es Antwortschreiben auf diese Zettel gewesen sein, aber dazu hätte ja der Absender bekannt sein müssen. Laut Lampe aber hatte niemand gewusst, wer der Absender war, und so hatten sich alle gegenseitig verdächtigt, es gewesen zu sein.

Büttner beschloss, dieser Spur nicht weiter nachzugehen. Schließlich gab es jetzt ja keinen Prozess mehr, wo man den Richter von der Schuld des Mörders hätte überzeugen müssen. Also mussten auch keine Beweismittel mehr her. Selbst im Fall Lübbo Krayenborg hatte er nach dem Gespräch mit Rudolf Lampe zu Protokoll gegeben, dass es so aussehe, als sei Buurmann für die drei ersten Morde verantwortlich gewesen. So zumindest habe es Lampe ausgesagt. Alle waren mit dieser Theorie zufrieden gewesen. Also bestand keinerlei Grund, in dieser Sache noch weiter herumzuwühlen.

Das Gleiche galt für die Teebeutel, die an jedem der Tatorte beziehungsweise Fundorte aufgetaucht waren. Lampe hatte nicht erklären können, was sie zu bedeuten hatten. Für Büttner selbst war allenfalls die Symbolik klar, die diese Beutel ausdrücken sollten. Denn sie bezogen sich ja wohl ganz eindeutig auf den Teeschmuggel, bei dem Tammo Freerksen und Siebo Manninga erschossen worden waren. So hatte er es auch der Presse mitgeteilt. Eine abschließende Erklärung allerdings, was es mit diesen Teebeuteln auf sich gehabt habe, sei nicht zu erwarten, denn schließlich seien ja alle, die es gegebenenfalls hätten wissen können, tot.

Büttner klappte gerade den Deckel der Akte *Mordermittlungen Canhusen* zu, als sein Assistent Hasenkrug den Kopf zur Tür hereinstreckte. »Alles klar, Chef?«, fragte er mit besorgtem Gesichtsausdruck. Er befürchtete, dass sein Chef über den schrecklichen Anblick des toten Rudolf Lampe, der sich vor seinen Augen das Gehirn herausgeblasen hatte, nicht ohne psychologische Hilfe hinwegkommen würde. Ständig war er seit dem Selbstmord an ihm dran, die freundliche Kollegin, die auch im Fall Lampe eingeschaltet gewesen war, einmal in ihrer Sprechstunde aufzusuchen. Aber Büttner wollte nicht. Er konnte zwar nicht behaupten, dass ihn dieser Anblick des zerfetzten Schädels nicht mitgenommen hatte. Das war ja auch ganz normal. Aber er bezog dieses Unwohlsein lediglich auf die optischen Reize. Am Tod Lampes hingegen gab er sich persönlich keine Schuld. Nein, das sollten die Männer des Altherrenstammtisches gefälligst unter sich ausmachen, da unten in der Hölle. Er gedachte nicht, sich da mit hineinziehen zu lassen.

»Ich habe soeben beschlossen, die Ermittlungen im Fall Canhusen abzuschließen«, sagte Büttner. »Da ist zwar noch die eine oder andere Frage offen, aber ich denke, dass es nicht mehr im öffentlichen Interesse ist, wenn wir die Sache mit irgendwelchen Zetteln oder Teebeuteln weiterverfolgen. Wo sollten wir da auch ansetzen? Die Zettel, so es sie überhaupt jemals gegeben hat, sind vermutlich längst zu Toilettenpapier weiterverarbeitet worden. Und die Teebeutel – nun ja, die liegen hübsch verpackt in der Asservatenkammer, weisen keinerlei Fingerspuren oder sonstige Absonderlichkeiten auf. Was also sollten wir da noch herausfinden? Nein, Hasenkrug, ich werde jetzt die Akten schließen und hoffentlich nie wieder irgendwas mit diesem Kaff Canhusen zu tun haben. Denn schauen Sie mal: Was genau haben uns denn die ganzen Ermittlungen der letzten Wochen gebracht? Nichts. Denn alles, was da passiert ist, wäre auch ohne uns passiert. Die alten Männer hätten sich auch ohne unser Zutun gegenseitig oder selbst umgebracht. Das Ergebnis, das muss ich an dieser Stelle leider sagen, wäre das Gleiche gewesen. All die viele Arbeit war völlig umsonst. Unbefriedigend. Aber so ist es nun mal. Wir werden noch ein paar Tage die Presseberichterstattung genießen, die uns für mindestens vier Tote verantwortlich machen wird, weil wir angeblich zu dämlich waren, die Spirale der Gewalt zu stoppen. Sei's drum. Damit kann ich leben. Am besten wird sein, wir warten jetzt in aller Ruhe auf die nächste ostfriesische Leiche und hoffen, dass diese einfach nur aus Versehen in unserem Polizeibezirk gelandet ist und eigentlich in eine ganz andere Zuständigkeit gehört. Ja, Hasenkrug, so machen wir's. Aber erst mal gehe ich jetzt zu meiner Frau. Denn da wartet eine schöne fette Schweinshaxe auf mich.«

34

Drei Wochen später

Nach den Herbststürmen im September schien im Oktober der Sommer zurückkehren zu wollen. Über Ostfriesland zeigte sich schon seit Tagen ein strahlend blauer Himmel, das Wetter war ruhig und stabil, und das sollte auch in den kommenden Tagen so bleiben. Grund genug für Jan Scherrmann, noch einmal mit Ziel Skandinavien auf die Nordsee hinauszufahren.

»Ich denke, nach solch einem Sommer haben wir uns jetzt noch mal ein klein wenig Urlaub verdient«, sagte er zu Deike, die soeben mit zwei frisch angerührten Cocktails aus der Kajüte der Segeljacht zu ihm an Deck geklettert war.

»Nach solch einem *erfolgreichen* Sommer, wolltest du sagen«, erwiderte sie schmunzelnd, nachdem sie ihm einen schnellen Kuss auf die Stirn gegeben und einmal herzhaft an ihrem Strohhalm gesogen hatte.

»Ja«, bestätigte er nachdenklich, »wer hätte das gedacht, als wir uns vor einem Jahr dazu entschlossen, die Bagage in Canhusen mal ein wenig aufzumischen. Besser hätte es gar nicht laufen können, als dass die sich alle gegenseitig umbringen.« Er lehnte sich zurück und bedeutete Deike, es sich mit dem Kopf auf seinen Beinen gemütlich zu machen, was sie ohne Umschweife tat. Glücklich lächelnd nahm sie seine Hand. »Endlich ist es so weit«, sagte sie leise, »auf diesen Moment habe ich so lange gewartet.«

Ja, das war wohl wahr, dachte Scherrmann. Mit einem Anflug von tiefer Traurigkeit erinnerte er sich an den Tag vor rund achtzehn Monaten, als seine Mutter gestorben war. Sie hatte sehr lange gelitten. Nicht nur unter der Tablettensucht. Nein, diese war lediglich die logische Folge ihres erbärmlichen Lebens gewesen. Oft hatte sie erzählt, dass die wenigen Wochen, in denen sie mit seinem leiblichen Vater, Siebo Manninga, liiert gewesen war, die glücklichsten ihres Lebens gewesen waren. Nach dessen brutalem und sinnlosem Tod aber hatte sie das Glück von einem Tag auf den anderen verlassen. Schnell war ihr klar geworden, dass nur Lübbo und seine Freunde hinter dem Tod ihres Freundes stecken konnten, aber sie konnte es, wie alle anderen, die es ahnten, nicht beweisen. Sie hatte Ostfriesland plötzlich nicht mehr ertragen können und war ins Ruhrgebiet gegangen. Dort hatte sie schnell Arbeit bei einer netten Familie gefunden, in einer Gastwirtschaft. Bei dieser Familie hatte sie auch noch viel Unterstützung erfahren, als sie ihr Kind, ihren Jan, zur Welt gebracht hatte.

Und dann, eines Tages, hatte er auf einmal vor ihr gestanden, der gut aussehende, erfolgreiche und vermögende Richter. Werner Scherrmann. Er hatte sie umgarnt, sie ins Theater und ins Kino ausgeführt. Und immer wieder hatte er bestätigt, dass es ihm nichts ausmache, dass sie bereits ein inzwischen dreijähriges Kind habe. Er würde es lieben wie sein eigenes und ihm alles ermöglichen, was sich ein Kind nur wünschen könne. Sie, die junge Tabea, wähnte sich im siebten Himmel. Nach Siebos Tod hatte sie geglaubt, nie mehr glücklich sein zu können. Doch nun schien ihr das Schicksal doch wieder wohlgesinnt. Sie heiratete – und wusste nicht, dass sie soeben einen Pakt mit dem Teufel geschlossen hatte.

Es hatte nicht lange gedauert, bis sich Werner Scherrmann als das Monster herausstellen sollte, das er bis zu seinem abrupten Lebensende bleiben sollte. Was Tabea nicht gewusst hatte, war, dass er ein Ordnungsfanatiker war, ein Pedant, ein Kontrollfreak. Er hatte Tabea gedrängt, ihre Arbeit in der Gastsstätte aufzugeben, denn weder konnte er den Gedanken ertragen, dass in der Öffentlichkeit der Eindruck entstehen könnte, er sei nicht in der Lage, seine Familie zu ernähren, noch hatte er ein Interesse daran, dass Tabea weiterhin freundlich zu Männern war, die ihr ganz offensichtlich den Hof machten. Ja, Werner Scherrmann war eifersüchtig. Also war es von nun an Tabeas Aufgabe, zu Hause zu bleiben und dafür zu sorgen, dass ihr Mann ein angenehmes Leben hatte, sobald er nach Hause kam. Aber in seinen Augen machte sie alles falsch. Die Handtücher lagen nicht akkurat genug aufeinander, die frisch gebügelten Hemden zeigten Falten, das Essen schmeckte fad, der Sohn war zu laut. Es dauerte nicht lange, bis Werner Scherrmann begann, seine Frau für ihre Unzulänglichkeiten zu bestrafen. Er räumte den Kleiderschrank aus und befahl ihr, alles nochmals zu bügeln und ordentlich wieder einzuräumen. Er schmiss seinen Teller an die Wand, wenn ihm das Essen nicht schmeckte, und ließ sie den Dreck wieder aufwischen. Und dann begann er sie zu prügeln. Wie ein Wahnsinniger schlug er dann auf sie ein, sodass sie tagelang das Haus nicht verlassen konnte. Und er knöpfte sich den Jungen vor, der versuchte, sich schützend vor seine Mutter zu stellen, wenn Scherrmann einen seiner Wutanfälle bekam. Aber damit nicht genug. Als Jan älter wurde, begann sich sein Stiefvater in ganz anderer Weise für ihn zu interessieren. Immer wieder berührte er den Jungen an Stellen, die ihm, Jan, peinlich waren. Manchmal, wenn seine Mutter nicht zu Hause gewesen war, war er zu ihm ins Bett gestiegen, und dann …

Jan Scherrmann schüttelte sich bei der Erinnerung an die Jahre des Leids und der Hilflosigkeit. Schon damals hatte er sich geschworen, dass er das Leid, das ihm und seiner Mutter zugefügt worden war, eines Tages rächen würde. Sehr früh zog er von zu Hause aus und ging seine eigenen Wege. Als sein Stiefvater ihm sein Jurastudium nur unter der Auflage finanzieren wollte, dass er zu Hause wohnen würde, verklagte er ihn auf Unterhalt – und bekam recht. Wie versessen arbeitete er an seinem Ziel, ein guter Anwalt zu werden, um Menschen wie seiner

Mutter helfen zu können. Aber als er endlich so weit war, dass er als Anwalt tätig sein konnte, wollte sich seine Mutter nicht mehr helfen lassen. Sie hatte kapituliert und sich in ihre Medikamentenabhängigkeit gestürzt. Sein Stiefvater begann, sich auf andere Frauen zu konzentrieren, und Jan war sich sicher, dass auch junge Männer zu seinem Beuteschema gehörten. Aber ihm war alles recht, so lange er nur seine Mutter in Ruhe ließ. Und dann, vor rund zwanzig Jahren, kam der Herzinfarkt. Wie aus heiterem Himmel – glaubten zumindest die Polizei und die Ärzte. Endlich war es vorbei. Und zu spät. Er hatte gehofft, dass seine Mutter noch mal ins Leben zurückfinden würde. Aber sie schaffte es nicht. Er holte sie zu sich und sorgte für sie. Mit den Jahren ging es ihr wieder ein bisschen besser. Die lebenslustige Frau aber, die Jan als kleiner Junge gekannt hatte, sollte nie wieder zu ihm zurückkehren.

»Ich bin so froh, dass ich dich kennenlernen durfte«, sagte Jan Scherrmann und beugte sich zu Deike hinunter, um ihr einen Kuss auf die Nase zu geben. »Ich denke, dass es Schicksal war, dass mir damals auf der Party ausgerechnet ein Mädchen aus Canhusen über den Weg lief – aus dem Dorf, von dem mir meine Mutter noch in den Tagen, als sie im Sterben lag, so viel erzählt hatte; und in denen sie immer wieder das Foto ihres geliebten Siebo und seines Kumpels Tammo an die Brust gedrückt hatte.«

»Ja«, nickte Deike und kuschelte sich noch näher an ihn, »es muss Schicksal gewesen sein. Und was blieb uns angesichts dieser schicksalhaften Begegnung schon übrig, als in dem kleinen Kaff mal ein wenig nach dem Rechten zu sehen?«

»Um dann ein ganz klein wenig tätig zu werden«, fügte Jan Scherrmann lächelnd hinzu.

»Aber dass sich die Dinge so entwickeln würden ...«

»Das haben wir letztlich ganz alleine deiner Mutter zu verdanken«, vollendete Scherrmann den Satz.

»Ja, die netten Briefe, die wir unter den alten Männern verteilt hatten, und das Foto, das du in den Karton der Ausstellung geschmuggelt hattest, sollten ja eigentlich nur bewirken, dass die alte Geschichte um Tammo und Siebo wieder ans Licht kam. Sie sollten sich ein wenig aufregen, die Herren, sich gegenseitig verdächtigen. Ihnen sollte ganz einfach der Arsch auf Grundeis gehen, vor lauter Angst, dass die Polizei doch noch Wind von der Geschichte bekommen könnte. Und sie sollten sich gegenseitig das Leben zur Hölle machen.«

Jan Scherrmann sog genüsslich an seinem Cocktail. »Hm«, sagte er dann, »wer konnte denn ahnen, dass sich deine Mutter einen so passenden Moment aussuchen würde, um deinen Vater ins Reich der Toten zu schicken?«

»Und dann ging es Schlag auf Schlag, im wahrsten Sinne des Wortes«, lachte Deike. »Erst Johann, dann Gustav. Mir war sofort klar, dass das nur auf dem Mist von Menno Buurmann gewachsen sein konnte. So ein brutaler Drecksack, wie der schon immer gewesen war.«

»Ja, spätestens als Johann Schepker erschossen worden war, wusste ich, dass das erst der Anfang vom Spiel war. Erstaunlich fand ich, dass der Kommissar so schnell darauf gekommen ist, in welchem Zusammenhang die Teebeutel mit dem Verbrechen stehen. Alle Achtung! Das hätte ich ihm nach unseren ersten Treffen gar nicht zugetraut.«

»Die Teebeutel«, sagte Deike nachdenklich. »Wie hast du es eigentlich geschafft, meinem Vater einen in die Hosentasche zu stecken? Ich meine, du konntest doch gar nicht wissen, dass er da tot am Kanal lag.«

»Wusste ich auch nicht«, lachte Scherrmann. »Ich glaube, dein Vater hat den tatsächlich irgendwo auf der Straße aufgelesen, um ihn für seine Vogelscheuche oder Ähnliches zu verwenden. Nein, das mit den Teebeuteln war doch gar nicht geplant. Auf die Idee bin ich erst gekommen, als Büttner erwähnte, ihn in der Hosentasche deines Vaters gefunden zu haben. Ich fand die Symbolik so nett. Und als dann Johann Schepker da so tot in seiner Küche lag, die Terrassentür offen ...«

»Da bist du reingegangen und hast den Teebeutel ...?«, Deike sah ihn mit großen Augen an.

»Ja, ich war ja gerade in der Gegend, habe den Schuss gehört, bin dem nachgegangen ... und hab dann den Tee auf dem Küchenregal stehen sehen.«

»Und damit die sogenannten Teebeutelmorde ins Leben gerufen.«

»Genau. Bei Grensemann und Buurmann war es dann nicht mehr schwer, einen Teebeutel loszuwerden. Und wenn die Polizei mal genau im Vorgarten von Lampe schauen würde ...«

»Dann würden sie auch da noch einen finden. Richtig?«

»Richtig.«

»Ach Jan«, seufzte Deike zufrieden, »ich bin wirklich froh, dass wir vor einem Jahr gemeinsam diesen Plan ausgeheckt haben. Ich glaube, es war die beste Zeit meines Lebens, dieser Sommer in Canhusen.«

Die Handlung und alle handelnden Personen in diesem Buch sind frei erfunden. Jegliche Ähnlichkeit mit lebenden oder realen Personen wäre rein zufällig. Nur eines gibt es wirklich: Das schöne Dorf Canhusen.

Maike, Volker, Daniela, Marina und Monika haben während der Erarbeitung dieses Buches wieder unerlässlich parallel gelesen und konstruktive Rückmeldungen gegeben. Dafür sei ihnen herzlichst gedankt!

Auch als **E-Book** erhältlich

288 Seiten
Preis: 9,99 € (D)
ISBN 978-3-95761-000-3

Tara Sue Me

Ich bin dein

Geheime Sehnsucht

Abby sehnt sich danach, ihr langweiliges Leben als Bibliothekarin hinter sich zu lassen. Als sie den attraktiven und einflussreichen Nathaniel kennenlernt, wird ihr Wunsch scheinbar erhört. Nach einem Wochenende voller Leidenschaft wird ihr schnell klar, dass nichts mehr so sein wird wie zuvor. Doch während sie tiefe Gefühle für Nathaniel entwickelt, bleibt dieser außerhalb des Schlafzimmers kalt und distanziert.
Als Abby tiefer und tiefer in Nathaniels verlockende Welt von Macht und Leidenschaft eintaucht, fürchtet sie, dass sie sein Herz niemals berühren wird – und dass ihr eigenes bereits verloren ist.

LAGO